켈리키친

켈리키친

ⓒ한경혜 2018

초판 1쇄 발행 2018년 7월 27일

지은이 한경혜

펴낸곳 도서출판 가쎄 [제 302-2005-00062호]
주소 서울 용산구 이촌로 224, 609
전화 070. 7553. 1783 / 팩스 02. 749. 6911
ISBN 978-89-93489-75-0

값 13,800원

홈페이지 www.gasse.co.kr
이메일 berlin@gasse.co.kr

켈리키친

한경혜 장편소설

gasse•가쎄

차례
Kelly Kitchen

열다섯 살, 중2, 프롤로그   9
1. 초조한 삶이 있다   18
2. 첫사랑을 사뿐히 즈려밟고   49
3. 무덤으로 들어간 결혼   85
4. 켈리키친   111
5. 석세스섹스   144
6. 생리대가 수상해   173
7. 혼자가 좋아   210
8. 전야   243
9. 여자가 된다는 것   263

열다섯 살, 중2, 프롤로그

그 일은 순식간에 이루어졌다. 녀석은 호기롭게 하늘을 날아올라 보이겠노라고 했다. 캐릭터로 대체되는 아바타가 하는 일을 몸체인 자신이 못할 리 없다고 했다. 심드렁한 급우들의 반응에 녀석은 재빨리 창문 밖으로 몸을 빼내 창틀을 잡고 기세 좋게 서 보였다. 반 뼘 남짓한 창턱을 밟고 선 녀석의 발이 불안하게 꼼지락거렸다. 아이들의 시선이 하나둘 모이자 녀석의 불안은 다시 호기로 바뀌었다. 창문을 잡은 한 손을 이내라도 놓을 수 있다고 건들거렸다. 아이들은 환호했다. 보여줘! 보여줘!

녀석이 공중으로 있는 힘껏 두 팔을 펼치고 발을 차고 오르자 환호는 탄식으로 바뀌었다. 아이들은 수직 낙하한 녀석을 찾아 창가로 목을 빼고 1층의 화단으로 눈을 내달렸다. 화단과 담벼락 사이 흙바닥에 꽂힌 녀석은 땅속 깊이 뿌리를 내린 잡초들의 군락 같았다. 점점 더 흙 속으로 파고드는 몸뚱이. 우박처럼 쏟아지는 비명과 함께 녀석의 몸은 땅속에 심어지고 있는지도 몰랐다. 초유의 혼란이 교실을 빼곡하게 채워나갔다. 아이들은 제각각의 다급함을 들고 교실 밖으로 튀어 나갔다. 엑소더스였다.

　녀석의 소식은 미세먼지처럼 뿌옇게 학교를 덮었다. 선생님들은 저마다의 교실에서 고압적인 자세를 취하며 녀석의 일을 입에 올리지 말 것을 명령했다. 명령은 화장실 변기에 처박혔다. 아이들은 은밀하고 조용히 그리고 쉼 없이 녀석의 실패를 마스크처럼 입에 둘렀다.

　자신의 아바타보다, 아이언맨보다 더 쉽고 빠르게 구름 위까지 날 수 있다던 녀석은 종합병원에 도착하자마자 대수술에 들어갔다고 했다. 2학년 7반 교실은 한바탕 싸움이 벌어진 시장 좌판인 듯 상갓집인 듯 착잡하게 가라앉았다.

　어떤 아이들은 울었다. 어떤 아이들은 초조한 낯빛으로 고개를 숙였다. 어떤 아이들은 숙연하게 침묵했다. 어떤 아이들은 녀석이 날 수 있다더니 뻥이었다고 실망했다. 어떤 아이들은 녀석이 두 팔을 펼친 순간 잠깐 날았다며 추락을 믿으려 하지 않았다.

소란을 발밑에 깔고 앉은 아이들은 5교시가 수학 시간인 것에, 수업 진도를 나가는 대신 문답을 하는 것에 만족했다. 대개의 표정이 그랬다.

어쩌랴. 중학교 2학년, 열다섯 인생은 영어와 수학에 저당 잡힌 삶인 것을. 몸보다 더 많은 무게를 지닌 학업에 눌려 죽음을 능가하는 하루하루를 살아남는 우리로서는 잠시 무게를 내려놓을 수 있다는 것만으로 좋은 것을. 어쩌면 우리는 우리, 라는 말을 저 멀리 밀쳐놓은 것인지도 몰랐다. 타자화시킨 녀석의 존재는 우리, 속에 들어있지 않을지도. 수학보다 영어보다 가벼운 녀석.

끝없이 가만히 있으라는 소리를 들어야 하는 열다섯 살.

새잎이 나고 또 새잎이 나는 열다섯 살을 어떻게 가만히 있으라는 건가. 새잎이 돋는 순간의 수런거림을 어찌 잠재울 수 있단 말인가. 세상을 들썩이며 나는 게 새잎인 것을. 아이들은 "조용! 조용! 입 다물고 가만히 있으라고!" 교탁을 내리치는 담임 선생님의 높은 언성에 겨우 말의 날개를 접고 교탁을 향했다.

"뛰어내리라고 한 것들 다 나와!"

"너희들 진짜 말린 사람 한 명도 없어?"

교감 선생님과 담임 선생님의 잇따른 윽박지름과 확인에 교실은 고요해졌다.

그 자리에 있지 못했던 나는 생각에 골몰했다. 사건의 전말이 수다와 공포로 전해지던 순간을 떠올렸다. 엿듣고 싶지 않아도 교실 천장까지 메운 목격담은 점점 뾰족해졌다. 수학 선생님을 대신해 들어온 교감 선생님과 담임 선생님은 또 한 번 같은 말을 반복했다.

"다 나가면 어떻게 되는 거죠?"

나는 정말 궁금해서 물었다.

뛰어내릴 수 있다는 호언장담도 녀석이 시작했고 시큰둥한 반응에 창문 밖으로 몸을 빼낸 것도 녀석의 자발적 행위였다. 창틀을 붙잡고 있던 손을 놓고 발을 굴러 구름 위까지 오르겠노라고 두 팔을 벌린 것도 녀석이었다. 아이들은 다만 녀석이 원하는 방식으로 호응해줬을 뿐이다.

게다가 내 생각에 3층은 죽음보다는 삶에 가까운 높이이다. 대수술. 세 글자가 갖는 무거움을 모르는 바는 아니나 선생님들의 반응은 지나치게 날카로웠다. 오늘의 플롯이 선명하게 이해되지 않는 게 못마땅한 나는 아까부터 미간을 찌푸리고 있었다. 목격자가 되지 못한 것이 못마땅한 건지 선생님들의 강압적 심문이 못마땅한 건지는 알 수 없었다.

교감 선생님의 얼굴이 일그러졌다.

"너야?"

"전 도서실에 있었습니다. 교실에 없었어요."

"이 반 회장이야?"

"아닌데요."

"아니면 가만히 있어. 뛰어내리라고 박수치면서 호응한 것들 있다면서? 왜 안 나와?"

나는 느리게 일어섰다. 교감 선생님과 담임 선생님의 눈이 내 앞으로 달려왔다.

"윤영후, 아는 거 있니?"

담임 선생님의 조급한 질문은 구조요청에 불과하였다. 나는 선생님을 향해 딱한 표정을 지어 보였다. 교감 선생님 옆에서 당장이라도 울음을 터뜨릴 것 같은 선생님은 녀석의 안위보다 자신의 안위가 더 염려스러운 듯 보였다.

"가만히 있으라니요? 이 교실이 세월호인가요?"

나는 교감 선생님의 답을 기다리는 대신 말을 이었다. 미소가 내 교복 자락을 잡아당겼으나 이미 엎질러진 물이었다.

언니는 세월호 사건의 핵심은 무책임한 어른들이 말 잘 듣는 아이들을 사지로 내몬 것이라고 했다. 그러니 어른들이 가만있으라고 할 때 절대 가만있지 말라고 했다. 나오라고 할 때 나가면 죽는 거니까 그땐 침묵으로 저항하라고 했다. 그렇다고 매번 엇나가라는 뜻은 아니다. 언니는 내게 사리 판단할 정도의 분별력은 있다고 믿어줬다. 지금은 저항할 때이다.

"안 들리세요? 아무도 이 사건에서 책임이 없다고 아우성치는 소리요. 앞으로 나오라는 말에 나가면 그거야말로 어른들의 말을 잘 듣는 거고, 그게 우리한텐 가만히 있는 거고, 억울한 죽음으로 가는 길인데 우리가 왜 나가야 하죠? 솎아내서 뭐 하실 건데요? 그 녀석은 자주 이 교실을 온라인 공간으로 이해했어요. 현실감각이 떨어졌던 녀석이에요. 지금은 수술 중인 그 녀석이 무사히 깨어나길 기도하는 게 선생님다운 일이 아닐까요? 우리에게 그 녀석이 무사히 눈 뜰 수 있도록 응원하라고 주문하는 게 더 교육적이지 않을까요? 이 교실을 공포로 칠하진 말아주세요."

언니는 코웃음을 치는 방식으로 나를 칭찬했다. 이모는 등짝을 갈기며 내일 엄마가 학교에 불려갈 것이라고 전했다. 나는 다급하게 언니를 바라봤다. 언니는 엄마 교육을 끝내놓았다는 표정을 지어 보였다. 저녁 식탁에 앉은 엄마는 한숨을 내쉬더니 아무 소리 않고 숟가락을 들었다. 칭찬도 비난도 없이 녀석의 엄마를 걱정하는 것으로 끝난 저녁식사.

열 몇 시간 수술 끝에 깨어난 녀석이 아이템을 사서 치료하면 된다고, 당장 붕대를 풀어달라고 했다는 말이 전해지면서 학교는 평온을 가장하여 일상으로 복귀했다. 아이들은 면회를 가자고 삼삼오오 짝을 지었다. 나로 인해 앞으로 불려 나가지 않은 아이들은 연대감을 형성하여 녀석에게 다녀왔다.

"난 안 가."

미소와 의정은 면회라는 명목으로 녀석의 상태를 구경하고 싶어 했다.

나는 붕대를 푸는 순간 <데드풀>처럼 영생을 얻게 될 것이라고 떠벌리는 녀석의 수다를 들어주고 싶지 않았다. 게다가 녀석을 염려하는 마음은 구경하고 싶은 마음보다 우위에 있지 않았다. 면회의 본질을 꿰뚫고 있는 열다섯 살의 나.

중학교 2학년의 시작을 문짝 쪼개듯 열어놓은 녀석은 좀처럼 학교로 돌아오지 못했다. 갈비뼈 몇 개가 으스러졌고 양다리에 백여 개에 달하는 철심을 박았다는 소문은 면회를 다녀온 아이들의 입을 통해 돌아다녔다. 평생 휠체어 신세를 져야 할지도 모른다는 소식이 중간고사 범위와 함께 전해지자 교실은 다시 출렁거렸다.

"영후야, 네가 있었으면 그 자식 뛰어내리진 않았을 텐데, 걔 진짜 못 걸으면 어떡하지?"

녀석의 소식이 업그레이드될 때마다 내 이야기는 한 묶음으로 회자되었다.

"너는 어떻게 그렇게 말을 잘해? 놀랐어."

"말은 똑 부러지게 잘하면서 성적은 왜 그래?"

공부를 못하면 의견이 빈약하거나 없을 것이라고 믿는 것은 어른들이 정해놓은 구시대적 발상이다. 공부와 상관없이 명쾌하게 의견을 내밀 줄 아는 것은 다양한 독서나 식사시간에 이루어지는 가족 간 토론 문화에서 출발한다. 답이 정해진 지식을 시험 보는 게 아니라 수많은 경우의 수를 나열할 수 있는 지혜를 시험 본다면 내 성적은 달라질 것이다. 아무튼 나는 불쾌하거나 불편한 질문을 받아들 때마다 무표정으로 일관했다. 인생은 때로 침묵이 가장 현명한 대답이 되기도 한다는 것을 알고 있기 때문이다.

선생님들은 "중학교 이학년이잖아."라는 단문의 문장 속에 열다섯 살의 정체성을 규정해 넣었다. 하늘을 날아 보이겠노라며 뛰어내린 녀석의 무모함이나, 박수와 환호로 동조한 부추김이나, 자유의지였으므로 솎아내지 말라는 저항(선생님들은 반항이라고 했다.)이나 모두 건드릴 수 없는 영역의 무엇이 되어 버렸다.

학교에 다녀온 엄마는 뿌듯한 표정으로 머리를 쓰다듬어주었다.

선생님들은 엄마를 맞닥뜨린 순간 나의 행동이 언니에게서 기인했음을 알아차렸다. 전교 1등을 단 한 번도 놓치지 않은 대들기 1인자 황젬마와, 왕년의 인기 모델이자 "그런데요…"로 출발하여 자신의 뜻을 기어이 관철시켰던 학부모회 회장으로서의 엄마는 B 중학교의 전설이자 자랑이자 자기 의견을 굽히지 않은 환상의 투톱으로 기억되었다.

황젬마의 친동생이 왜 성씨가 다른 윤영후인가는 그다지 중요하지 않았다. 이미 엄마의 이야기는 기사로 쏟아져 낱낱이 까발려진 터였다.

입학식과 졸업식이면 가장 바쁜 날이 되는 <켈리키친>으로 인해 중학교 입학식에 이모가 동행한 게 내가 중학교 2학년에 이르도록 선생님들의 관심 밖, 사각지대에 놓일 수 있었던 이유였다. 나는 그 이유를 사랑했다.

1. 초조한 삶이 있다

내 생각은 분명하다. 세상에 대해 일찍 눈 뜰 필요가 있다는 것, 좀 더 일찍 어른이 될 필요가 있다는 것, 그것이다. 그리하여 나는 동굴이 바람의 집이라는 것과 공중이 새들의 길이라는 것을 15년 만에 알아챘다. 재빨리 까지는 아니더라도 결코 늦은 것은 아니다.

더불어 나는 삶에 대해 너그러워져야 함을 깨달았다. 내게 주어진 삶은 절대 공평하지 않으며 만만한 대상이 아니라는 것에 눈 뜬 순간 도리 없이 삶과 화해하는 법을 터득해야 했다. 말이 거창해서 화해지 사실 마지못해 받아들이는 것에 불과하다.

엄마도 사는데 하물며 나쯤이야… 하고 생각을 먹은 순간 엉터리로 짜인 니트 같은 삶이 내 것이려니, 싱겁게 받아들인 것이다.

나보다 못한 사람이 엄마라는 게 문제가 있지만 어쩌랴, 사람은 아래를 보고 살아야 하는걸. (이 이야기를 읽다 보면 왜 엄마가 나보다 아래인지 알게 될 것이다. 잔인하지만 그것이 현실이다.) 이렇듯 나는 일찌감치 성장을 마치고 어른이 되었다.

문제는 여기서 발생했다. 머리가 크는 만큼 몸이 따라주지 않는다는 사실이다.

친구들 대부분은 초등학교 5·6학년 때 초조(初潮, 焦燥)한 경험을 했다. 여자가 되어 엄마가 될 자격을 갖춘 것을 축하하는 파티를 마치며 초등학교를 마쳤다. 조금 늦다 싶은 친구들은 중학교 입학과 함께 초조한 삶의 교문에 들어섰다. 오직 나만이 중학교 2학년 여름을 살아내도록 초조 소식이 없다. 신장도 149센티미터에 불과해서 종종 초등학생으로 오해받는, 몹시 속상한 일을 겪는다. 가슴은 이제 겨우 몽우리가 잡히는 단계에 이르렀으니 내 몸은 성장하는 법을 모르는 것 같기도 하다. 그래서 나는 매우 초조하다. 도대체 어쩌려고… 하는 한숨이 몸 안에서 회오리친다.

"야, 윤영후. 너 또 지랄했지?"

언니가 욕실에서 나옴과 동시에 날카로운 모서리를 가진

목소리로 힐난한다. 묻는 것이 아니라 확인하는 저 말투는 언니 성격이 모난 돌 같다는 것을 증명한다. 내 인생이 고달프다고 느끼는 순간의 8할은 언니 때문이다.

햇살을 끌어안고 뒹구는 토요일 아침의 평온이 백 개의 퍼즐 조각이라면 평온은 정확히 백 개의 조각으로 흩어진다. 단 한 개도 남아 있지 않은 평온에 나는 부끄러움을 무릅쓰고 거짓말을 한다.

"나 아니거든."

"아니긴 지랄이 아니야? 어질러놓은 솜씨가 딱 넌데!"

누구라도 그러하듯이 아침이면 나는 채 뜨지 못한 눈으로 밤새 채워진 방광을 비우기 위해 욕실로 들어간다. 그리곤 변기에 앉음과 동시에 네 가지 일을 한꺼번에 해낸다. 소변을 보면서 하품을 하고, 등과 배를 긁으면서 욕실을 둘러보는 것이 그것이다. 놀랍지 않은가.

정면 벽걸이엔 늘 새 수건이 걸려있다. 정확히 이등분 되어 걸려있는 수건은 물기 하나 없이 빳빳하다. 아침마다 흐트러짐 없는 삶이 열리는 것을 어찌 생각해야 할지 나는 아직 잘 모른다. 단, 숨 막힐 것 같은 답답함이 정갈한 질서에 대한 감탄보다 우위에 있음을 밝혀둔다.

수건에서 왼쪽으로 고개를 틀면 새하얀 월풀 욕조에 시선이 닿는다. 그 순간 나는 왠지 모르게 은밀해지는 것을 느낀다. 얼른 부끄러움으로부터 달아나 정면에 시선을 던진 뒤 정신을 집중하여 벽을 메운 타일의 숫자를 센다. 구텐베르크 다이어그램에 입각한 시선은 위에서 옆으로 옆에서 아래로 칸칸을 세며 이동한다. 부끄러움을 지우는 방법치곤 창의력이 부족한 것에 생각이 닿으면 등과 배를 긁던 손을 멈추고 세정 버튼을 누른다. 이윽고 나는 빗살무늬토기의 모양을 한 타일을 밟고 일어선다. 맨발에 닿는 타일 감촉은 남아있던 잠을 완전히 몰아낸다.

치약이 바닥을 드러낸 게 화근이라면 화근이랄까.

알뜰하게 짜진 치약을 이모는 일주일쯤 혹은 열흘쯤 더 짜서 쓰지만 그것은 거의 신의 영역에 닿은 솜씨일 뿐, 나는 새 치약을 꺼내 써야 한다. 세면대 상부장엔 크기 별 수건이 개켜있고 2칸으로 나뉜 하부장 아래 칸엔 샴푸, 린스, 바디샤워, 비누, 클렌징 폼, 때밀이 수건 등 속이 들어차 있다. 그 위엔 오버나이트, 중형, 소형의 크기 별 생리대가 놓여있다. 그 가운데 새로운 제품이 눈에 띈 것이다. 나트라케어, 유기농 순면 커버, 한방에 이어 좌훈 쑥 찜질이라니. 나는 이 닦는 것도 잊은 채 '좌훈 쑥 찜질' 다섯 글자에 미혹된다.

"제대로 붙이긴 했니? 또 살에 붙였어?"

아, 기억하고 싶지 않은 치욕의 날을 저토록 아무렇지 않게 꺼내는 폭력이라니.

생리대를 쓰면 생리를 하게 될 것만 같은 강력한 믿음에 사로잡히는 날이 있다. 그날이 그랬다. 그날도 치약이 떨어졌을 것이다. 아마도 어쩌면 분명히, 그렇다 분명히.

나는 치약을 꺼내느라 세면대 하부장을 열었다. 그곳엔 아주 오래전부터 그 자리에 있었을 생리대가 반짝이고 있었다. 머리가 환호하며 빠르게 회전했다. 할 것이냐, 말 것이냐. 생각보다 빠른 손은 생리대를 집어 들었다. 생리대를 장착하고 욕실을 나설 때 나는 어쩌면 벌써 생리를 하고 있다고 믿었을 것이다. 그 믿음은 두터운 심장에 무지개가 뜨는 감격과 맞먹었다.

감격은 잠시에 그쳤다. 소변을 볼 때마다 떼었다 붙여야 하는 번거로움은 불편과 불안의 영역에 성큼 발을 들였다. 살에 간당간당하게 붙어있는 미약한 접착력은 버스럭거리며 돌아다니다 떨어져 나갈 것이라는 신호를 보냈다. 나는 자꾸 팬티를 잡아당겨 입었다. 그러고도 불안은 차고 넘치도록 매달렸다. 생리대를 팬티 밖으로 흘려버리는 참사를 일으킬까 봐 신경을 곤두세운 걸음걸이는 우스꽝스러웠다. 온 신경이 허리 아래에 묶인 지 반나절도 못돼 나는 뒤집힌 속을 붙들고 몇 번이고 변기 앞에 무릎을 꿇었다.

몇 번 헛구역질 끝에 나는 언니나 엄마가 왜 생리 때마다 신경이 날카로워지는지 그 사정을 알 것 같다고 한 마디 했다. 그랬다가 팬티에 붙여야 하는 접착테이프를 살에 붙인 실상을 고스란히 내보여야 했다. 그때 나를 보던 엄마와 이모, 언니의 표정을 기억한다.

지금 생각해도 부끄럽고 어리석은 사건이다. 그런데 설마, 오늘도 그렇게 붙였을까.

나는 언니의 2연타를 피하기 위해 얼른 방으로 자리를 피한다. 어쩌면 언니는 오해를 하고 있는지도 모르겠다. 내가 혹시 변⋯⋯태가 아닐까 하는. 장담하건대 나는 하루빨리 생리를 하고 싶을 뿐이고, 새로운 제품을 미리 사용하여 감각을 익혀두고 싶을 뿐이다. 그러니 그런 신경질적인 관심은 개한테나 줘버려라, 일갈하고 싶지만 똥이 더러워서 피하지… 라는 논리로 입을 다문다.

"제대로 사용하긴 했냐고 묻잖아."

기어이 방까지 따라와 문을 열고 선 언니를 피해 나는 툴툴거리며 현관으로 간다. 그러나 현관까지 따라 나오는 언니 목소리는 내 인내심을 패대기치게 한다.

"아, 진짜아! 내가 그렇게 돌대가린 줄 알아?"

생리를 하지도 않으면서 생리대를 붙이고 있는 내 은밀함을 들킨 것이 부끄러운 것은 아니다. 단지 신경질이 날 뿐이다. 나에게.

왜 내 머리는 생리대를 붙이는 것에만 가 있는가.

생리대를 붙이는 순간 풀어놓은 포장지는 관심 밖에서 멀어지고, 내 머리는 민틋하게 차려입은 옷차림으로 얼른 욕실에서 나갈 것을 명령한다. 그리하여 나는 오늘 또 생리대 포장지를 세면대 하부장 위에 늘어놓은 모양이다.

"에이, 설마. 돌대가리가 아니니까 두 번씩이나 이…십팔 등이겠지. 그거 아무리 노력해도 안 되는 거, 내가 알거든? 네가 뭔가를 의도하고 치밀하게 계획한 거라는 뜻인데…, 이…십팔 등이 뭘 노린 건지는 아직 아무도 모른다는 거…. 누구 생일이니?"

1학기에 치른 두 번의 시험에서 모두 28등을 한 것은 의도한 바도 아니요, 공부를 안 해서도 아니다. 나는 코피 쏟기 일보 직전까지 공부를 한다. 그렇게 했기 때문에 28등이다. 언니처럼 공부하면 35등, 반에서 맡아놓은 꼴등일 것이다. 그런데 그 불운의 숫자에 두 번씩이나 걸리면서 내 인생의 불행지수는 좀 더 높아졌다. 29등도 아니요 27등도 아닌 이.18등이라니.

숫자에 불과한 등수라고 말하고 싶지만, 그 숫자로 인해 대학 간판이 달라지고, 대우가 달라지고, 취업할 때 양질의 기회를 얻어낼 수 있는 숫자 역시 달라지니 나는 비겁하지만 이쯤에서 입을 닫는다.

"생리대 붙인다고 생리를 하면 오죽 좋겠냐만… 생리대 비싸.

함부로 쓰지 마. 할 때 써. 살에 붙이지 말고 팬티에 붙여서. 알았어?"

"에휴, 어떻게 때 되면 한 번씩 저렇게 지랄을 할까?"

이모는 진절머리난다는 투로 고개를 저으며 돌아선다. 그때 나는 주방으로 들어서는 이모가 넘어지길 간절히 바란다. 자신의 발에 자신이 걸려 넘어질 수 있듯이 자신의 말에 조카가 넘어질 수도 있음을 깨닫길, 그리하여 이모가 뱉은 말에 후회하기를 바란다. 그러나 내가 꿈꾸는 일은 일어나지 않는다.

"하나는 날 수 있다고 뛰어내리고, 하나는 하지도 않는 생리대를 살에 붙여서 돌아다니고, 어떤 잘난 년은 교무실로 쳐들어가 선생님들하고 맞짱 떠서 학교 장학제도 바꿔놓고(이건 언니의 미담이다.)…, 정말 중학교 이학년은 미친 나이가 맞구나!"

엄마는 굳이 언니의 전설을 가져와 중2병으로 치부한다. 전교 1등이 왜 장학금을 받지 못하는 거냐고, 언니는 교무실과 교장실을 휘저어 놓으며 선생님들과 맞짱 토론을 벌여 기어이 장학금을 받아냈다. 이토록 위대한 전설을 나와 묶는 것은 나만 야단치기엔 미안한 무엇이 있는 모양이다. 나는 그렇게 이해한다.

용감해지는 나이, 중2. 무모해지거나 쓸데없는 일을 벌이는 나이로 엄마는 모든 것을 치부해버린다. 하필 중2였을 뿐, 중2이기 때문에 벌어진 일이 아니라고 우기고 싶지만 이쯤에서 입을 다문다.

"손만 아래로 툭 떨어뜨리면 쓰레기통이건만 그걸 안 버리고 들키니? 아무리 공부를 못해도 그 머리는 돌아가야지."

언니는 또다시 내 머리 탓을 하며 인권침해를 과감하게 결행한다. 공부 못하는 것이 가장 큰 결격사유가 되는 양 언니는 툭하면 공부로 내 행동의 모든 것을 결부시킨다.

생각해 보면 언니가 책상에 앉아 공부하는 것을 본 기억이 별로 없다. 별로 없는 거지 전혀 없는 것은 아니다. 시험 기간에 내가 밤 12시까지 공부하면 언니는 "네 머리는 두 시전에 자면 안 돼. 더 해." 단호하게 말한다. 책상 뒤에 앉아 전공 서적을 읽으며 나를 감시하는데 하품 한 번에 잔소리 열 마디가 투척 되니 정말 죽을 맛이다.

모르는 문제를 물어볼라치면 도대체 수업시간에 뭐했느냐고 묻는다. 열심히 들었고 필기도 빼놓지 않고 했다. 노트는 내가 수업시간에 뭐했는지에 대한 가장 완벽한 알리바이이자 대답이 된다. 언니가 그것을 놓쳤을 리 없다. 그러므로 나는 입을 다문다. 설명을 들으려면 몸을 낮출 수밖에 없다.

언니는 엄마의 외모를 닮아 얼굴은 작고, 몸은 마른 데다 신장은 169센티미터에 달한다. 머리는 언니 아버지를 닮아 꽤 높은 지능지수를 가졌다. 그 좋은 머리는 고스란히 학교 성적에 반영

되어 눈곱만큼의 노력으로 늘 전교 1등만 하더니 당연한 듯이 서울과학고를 거쳐 서울대학에 들어갔다. 그것도 치의예과다. 게다가 나보다 먼저 태어나서 언니 소리까지 듣는다. 따지고 보면 언니가 치열하게 노력해서 얻어낸 것은 없다.

나는 영어 발음기호도 떼지 못한 엄마의 머리와 퉁퉁하면서 하체 비만에 네모반듯한 얼굴을 가진 내 아버지의 외모…… 아, 인생 참 불공평하다. 에이씨.

'좌훈 쑥 찜질' 다섯 글자는 생리 촉진제가 되지 못한다. 아래로부터 더워진 몸은 접힌 뱃살 사이에 땀을 고이게 할 뿐이다. 여전히 생리는 하지 않고 나는 여전히 여자아이에 머문다. 중학교 2학년 여자아이.

"때 되면 다 하게 될 텐데 왜 그렇게 귀찮은 일을 서둘러 하고 싶니? 지금이 얼마나 평화로운 때인데… 되고 싶지 않아도 자연히 어른이 될 거고 여자도 될 거니까 앞서가려고 하지 마. 엄만 영후가 너무 빨리 안 컸으면 좋겠어."

엄마는 내가 여자아이에 머물기를 바란다. 내가 성장한다는 것은 엄마가 늙는다는 것을 방증한다. 나의 성장 시계가 멈추면 엄마의 시간도 멈추고 그리하여 영원히 중년의 아름다운 여자로 살 것을 꿈꾸는 것이다.

생리가 왜, 어떻게 귀찮은 일인지 나는 체험을 통해 습득하고 싶다. 정보로 전달되는 것이 아니라 직접 몸으로 겪어 내 몸에 육화시키고 싶은 것이다. 귀찮은 것이 무엇인지 내 몸이 스스로 말할 수 있게 되는 것, 그것이야말로 가장 직접적인 학습이다.

정신은 몸을 훌쩍 뛰어넘어 어른의 세계에 편입했건만 사회적 가치 기준은 나를 여자아이로 규정한다. 왜 아직 생리를 하지 않는 것인가에 집중되는 나의 하루, 나의 고민.

2학기 중간고사가 끝났다. 정작 시험 치르는 일은 4일인데 주말과 휴일을 끼워 넣은 바람에 하루 빠진 일주일을 시험 기간으로 보냈다. 휴일을 빼앗는 시험 일정은 고약하다. 하루가 한 달 같던 시험이 끝나고 드디어 해방이다.

미소와 의정은 당연한 듯이 발걸음도 가볍게 우리 집으로 하교한다. 재잘거리는 소리가 교문을 가득 메운다. 모두 소프라노이거나 테너이다.

<켈리키친>의 주방장인 키다리 삼촌은 시험이 끝난 날이면 허니 망고 샐러드와 파스타로 수고를 토닥여준다. 봉골레와 알리오올리오를 퓨전한 로제파스타는 마약보다 더 강한 중독성이 있다. 미소와 의정은 굳이 1층 카페에 들러 키다리 삼촌에게 인사를 한다. 3인분의 샐러드와 파스타를 6층 살림집으로 올려보내달라는 전언이다.

언니가 양 무릎에 양푼을 끼고 열무 보리 비빔밥을 먹으면서 쇼핑 채널을 보고 있다. 먹으면서 먹는 걸 파는 채널을 보는 건 생리 중이라는 뜻이다. 미소와 의정이 침을 삼킨다. 저 밥을 건드리면 뼈도 못 추리는 것을 알 리 없는 미소와 의정은 내 옆구리를 꾹 누르며 낮게 속삭인다. "맛있겠다." 그새 침이 고인 걸 꿀꺽 넘기곤 언니의 양푼에서 눈을 떼지 못한다. 물론 내 침샘도 이미 자극되어 입안 가득 침이 고인다.

"저거 먹으면 죽어. 생리 중이라는 뜻이거든."

나는 아주 낮게 말하고 주방으로 들어가 물 한 잔을 따른다.

미소와 의정도 생리 중이라는 말에 알아들은 표정을 한다. 평소 언니는 자신이 먹는 무엇이든 내가 손을 가져가도 그러려니 한다. 아예 통째로 건네주기도 한다. 그런데 생리 때면 사람이 돌변한다. 유난히 식탐이 많아져서 자신이 먹는 밥에 숟가락이라도 담글라치면 소리부터 버럭 지른다. 다음 수순으로 주먹이 날아오기도 하고 거칠게 발길질을 해대기도 한다.

"먹고 또 토하지 말고 물 마셔가면서 먹어."

미련하리만치 꾸역꾸역 먹고 오바이트 하는 콘셉트는 나와 어울린다.

나는 컵을 내려놓으면서 양푼에서 눈을 떼지 못한다. 김치 비빔밥이야말로 양푼에 가장 잘 어울리는 메뉴이다. 우리는 키다리 삼촌의 특별요리를 포기하고 김치비빔밥을 해 먹을까, 잠시 고민한다. 미소의 교통정리에 의해 점심은 특별요리, 저녁은 김치비빔밥으로 손쉽게 결정된다. 아주 만족스러운 저녁 식사가 될 것이다.

"시험은 잘 봤지? 지각도 안 했고, 이름도 안 잊고 썼을 것이고, 출석번호 안 틀렸을 것이고, 컴싸로 칸마다 메꾸긴 했을 거니까. 단, 점수가 문제인 거지, 그치? 너희들도 거기서 거기일 거고, 그치?"

언니는 물을 따라 놓아준 것에 고마운 투로 내 시험에 대해 관심을 표한다. (차라리 말을 말지.) 나는 한 마디 대꾸도 않고 곧장 방으로 들어간다. 늘 시험은 잘 본다. 언니 말대로 지각도 하지 않고, 배탈이 나서 화장실로 달려가지도 않고, 답을 밀려 쓰거나 깜빡 조는 일도 하지 않으니 잘 본다고 말하는 게 옳다. 단, 답을 못 찾는 게 늘 문제다. 미소와 의정도 이제는 그러려니…, 대답 대신 "안녕하세요?" 인사를 남기고 내 방으로 따라 들어온다. 키다리 삼촌의 파스타가 올라올 때까지 우린 절대 주방으로 나갈 생각이 없다.

미소는 5등에서 8등을 오간다. 언니에겐 터무니없는 숫자다. 의정의 10등은 28등이나 마찬가지인 두 자리 숫자를 의미할 뿐이다. SKY의 치의예과와 컴퓨터공학과, 대기과학과에 일찌감치 수시 합격한 언니는 느긋하게 수능을 치르더니 전국에서 두 자리 숫자의 등수를 기록한다. 그것도 꽤 앞 번호다. 그리곤 대학을 골라 갔다. 그런 언니에게 우리들은 안타까운 중생이 된다.

"젬마 언니는 생리 때 먹는구나. 난 기억력 떨어지는데. 공부한 것들이 전부 아래로 쏟아져 나오는 것 같아. 도대체 외워지지가 않아. 알던 단어도 다 까먹고 미치겠어. 그래서 울 엄마는 시험 기간에 생리 터지면 이번 시험 망쳤네, 김새서 한마디 한다."

나는 생각에 잠긴 표정으로 미소를 물끄러미 본다. 정말 생리 때문에 기억력이 감퇴되는 걸까? 언니를 보면 그럴 것도 같다. 그런데도 일종의 변명거리로 전락하는 생리인 것 같아 괜히 퉁을 놓고 싶어진다. 아주 살짝.

거실에선 과자봉지 뜯는 소리가 난다. 밥 먹었으니 이젠 과자를 공략할 차례이다. 봉지째 들고 먹으며 불안 증세를 해소하는 것, 그것이 언니의 생리증후군이다. 생리가 끝나면 과자는 집안 어딘가를 돌아다니다가 사라진다. (그렇다, 내가 먹어치우는 것이다.) 생리 기간 동안 폭식이 끝나면 언니는 다이어트에 돌입한다. 충분히 날씬한데도 더 날씬해지고자 하는 욕망은 정말 못 말린다. 그 덕에 언니의 몸매가 유지되는 것이긴 하다. 어쩌면 나 보라는 뜻이 더 많을 것이다. 이 몸도 다이어트를 하는데 넌 그 몸으로 그렇게 살래?

엄마는 생리 전후엔 메스껍다며 최소한의 식사를 한다. 사람은 배고프면 예민해진다고, 배는 고프지 않은데 먹은 게 최소한이다 보니 평소보다 조금 더 예민해진다. 그렇다고 해서 일상생활이 불편한 정도는 아니다. 그에 반해 이모는 생리를 하는지 마는지, 아무런 증세가 없다. 워낙 잠이 많은데 더 잠이 많아져서 기면증에 걸린 사람처럼 매일 낮잠에 끌려들어 가는 정도?

아무튼 세 여자의 생리증후군은 먹고, 자고에 몰려있다. 기억력 감퇴는 생리증후군으로는 처음 듣는 이야기이다. 그렇지만 미소의 시험성적이 들쑥날쑥하는 것이 생리 때문이었구나, 애써 이해한다.

미소는 투덜거리며 가방에서 파우치를 꺼낸다. 파우치엔 네댓 개의 생리대가 들어있다. 미소의 생리대는 중형이다.

"너 중형으로 되는구나? 난 대형 써야 하는데. 밤엔 오버나이트 두 개 껴야 해."

의정은 중형을 쓰는 미소를 부러워하며 자신의 대형 생리대를 꺼내 보인다. 의정은 생리할 때면 쉬는 시간마다 생리대를 들고 화장실로 간다. 체육 시간에는 양호실로 몸을 피해 눕는다. 유난히 많은 양에 진저리를 치는데 나는 많다는 것의 기준을 가늠하지 못한다. 답답할 노릇이다.

"키다리 삼촌, 우리한테서 피비린내 맡았겠다. 영후 너도 하는 건 아니지?"

미소의 말에 의정이 대답한다.

"안 하면 내일은 터지겠지. 생리는 꼭 몰려다니더라. 샘낸다고 그러던데, 우리 엄마가."

"시험 전날 터져서 이틀 라이너하고 시험도 끝, 생리도 끝."

의정이 엄마 말이 맞아떨어져서 나도 드디어 생리라는 걸 했으면 좋겠다. 나는 간절함을 품은 채 아무렇지 않게 거짓말을 한다. 생리를 안 한다고 말하기엔 자존심이 상한다.

중학교 1학년 때 생리 전이라고 했다가 들은 소리를 떠올리면 언제고 화가 치민다. 모멸감에 몇 날이고 잠을 이루지 못했던 그 말. "너 아직 애구나. 여자들끼리 하는 얘기에 애는 끼는 거 아니야. 그러는 거 아니야. 우쥬 플리즈(Would you please)… 꺼져줄래?" 대화에서 나를 밀쳐내던 그 아이는 반에서 신장이 제일 작았다. 그 작은 애가 벌써 생리를 한다는 사실에 나는 적이 충격을 받았다. 게다가 돼먹지 않은 거드름이라니.

나는 한껏 목소리를 낮춰 거짓말을 한다. 말해놓고 문밖을 살핀다. 주 4회 학교에 갈 수 있도록 수강신청을 하는 바람에 "나 종북이니? 하필 주사파야."를 외치고 다니는 언니는 수업이 없는 날마다 거실을 차지하고 나를 감시한다. 거실에 있는 언니는 때로 내 통화내용을 엿듣고는 잔소리를 시전하기도 한다. 맹랑한 거짓말이 문밖을 타고 흘러나갔을까 조바심이 난 나는 자꾸 문이 열리는 환상을 본다.

마녀 복장을 하고 이를 드러내고 웃으며 들어온 언니는 내 목덜미를 물기라도 할 것처럼 가까이 다가와 묻는다. "네가 생리를 한다고?" 나는 소스라치게 놀라며 환상에서 뛰어나온다. 얼른 고개를 저어 아직 열리지 않은 방문을 확인한 뒤 창문을 활짝 열어젖힌다. 그리곤 바로 그 앞에 자리를 잡는다. 내 말소리는 창문으로 새어나가야 한다.

"넌 주기 정확하니? 난 아직 들쭉날쭉한다. 처음 일 년은 그렇다는데, 이 년 차에 들어왔는데도 왜 이러는지 모르겠어. 짜증 나."

"난 삼십일 주기로 딱 오일 하는데. 초등학교 오학년에 처음 시작했을 땐 일 년에 세 번 하고 끝나더니 육학년 때부터 정확해지더라."

작년 초에 시작한 의정과 오학년 때 시작한 미소의 대화는 자연스럽다. 대화는 생리에 관한 모든 이야기로 퍼레이드 된다. 미소의 이의제기로 시작된 이번 대화는 수영에 관한 문제이다. (여자들의 수다는 한번 물면 끝장을 본다.)

"정확해지니까 문제가 뭐냐면 수영장에 한 달에 일주일은 못 간다는 거야. 우리 여자들은 생리 때문에 일주일은 무조건 못 가는데 수영장 회비는 한 달 치를 다 내야 하고, 돈 아까워서 수영 배우다 말았잖아. 우리는 다시 해줘야 하는 거 아니니?"

그렇다. 언니와 이모와 같이 수영을 배우러 다니다가 중도에 그만둔 적이 있다. 순전히 언니 고집 때문이다. 그때 언니는 수영장 프런트에서 장시간을 데모에 가깝게 항의를 했었다. 여자들은 생리 때문에 한 달에 무조건 일주일은 결석해야 되는데 왜 남학생들과 똑같은 수강료를 내야 하느냐는 게 주요 요지였다.

언니의 항의를 받은 프런트 직원들은 요지부동이었다. 규정을 내세우는 그들의 불통은 급기야 언니의 인내심을 폭발하게 했다. "멍청이들! 이런 불합리한 요금제도가 세상에 어디 있어?" 언니의 외침과 동시에 나와 이모의 수영강습은 끝났다. 언니 덕에 나는 움파를 겨우 졸업한, 생존 수영이라도 배워야 할 처지에 놓인 맥주병 신세이다.

성인과 직장인의 이용요금이 다르듯 남학생과 여학생의 수강료는 달라야 마땅하다. 생리를 시작하자 미소 생각도 언니 쪽으로 움직인 모양이다. 여자들이면 모두가 느끼는 불합리한 요금제이지만 아무도 항의하지 않거나, 아무리 항의해도 받아들여지지 않거나.

"우리 엄마는 그런 생각 한 번도 안 하는 것 같던데, 생각해 보니까 그렇다. 생리 완전히 끝나려면 팔 일 이상 걸릴 때도 있고, 난 삼 주도 채 못 다니면서 한 달 요금 내고 있는 건데. 아씨, 나 수영 끊을래."

"남자들이 샤워 오 분에 끝나는 것을 여자들은 삼십 분이 걸리고, 머리카락 때문에 자주 하수구가 막혀 인건비 지출해야 하고, 게다가 탈의실에 비치된 로션과 크림 사용량은 남자들 열 배에 달하고, 뭐 이런저런 이유로 우리 엄마는 여자가 남자와 동일 요금 내는 게 당연하다더라. 그러면서도 일주일씩 빠지는 건 아깝긴 하니까 탐폰 끼고 수영장 가라고 그러는 거 있지. 근데 탐폰은, 와… 대박. 끼자마자 바로 구역질 올라와 주고, 기분 불쾌해 주고, 제대로 돌아버려. 너희들 혹시 써봤어?"

의정은 화제를 전환했다. 수영장 요금이 부당하다고, 비단 언니만 생각했겠는가. 그런데도 바뀌지 않거나 개선되지 않은 거라면 의정이 엄마의 말에 사회적 함의는 더 굳게 구축되어 있다고 봐야 한다.

"우리 집은 아무도 안 써."

이 말은 사실이다. 탐폰의 존재는 알고 있으나 생리대를 포함하여 살림에 필요한 장을 보는 일은 전적으로 이모 주관이다. 이모는 탐폰에 대해 단 한 번도 이야기를 풀어낸 적이 없다. 언니도 마찬가지이다. 몸에 무언가를 집어넣는다는 것에 대해 거부감을 느낀다는 말을 들은 기억은 있다. 하여 나는 덧붙인다.

"몸에 집어넣는 게 거부감이 생긴다고, 우리 이모가 안 사 오니까 난 쓸 일이 없어."

호기심이 생긴다. 어떻기에 구역질이 올라오는 걸까? 내 얼굴은 질문을 지우고 다 아는 표정으로 바뀐다. 나는 일취월장하는 연기력에 만족한다. 거짓말이 거짓말을 만들어내는 동안 나조차 내 거짓말에 속는다. (리플리증후군은 아니다. 맹세코.)

로제파스타와 허니 망고 샐러드가 올라오면서 우리는 주방으로 포르르 날아든다. 수다 떨며 오래도록 앉았던 미소의 교복 치마가 얼룩져있다. 누가 봐도 생리혈이다. 얼른 돌아본 방바닥에도 붉은 피가 묻어있다. 나는 나도 모르게 구역질이 올라오는 걸 겨우 참아낸다. 침대에 앉아서 수다를 떨었더라면 어쩔 뻔했는가, 아찔해진다.

미소는 욕실에 들어가 한참 동안 공사를 하고 나온다. 교복 치마 대신 여름 반바지를 안에 입고 헐렁한 트레이닝 바지를 덧입고 나온 미소의 표정은 찜찜함 그 자체이다.

언니는 외출했는지 보이지 않는다. 엄마의 안방 문만이 손가락 굵기로 살짝 열려있을 뿐 방마다 활짝 열린 문이 가족들 모두가 외출했음을 말해준다.

"야, 침대에 앉았으면 나 이모한테 죽었겠다. 집에 가져가서 빨아오라고 하실 게 뻔한데, 들고 가면서 개 쪽 당할 거 면했어. 이 옷들은 엄마가 깨끗하게 빨아줄 거니까 묻어도 염려하지 마."

언니가 없다는 것을 확인한 미소 목소리에 활력이 붙는다.

데시벨도 올라간다.

"그냥 돌려줘도 괜찮아. 의정이 넌 생리할 때 정말 증후군 없어?"

나 역시 자신 있게 큰소리로 묻는다.

"없어. 들쭉날쭉 자기 마음대로 터지는 데도 없어. 양만 더럽게 많아서 매 시간 화장실 다녀야 하는 번거로움 빼면 난 아무렇지 않아. 왜 기억력이 감퇴 되는지, 왜 신경이 예민해져서 잠을 설치는지 그런 게 이해가 안 돼."

"난 진짜 생리 중엔 어제 내가 뭘 했는지 기억이 안 나. 그래서 생리할 때는 약속 같은 거 자주 못 지켜. 성적도 못 지키는데 약속이라고 지키겠냐고."

로제파스타를 재빨리 넘긴 미소는 자신이 자주 깨뜨린 약속에 대해 뒤늦은 해명을 한다. 늦잠으로 혹은 가족과의 외식으로 약속을 종종 펑크 내곤 했던 미소는 언제나 "생리 때문에…"라고 말을 흐렸다. 나는 이해했고 의정은 이해하지 못했다.

"너만 해? 나도 해. 영후는 안 하니? 영후도 해. 근데 우린 한 번도 약속 펑크 낸 적 없어. 너만 유난하다는 건 좀 생각해 봐야 돼."

의정은 미소의 해명을 마뜩잖게 여긴다.

"야 근데 허윤이 개, 쫌 이상하지 않니?"

"뭐가?"

"맨날 생리대 빌려달라고 하고, 한 번도 지 껀 빌려준 적 없고. 나 그래서 걔가 빌려달라고 하면 없다고 그런다."

"나 지난번에 허윤이한테 빌렸는데. 자기 아직 할 때 안 됐다고 두 개 있는 거 다 줬어."

나는 의정이가 제기하는 의구심을 자른다.

이모는 생리대를 사다 쟁여놓을 때마다 지청구를 했다. 생리대 살 돈 없어서 얼마나 서러웠는지 모른다고. 여름옷 얇은 옷을 대고 새어 나올까 노심초사하며 외출도 제대로 못 하던 날이면 서러워 울었다고. 밤이면 여름옷을 빨아 널고 또 다른 옷을 꺼내 덧대던 날마다 생리만이라도 안 하면 살 만한 세상일 거라고 생각했다고. 생리가 묻은 옷을 여름이면 또다시 꺼내 입으면서 얼마나 찝찝했는지 모른다고. 그래도 그 수밖에 달리 방법이 없던 날이었다고 이모는 체머리를 흔들곤 했다. 세상엔 생리대 하나 살 돈 없는 사람이 있다는 것을 국가가 알아채서 여자들에게 생리대 살 돈은 보조해줬으면 했다고. 그 말을 할 때마다 나는 이모가 지나치게 많다 싶게 생리대를 사다 놓는 것을 이해한다.

지난번 녀석의 사건으로 교무실에 갔다가 나는 허윤이가 조모 가정에 생활보호대상자인 것을 알게 되었다. 의도치 않은 서류가 위에 올라와 있어서 보게 된 것인데, 그 이후로 나는 허윤이가 생리대를 빌릴 때마다 넉넉하게 쥐여준다. 빌려서라도 쥐여준다. 그리곤 내게 뿌듯해한다. 착하게 크고 있구나, 나는 나를 진단한다. 생리증후군은 사람마다 다르다. 없는 사람도 있다. 의정이는 생리 때면 뒷담화를 깐다. 내가 보기에 그렇다. 나는 친구들 사이에서 없는 것으로 되어 있다. 매달 기억해내서 증후군을 증명해내는 일이란 도무지 쉬운 일이 아니다. 하여 나는 거의 매일 똑같은 기분으로 살아내고 어쩌다 비 오는 날의 센티멘털이 어쩌다 나타나는 생리증후군이 된다.

의심받지 않고 생리하는 여자로 받아들여지는 것은 고마운 일이다. 한편으로는 이 거짓말의 꼬리가 밟히기 전에 생리를 할 수 있게 되길 간절히 바란다.

나는 친구들을 유심히 관찰하며 나와 다른 무엇이 있을까, 비교한다. 생리하기 전과 후의 신체변화는 은밀한 것이어서 자기만 알기 쉽다. 물론 가슴이 봉긋해지고 허리가 잘록해지는 것은 있지만 나처럼 통통한 경우엔 그조차도 쉽게 분간이 되지 않는다. 생리를 하지 않으면 영원히 가슴이 봉긋해지지 않을 것이고 허리도 잘록해지지 않을 것이다. 살을 빼기 전에는 생리를 해도 허리가 잘록해지지 않겠지만.

나는 친구들과 나를 비교하며 내게 묻는다. 나는 지금 여자가 아닌가? 엄마가 출생신고를 할 때 분명히 여자로 신고했는데 그건 법적인 효력이 있을 뿐인가? 살면서 여자를 증명해야 하는 일이 있다는 것을 엄마와 언니는 알까? 비교 끝에 기분은 바닥으로 곤두박질친다. 쉬고 싶다고, 친구들을 돌려보낸다.

중간고사가 끝나도 나의 생리는 감감무소식이다. 기다리는 소식은 오지 않고 부지런히 채점된 성적이 꼬리표를 달고 나올 것이라는 소식만 예고된다. 아, 초조하다.

햇빛이 집의 외벽을 덧칠하는 단단한 외피라는 것을 알게 된 후 나는 종종 집 밖에 나와 앉는다. 연한 풀잎 같은 삶을 햇빛으로 덧칠해볼까, 기대는 마음이 나를 움직인다. 집 밖이라 함은 카페 밖이라는 뜻이다. 집은 건물 꼭대기인 6층, 카페는 건물 1층에 있다. 카페 밖은 골목길이라 칭하기엔 차들의 왕래가 너무 많고 길거리라고 칭하기엔 민망한 수준이다.

벨벳에 가까웠던 바람의 질감이 데님으로 변하더니 오늘은 레이온처럼 서늘하게 다가온다. 어느새 계절이 또 모퉁이를 도는 모양이다. 나는 바람의 질감마저도 알아채는 15년 인생을 대견해 하며 카페 테라스의 모퉁이 자리를 찾아든다. 그러고 보니 의자마다 놓였던 테이블 선풍기가 치워지고 에어컨에 덮개가 씌워졌다. 발코니 테이블에 가장 먼저 손님이 들어차는 계절이다.

길에는 늘 자동차와 사람들이 복작대며 오간다. 그들은 엄마가 경영하는 <켈리키친>의 손님이기도 하고 아니기도 하다. (경영이라는 말이 가게 안에 들어가 보면 이스트를 잔뜩 넣은 꾸밈말에 지나지 않는다는 것을 알게 될 것이다.)

나는 카페 안으로 발걸음을 놓는 사람들에게 호의를 갖는다. 나와 언니의 옷이 되고 신발이 되고 가방이 되는 돈을 그들이 놓고 가기 때문이다. 무심히 지나가는 사람들을 나는 유독 공들여 살핀다. 그들이 자신에게로 향한 시선을 느끼고 나를 돌아보았을 때 나의 머리 근처에 있는 <켈리키친> 간판을 보고 발길을 돌리라는 뜻이다. 그러나 그들의 시선은 무신경해서 대개는 나만 힐끗 본 뒤 가던 길을 갈 뿐이다.

호객행위가 무산될 때면 나는 괜히 벽에 기대어 하늘을 본다. 무안함으로부터 달아나는 방법인데 역시 창의적이지 않다. 사람들의 발길이 카페에서 멀어질수록 나는 한산한 실내의 카페를 보면서 조급해진다. 엄마의 히스테리가 심해지기 때문이다.

"영후야."

엄마는 내가 어디에 있는지 번연히 알고 있다는 투로 목소리 한 번 높이지 않고 나를 부른다. 중저음의 고단한 목소리가 들림과 동시에 자동차 잠금장치 풀리는 소리가 들린다. 삐빅! 솔라, 경쾌한 음계에 반하는 낮은 도의 목소리는 나를 발딱 일으킨다. 엄마는 내가 운전 보조석에 타기 전에 시동을 걸곤 연속 동작으로 안전벨트를 맨다. 나도 재빨리 운전 보조석에 올라 안전벨트를 맨다.

오늘은 산부인과에 가는 날이다. 내가 왜 여태 생리를 하지 않는지 검사 후에 약이든 주사든 처방을 해준다는데, 2주 정도 다니면 바로 생리를 하게 될 거란다. (엄마는 손님들에게 근처의 유명한 산부인과 병원을 수소문했다.) 드디어 나도 생리를 하게 되는 것이다. 기대된다. 드디어 여자로 인정받고, 엄마가 될 자격을 갖추는 첫 단추를 끼우는 것이다.

여자아이에서 여자가 된다는 것은 생에 대한 책임감이나 자립에 대한 의지, 첫사랑에 대한 판타지가 두꺼워진다는 뜻이다. 적어도 내게 있어선 그렇다. 파우치에서 생리대를 꺼내는 오른손의 은밀함은 또 얼마나 아름다운가.

나는 가슴 저 밑바닥에서부터 부풀어 오르는 기대감을 들키지 않으려 고개를 틀어 차창 밖으로 시선을 둔다. 바람의 음계는 높은 도다. 상쾌하게 올라간 입꼬리는 그냥 두기로 한다.

투망처럼 펼쳐진 햇살이 나뭇잎마다 찰랑거리며 꼬리를 흔든다. 물결치는 햇살 위로 날아다니는 노란 나비들이 축하의 날갯짓을 한다. 하늘은 바다를 끼고선 해안도로를 닮아있다. 줄지어 선 꽃들이 활짝 핀 여자로서의 내 생을 의미하는 거라고, 나는 굳이 해석해 낸다.

솔솔도레 미미파미 솔파미도레, 머릿속에서 음악 시험의 음계가 떠돌아다닌다. 기쁘다.

북 카페를 닮은 산부인과 병원은 중학생은 출입금지 푯말이라도 붙인 듯 배를 잔뜩 내민 여자들로 가득하다. 이물감이 샘솟는다. 나는 엄마 뒤에 몸을 바짝 붙여 선다. 엄마는 내 어깨에 손을 둘러 가슴께에 품고는 미소를 흘려준다. 세상에서 가장 안전한 곳이다.

예약하고 갔음에도 30여 분을 기다려 엄마 손을 잡고 진료실에 들어선다. 무표정한 간호사의 안내에 따라 나는 의사와 맞닿은 의자에 앉고 엄마는 내 뒤에 선다. 의사는 진료카드를 들여다보며 환자의 신상명세를 꿰고는 묻는다. 어디가 불편하니?

"애가 열다섯 살인데 아직 생리를 안 해요."

엄마의 대답과 동시에 의사 선생님과 나는 얕은 감탄사를 내뱉는다. '의학박사 심효기' 명패 옆에 놓인 두 개의 액자 중 하나가 내 시선을 사로잡은 사이 '의학박사 심효기' 원장님은 엄마에게 심장을 사로잡힌다.

머리가 벗겨지려는 조짐을 보이는, 오십을 바라보는 사내 얼굴이 발그레해진다. 진료 가운을 입었어도 한눈에 다부진 체격임이 보이는, 사내의 어디에 그토록 말랑말랑한 감정이 숨어있었을까, 나는 의아하여 살핀다. 엄마와 눈높이가 맞는, 중간키의 사내는 수줍게 책상 위를 가리킨다. 젊은 시절의 그레이스 켈리와 엄마의 사진이 나란히 들어간, 내 시선을 사로잡은 액자다.

심 원장님은 (이제 더 사내라고 칭하는 것은 예의에 어긋나는 것 같다. 아저씨라거나 심 박사님이라고 친근감도, 존경도 표시하기 싫다. 내 마음이 그렇다.) 자신의 첫사랑이 액자 속에서 걸어 나왔다고 감격한다. 나는 엄마를 추종하는 많은 남자들이 있었다는 설화가 카페 밖에 실재하는 사실에 어리둥절할 뿐이다.

"그레이스 켈리⋯⋯!"

심 원장님은 단말마의 비명으로 엄마를 호명한다. 엄마 표정은 단숨에 우아해진다. 앙드레김 패션쇼에서 피날레를 장식했던 사진 속 표정으로 얼굴을 갈아치운다. 나는 그러려니 한다. 이 표정이야말로 엄마가 카페에서 가장 많이 보여주는 영업기술이다.

심 원장님의 엄마를 향한 팬심이 장황하게 펼쳐진 뒤에야 나는 병원에 온 목적을 되찾는다. 아, 그대로 집으로 돌아가도 좋은 것을!

산부인과는 호르몬 검사와 피검사, 소변검사로 왜 진료가 되지 않는가. 자궁 내에 초음파 기를 넣어야 한다는 사실을 누가 알려줬다면 나는 이곳에 오지 않았을 것이다. 여자가 되는 일이 부끄러움을 넘어 쪽팔림과 모욕감, 굴욕감, 모멸감, 자괴감, 치욕⋯⋯ 또 뭐가 있지? 아무튼 온갖 처절한 심사를 견뎌야 하는 일인 것에 나는 여자가 되는 것을 포기하고 싶어진다.

나는 주저하다 속옷을 모두 벗고 진료용 치마를 입는다. 마음은 잔뜩 오그라든 채 엄마의 채근에 진료 의자에 올라앉는다. 그러나 양다리를 벌려 진료대에 올리지 못한다. 오른쪽 다리를 진료대에 올리면 왼쪽 다리가 따라붙는다. 왼쪽 다리를 진료대에 올리면 오른쪽 다리가 어느새 따라와 꼬인다. 게다가 두 손은 자꾸 치맛단을 붙들어 묶는다. 내 몸은 그렇게 자기방어에 나선다.

"다리를 벌려야 진료를 볼 수 있는데."

심 원장님은 엄마의 눈치를 살피며 인내심을 발휘한다. 어떻게든 엄마에게 환심을 사고자 하는 몸짓이 애처롭다. 엄마에게 도움을 요청하는 눈길은 인자하다 못해 자비롭다. 나는 나풀거리는 치마 속에 입는 팬티가 얼마나 단단한 갑옷이 되는지 깨닫는다.

"영후야, 생리를 하지 않으면 몸매가 예뻐지지 않아. 여자가 못 되는 거야. 엄마가 잡아줄 테니까 다리 벌리자. 세상의 엄마들은 모두 이 과정을 거친단다. 우리 영후 착하지?"

엄마는 우아하게 설득한다.

끝내 겪어야 되는 과정이라면 나 역시 재빨리 해치우고 싶다. 그러나 몸이 말을 듣지 않는다. 내 의지와 상관없이 묶음으로 다니는 다리는 절대로 벌릴 생각이 없다. 그리하여 나는 첫 진료에 실패한다.

"아이들이 세 번째에 와서 성공하기도 하고 열 번째에 와서 성공하기도 해요. 진료를 포기하고 집으로 가는 길에 초조를 겪기도 하고, 아이들마다 다 다른데 첫 진료에서 성공한 애들은 거의 없어요. 특히 중학교 이학년은 우격다짐으로 진료를 보다간 무슨 일이 생길지 모르는 나이라서…, 우선 오늘은 그냥 돌아가시는 게 좋겠어요."

"맞아요. 중학교 이학년은 정말 뜻대로 되는 게 하나도 없는 나이에요. 학기 초엔 한 아이가 날 수 있다고 학교 교실에서 하늘 향해 뛰어내렸다니까요."

엄마는 녀석의 이야기를 꺼내 들며 진료 실패에 대한 책임을 중학교 2학년에 떠넘긴다. 심 원장님은 기쁨에 뛸 듯한 표정으로 엄마가 건네는 <켈리키친>의 명함을 받아든다. 엄마가 심 원장님과 다음 진료 날짜를 잡는 동안 나는 산부인과를 뛰쳐나온다.

바람이 달려와 오늘의 진료가 어땠냐고 묻는다. 나는 못들은 체 뛴다. 뒤에서 엄마의 자동차 클랙슨 소리가 머리채를 잡아채는 것 같다. 나는 기어이 앞으로 내닫는다. 여자가 되고 싶지 않다. 고난의 길에 들어서고 싶지 않다. 엄마가 나를 낳은 과정도 알고 싶지 않다. 나는 다만 이 순간 어떤 고통도 치욕도 시련도 겪지 않고 되찾은 평화와 어깨동무한 채 걷고 싶을 뿐이다.

그늘이라곤 없는 땡볕의 여름 속을 걸어야 하는 나이, 열다섯 살. 이미 가을은 팽창할 대로 팽창해 있건만 나의 계절은 땡볕 아래 서 있다.

2. 첫사랑을 사뿐히 즈려밟고

　이모가 첫사랑과 재회한 순간 폭우가 쏟아졌다. 아니다. 폭우가 쏟아지는 바람에 첫사랑과 재회했다. 아니다. 내가 생리를 하지 않는 바람에 첫사랑과 재회했다. 그렇다, 이게 정답이다. 그러므로 내가 생리를 하지 않은 것은 필연적이다.

　서른을 목전에 두고 한눈에 알아본 운명의 남자는 3개월의 연애 끝에 사라졌다. 늦어도 너무 늦게 치른 첫사랑은 남자의 행방불명으로 끝이 나지만 이모는 달리 기다리지 않은 채 기다렸다. 불꽃 같은 첫사랑이었다는 후일담도 없이 이모는 사랑 이야기만 나오면 아득한 표정을 지어 보였다. 이모가 첫사랑을 기억하는 방식이다. 수다스럽거나 과장되게 수식어를 동원하지 않는다. 절대 과묵하지 않은 이모가 과묵해지는 때.

나는 이모의 그 방식이 마음에 든다. 하여 나는 어떤 중요한 지점에 이르렀을 때 침묵하곤 한다. 이모의 방법을 차용한 것인데 침묵할 때 나는 제법 멋지다. 수없이 많은 말이 포장된 침묵. 포장지를 푸는 사람에 따라 다양하게 해석되는 말은 때로 철학이 되기도 한다.

"그래서 어떻게 됐는데?"

엄마는 이모가 첫사랑을 만났다는 내 증언에 심드렁하게 묻는다. 나는 열의를 잃고 돌아선다. 그냥 만났다고. 한 마디를 툭 던져놓을 뿐이다.

엄마는 내가 진료를 보는 것에 계속 실패하자 내 손을 이모의 손에 쥐여준다. 사정을 전해 들은 이모는 전투력을 과시하며 반드시 진료를 보고 오겠노라고 큰소리를 친다. 과연 이모는 교양이라곤 삶아낸 걸레 취급하듯 패대기치고는 나의 무릎을 양쪽으로 좍, 우악스럽게 벌린다. 나는 우글거리는 모멸감과 단단하게 뭉쳐진 치욕으로 소리를 지른다. 이모! 이모! 나 못해! 안돼…! 비명처럼 쏟아내는 단말마의 단어들은 앙다문 입술 덕분에 입안에서 회오리칠 뿐 밖으로 튀어나오지 못한다.

아주 낮은 신음소리가 단음으로 뱉어질 뿐. 끙.

주말과 휴일을 빼고 격일로 산부인과에 출근한 지 일곱 번만에 진료를 보는 것에 성공한 나는 화끈거리는 얼굴을 숙인다. 몹시 부끄럽다. 심 원장님 얼굴을 정면으로 보는 게 힘들다. 그러나 매우 궁금하다. 왜 나는 아직 생리를 하지 않는가. 진료를 봤으니 이제 드디어 생리를 하게 되는 건가. 오늘 당장 할 수 있게 되는 건가. 그러나 심 원장님은 구체적인 일정을 제시하지 않는다. 별 이상이 없다는 것이 진료소견의 핵심이다. 생리 촉진제를 맞을 필요도 없다고 한다. 호르몬제와 성장보조제를 먹으면 될 거라는 진단이 희망이 될 뿐이다.

심 원장님은 나를 배웅하며 엄마의 언니, 아니 켈리의 언니인 이모에게 호의를 베푼다. 이모는 패대기친 교양을 주워들고 과장된 액션 뒤에 눈동자를 숨겨 심 원장님을 스캔한다.

"켈리가 바빠서 제가 대신 데리고 왔어요. 이 아이가 얼마나 생리가 하고 싶은지 생리도 하지 않으면서…"

"이모오!"

나는 화급하게 이모의 말을 자른다. 해야 할 때 하지 않는 것, 벌어져야 마땅한 일이 벌어지지 않는 것, 그 비정상을 해소하기 위해 온 병원이다. 그런데 이모의 말이 끝나면 나는 산부인과 진료를 보고 청소년 정신과로 처방이 날 수 있다. 곳곳이 비정상이 되는 나.

이모는 마지못해 입을 다물어준다. 대단한 적선을 해준 듯한 몸짓에 나는 시큰둥한 마음을 감춰 애써 환한 미소(일명 썩소)를 제작하여 화답한다.

"안 그래도 연락받았습니다. 통화된 김에 오늘 저녁 식사 예약도 했고요. 부자지간에 정 쌓을 겸, 아들한테 제 첫사랑을 자랑하기로 했는데, 기대됩니다."

심 원장님 말에 이모의 표정이 억지로 환해진다. 고객으로서의 심 원장님은 반갑지만 엄마의 날들을 생각하면 즐거움이 다이어트 되는 기분인 모양이다. 엄마가 사랑에 빠지는 것은 고마운 일이나 그 사랑이 결혼으로 이어지게 될까 봐 경계하는 눈빛이 역력하다. 또 한 명의 남자가 세상을 떠나는 것은 아닌가 걱정스러운 것이다. 심 원장님은 자신의 아내도 세상을 떠났음을 밝힌다. 굳이. 이모의 근심은 한층 두터워진다.

그러나 나는 이모의 태도에 의문을 품는다. 만나는 남자마다 모두 연애를 했다면 엄마의 연애는 두 자릿수를 넘어 세 자리를 마크해야 마땅하다. 그러나 엄마의 연애는 내 아버지에서 끝이 났다. 적어도 내가 알기론 그렇고, 언니 기억에 의한 사실이기도 하다. 그러므로 이모가 억지로 환한 미소를 짓는 염려는 오버이다. 경계하는 눈빛은 실례이다. 나는 심 원장님에게 마음을 다해 웃어준다. 내가 취하는 방식의 사과이다.

엄마는 나의 첫 진료가 실패로 돌아간 날부터 행복하다. 어쩌면 엄마의 이 태도가 이모의 걱정과 염려와 오버의 근간일는지도 모른다. 참 어쩔 수 없는 자매이다.

누군가(심 원장님 포함, 카페를 찾아오는 불특정 다수의 팬)에게 자신이 판타지로 기억되고 있음을 이모와 언니에게 과장되게 늘어놓는 엄마는 자부심을 겹겹이 두른다. 자신의 사진과 그레이스 켈리의 사진이 나란히 놓인 액자가 대체 뭐라고.

나는 엄마가 행복해하는 근원을 찾고자 하지만 불가해한 영역이다. 사진이 갖는 상징성이나 의미가 도무지 그려지지 않는다. 그러나 이모는 알아차린 표정으로 심 원장님을 본다. 삶이 가르쳐주는 무엇. 나는 그 무엇에 대한 열등감을 손에 쥐고 진료실을 빠져나온다.

산부인과에서 나오자 세상은 빗속에 잠겨있다. 쏟아지는 폭우에 이모는 일기예보가 맞아떨어진 것에 감탄하며 우산을 펼쳐든다. 이런! 낭패한 소리를 쏟아내는 이모의 손엔 양산이 들려있다. 서른 걸음쯤 뛰면 약국인 것에 이모와 나는 양산에 의지하여 전력 질주한다. 약국에 뛰어들어 내 젖은 옷부터 털어주던 이모의 손이 툭 떨어진다. 나는 이모가 놓친 처방전을 주워든다. 영문을 모른 채 이모를 본다.

"그 사람이야."

이모는 나만 들을 수 있는 낮은 목소리로 읊조린다. 마치 고장 난 라디오처럼 목소리에 잡음이 끼어있다. 이모의 심장 뛰는 소리가 내 귀로 뛰어든다. 나는 방금 나간 사내를 눈으로 좇는다.

폭우가 쏟아지자 약국 앞에 내놓은 박스들을 치우기 위해 중년의 사내(이하 임 아저씨라고 부른다.)는 집에서 불려 나온다. 어쩌면 기원에서 불려 나왔을 것이다. 또 어쩌면 커피숍이거나 사우나이거나 피시방일 수도 있다. 아무튼 임 아저씨의 복장은 지나치게 헐렁하다. 얇은 비닐로 만든 싸구려 우비에 아무렇게나 꿰신은 슬리퍼만 봐도 그렇다.

"이따도 여전히 비가 세차면 데리러 올게."

마지막 상자를 들여놓고 임 아저씨는 순한 표정으로 약국을 나선다. 자신에게 이모의 시선이 달려든 것을 모르는 눈치다. 이모는 다급하게, 그러나 약사에게 들키지 않게 임 아저씨를 따라 뛰어나간다. 약사의 시선에서 비켜선 이모와 임 아저씨는 마주 보고 선다. 이모의 표정이 밀랍 같다. 빗줄기가 더 거세진다.

아, 이모의 첫사랑은 저리 생겼구나.

나는 빠끔히 내밀고 보던 고개를 들여놓고 처방전을 내민다. 약사 아줌마가 조제하러 칸막이 뒤로 사라지자 나는 냉큼 밖을 살핀다. 없다. 감쪽같이 사라졌다. 조제한 약을 받아들고도 나는 약국을 나서지 못한다. 돌아오지 않는 이모를 기다리는 척, 비가 조금 잦아들길 기다려 나는 엄마에게 전화를 건다. 엄마와 통화를 마친 약사 아줌마가 잡아주는 택시를 타고 집에 돌아온다. 이모보다 능력 있고, 작고 아담한 약사 아줌마를 떠올리면서 나는 임 아저씨의 선택을 이해한다.

이모의 늦은 귀가에 대한 엄마의 호기심은 <켈리키친>을 메우는 손님들 속에서 한 점씩 두 점씩 엷어져 간다. 어둑하도록 돌아오지 않는 이모의 부재를 오직 나만이 알아차린다. 이모가 없으니 텅 빈 집.

요즘 들어 부쩍 언니의 귀가 시간이 늦어진다. 나는 행복하고 이모는 걱정하고 엄마는 뿌듯해한다. 한 사람의 늦은 귀가에 세 마음이 포진된다. 각각의 입장에서 역할 놀이하듯 다른 마음을 품는다는 것은 흥미로운 일이다.

"언니 와인 마시자. 때 되면 들어올 텐데 뭘 그렇게 나가 서 있어?"

엄마는 카페 골목 밖의 정류장까지 나가 선 이모를 전화로 불러들인다. 나는 이모 손을 잡고 집으로 돌아온다. 밤기운이 제법 차갑다. 섬뜩한 손길이 머리를 쓸어 넘기는 듯 오소소 소름이 돋는다. 버석거리는 머리칼. 윤기를 빨아들인 햇살이 귀 뒤로 넘어간 밤이면 이모도 나도 혼자 골목 밖으로 나가는 게 꺼려진다.

하여 우리는 늘 둘이다.

"아르바이트도 안 하는 애가 매일 늦으니까 걱정돼 그러지. 게다가 딸이잖니. 그게 보통 딸이니? 누가 집어가고 싶게 생긴 딸인데."

"도서실 다니는 걸 거야. 장학금 못 탄 걸 어이없어 하더라고. 자기 학점에 자기가 기절할 지경이래. 천재, 수재들만 모인 학교에서 지가 여전히 일등 하면서 자존심 지키려면 공부해야지 별수 있겠어? 원하는 대학 가놓고 입시생 됐다고 투덜거려."

"그래? 그게 다야?"

"나이트에 눈뜬 것도 같아. 가끔 다니는 모양이더라고. 화장 가르쳐달라고 그러대. 예쁘게 보이고 싶은 애가 학교에 있으면 고맙고, 나이트에 있으면 할 수 없고. 어느 날 남자친구라고 카페에 데리고 오면 맛있는 거 차려줄 각오로 커밍아웃 기다리는 중이야. 와 앉아."

"졸려. 너도 얼른 자."

육두문자를 추임새로 넣어야만 대화가 되는 말의 패륜 시대는 분노조절장애를 앓는 사람들을 양산해 냈다. 사랑의 유통기한이 다 되어 이별을 통보하면 남겨진 슬픔을 노래하거나 술을 마시며 아픔을 달래는 것은 옛이야기가 됐다. 이별 통보 하나에 흉측한 범죄들이 난무하고 매일 뉴스는 그 사실을 자극적으로 보도한다. 묻지 마 살인과 밤늦은 귀갓길 여자를 대상으로 한 범죄는 그 밖에도 많다.

언니의 늦은 귀가는 자연 이모의 걱정을 산다. 걱정이 산 같음에도 불구하고 이모는 번번이 기다림을 마치지 못하고 잠에 끌려들어 간다. 그때마다 엄마에 의해 소파를 비운다. 비척거리며 방으로 들어가는 이모의 건강한 잠은 엄마의 부러움을 산다. 오늘도 예외는 아니어서 이모는 그 좋아하는 와인을 두고 방으로 들어간다. 잠에 끌려 들어간다.

늦은 밤, 요의와 갈증으로 거실에 나오면 현관문 열리는 소리와 함께 언니가 들어온다. 언니는 취하지 않은 척, 약한 술 냄새를 풍기며 나를 지나쳐 언니 방으로 들어간다. 언니에게서 나는 술 냄새가 불온하다. 심장이 쫄깃해진다. 불안과 기대가 팽팽하게 맞서는 까닭이다. 뭔가 있다.

문밖에 세워진 나는 팡팡 터지는 생각을 끌어모아 내 방으로 들어온다. 남아있던 잠이 언니 방문 밖에 놓인다. 내 귀는 벽에 바싹 붙는다. 숨소리도 건너오지 않는 벽 넘어 언니가 꿈틀거린다. 쟁쟁한 호기심이다.

"언니, 내가 촉이 좋은데 말이지… 뭐 있지? 뭐야?"

"생리나 해. 약은 먹어?"

엄마와 이모가 카페에서 쓸 재료와 가족들 먹을 장을 보러 새벽시장에 간 사이 언니와 나는 둘만의 식탁에 앉는다. 나는 탐문하듯 묻는다. 언니 대답이 날카롭지 않다. 말투는 여전히 시니컬하지만 온도가 다르다. 말의 온도까지 구별해내는 나. 이럴 때 보면 나는 천재이다. 용기를 얻은 나는 좀 더 탐색하는 눈길을 보낸다. 물론 다 안다는 투의 표정은 기본으로 장착한 채이다. 언니는 볼 테면 보라는 식으로 버티며 열심히 숟가락질을 한다. 비대하게 자란 호기심은 분위기를 파악하는데 최적화되어 있다.

"그 머리를 공부하는 데 썼으면 전교 십 등은 했을 거다. 너 어쩌려고 그러니?"

"언니는 어쩌려고 그래?"

"이게 유도신문하네. 주제에."

"내 주제는 중학교 이학년이지. 대한민국을 지키고 있는 용사의 학년. 북한이 우리 무서워서 못 쳐내려오는 거 알지? 우린 죽는 게 무섭지 않거든. 다 덤벼! 불 싸 들고 뛰어드니까 못 건드리지. 기특하지 않냐, 언니야?"

물끄러미 나를 보던 언니는 막 비운 밥그릇과 수저를 싱크대에 넣고는 주방에서 나간다. 대화를 거부하는 언니의 순한 침묵이 용기에서 한 걸음 더 나아가 용감하게 만든다.

"딱 기다려! 언니 너 들켰거든! 누구야?"

나는 서둘러 밥을 퍼먹고 식탁을 정리한다. 내 분주함이 불편한지 언니는 방으로 천천히 들어간다. 태연을 가장한 걸음엔 꼬투리를 잡히지 않겠다는 의지가 담긴다.

나는 아무렇지 않게 언니 방에 들어가 침대에 벌렁 눕는다. 어린 시절부터 해온 일이므로 이 일은 아주 자연스럽다. 화장대에 앉은 언니는 거울을 통해 슬쩍 바라보곤 이내 시선을 거둔다. 눈을 강조한 화장에 입술은 흐린 색의 틴트로 마무리를 하는 화장법은 엄마가 가르쳐준 팁이다. 젠장. 치의예과 주제에 방송연예과라고 이야기하면 딱 맞을 외모라니.

"오, 여자 여자 해. 공부하러 가면서 그렇게 예쁘게 화장을 한다고?"

"얼른 학원 가라."

"오늘 영어 하나밖에 없어. 오… 속눈썹! 영화 보러 가면 남자가 슬쩍 손잡아오고 그러나? 팝콘 같이 집다가 손 부딪치고 그래? 아…, 야해."

"까분다."

어처구니없다는 투로 웃음을 흘리는 언니 얼굴에서 나는 첫사랑을 읽는다.

스물한 살의 언니에게 남자가 생긴 것은 당연한 일이다. 고등학교 때 첫사랑을 겪지 않은 게 오히려 이상할 정도이다. 언니도 이모만큼이나 늦은 첫사랑일지 모른다. 그런데 언니는 사랑을 감추려고 든다.

불륜이거나 사회적 능력이 거세된 채 책임감 없이 사랑에 빠진 거면 모르되 감춰야 할 무엇이 없는 스물한 살의 사랑은 자꾸 아닌 척, 척에 머문다. 여전히 순결하고 싶은 걸까? 사랑에 빠져 몸과 마음을 다해 사랑을 하는 것이 도대체 순결과 무슨 결이 달라서 언니는 순결하거나 순정한 표정을 유지하며 아닌 척, 척에 머무는 걸까?

나는 더 말하지 않고 언니 방에서 나온다. 첫사랑과 데이트에 나서는 언니 마음속에 오늘의 데이트에 대한 기대로만 충만하길 바란다. 나는 이만큼이나 너그럽다.

전에 없이 자주 집을 비우는 이모와 순해진 언니로 인해 나의 하루는 자꾸만 무료해져 간다. 버려지지 않은 채 버려져 혼자 집안을 떠도는 동안 나는 심심하다는 말의 정의에 눈뜬다. 숙제를 해도, 텔레비전 볼륨을 한껏 올려 시청해도, 핸드폰으로 단톡방을 만들어 수다를 떨어도 자꾸 심심하다. 자꾸 무료하다.

시간은 어딘가에 혹은 누군가에 묶여있기라도 한 것처럼 아무리 살아도 오후에 머물러있다. 학원을 마치고 집에 돌아오면 덩그러니 놓인 소파만이 반기는 거실 풍경은 서럽다. 아무도 열심히 공부했느냐고 묻지 않고 아무도 간식을 챙겨주지 않는다. 나는 1층 카페로 내려간다. 그곳에도 내가 앉을 자리는 없다. 또 무료하다.

테이블마다 다니며 와인에 대해 설명하는 엄마의 눈에 나는 보이지 않는다. 샐러드마다 다른 드레싱을 쓰는 키다리 삼촌 덕분에 엄마는 더 많은 말을 하며 손님들을 상대해야 한다. 엄마가 바쁘다는 것은 고마운 일이다. 그러므로 나는 엄마를 찾아 칭얼대는 사춘기 딸의 포지션을 포기해준다. '심·심·하·다.' 마음속에 들어찬 네 글자의 포인트가 점점 커진다.

첫사랑이 운영하는 <켈리키친>에 발을 들인 심 원장님의 예약석엔 세 명을 위한 커트러리가 세팅되어 있다. 엄마는 심 원장님이 아들과 단둘이 찍은 사진을 기억하여 아내를 대동하여 올 것이라 짐작하고 김빠져 했다. (이모는 심 원장님이 사별했다는 정보를 엄마에게 전달하지 않았다.)

아내가 있는 남자=편한 친구도 될 수 없는 사이.

연애를 꿈꾸거나 재혼을 꿈꾸는 것도 아니면서 엄마는 그런 남자들과는 두드러지게 선을 긋는다. 예전엔 엄마를 좋아했지만 지금은 추억으로 둬야 옳다는 의미가 내포되어 있다. 편하게 농담 한 마디도 할 수 없는 관계로 설정하는 것을 도덕적 책무로 생각하는 듯하다.

삶의 판타지가 줄어드는 느낌, 그 하나 때문에 엄마는 시무룩해진다. 팽팽하게 때론 느슨하게 줄다리기를 하며 서로의 영역을 향해 동경을 갖는 것은 삶에 텐션이 생기는 일이다. 적어도 엄마에겐 그렇다. 그래서 엄마는 남자들이 혈혈단신 자신을 숭앙하며 독신의 삶과 어깨동무해주길 바라는 것이다. 엄마의 삶처럼. 고약하다.

"켈리 씨하고 같이 먹으려고 세 자리 예약한 건데, 바쁘시더라도 같이 앉아있어 주시겠습니까?"

엄마 얼굴이 의례적으로 환하게 꽃피었는지, 무표정 속에 감춘 심장 한가운데에서 폭죽이 터졌는지, 현장은 알 길이 없다. 다만 그날 밤 이모와 나는 엄마로부터 심 원장님에게 자신이 얼마나 고고한 가치로 존재하는가를 듣고 또 들어야 했다.

심 원장님과 아들, 엄마. 이렇게 셋이 앉아 먹는 저녁 식사 자리는 일가족 같았을까? 아들을 가운데 앉히고 남편과 나란히 앉아 먹는 저녁 식사 장면을 연출한 엄마 마음은 어땠을까? 아들까지 자신을 향해 경외의 표정을 지어 보이더라. 과장법을 동원한 엄마는 문득 시무룩해진다. 아들이 얼마나 든든한가, 그 지점에 말이 닿는다. 아주 예의 바르고 멋지더라. 키도 큰 게 대학생보다 더 의젓하고 어른스럽더라. 하긴 영후는 아들 같은 딸이니까. 까무룩 잠이 들어도 그치지 않는 엄마의 이야기.

꿈속에서 엄마는 심 원장님의 진료복 주머니에 들어가 웃고 있다. 나는 작아진 엄마를 꺼내고자 하나 엄마는 세차게 고개를 저으며 발버둥 친다. 그런 엄마를 달래느라 심 원장님은 주머니 속에서 엄마를 꺼내 가슴께에 안는다. 엄마는 안온한 표정으로 눈을 감는다. 무기력하게 보다가 돌아서는데 그 순간 길이 지워진다. 첫발을 내디딜 새 없이 끝없이 낭떠러지로 떨어지던 나는 침대 밑에서 깨어난다.

<켈리키친>에 첫발을 들인 이후 심 원장님과 엄마가 따로 시간을 내어 만났는지 여부를 나는 알지 못한다. 엄마의 세 번째 사랑이 혹은 심 원장님의 첫사랑이 진도를 나가고 있는지 어떤지 알고 싶지 않다. 엄마의 사생활을 건드리고 싶지 않거니와 안다 한들 내가 할 수 있는 일이란 없다. 내 영역을 벗어난 일은 모르는 게 약이다.

나의 성숙한 사고에 비해 이모의 호기심은 이성을 잃는다.

엄마는 비밀이 많은 사람이 아니다. 단지 말을 하지 않는다. 왕년을 바탕으로 대하소설이 되는 이야기들은 전설처럼 신화처럼 되풀이하여 말하지만 그 외의 이야기는 즐기지 않는다. 자긍심과 자부심을 무장하기 위한 도구로 꺼내는 왕년의 이야기. 그 이야기가 끝나면 듣는 자세로 돌아간다. 카페에서 종일 말하다 보면 지친다는 게 그 이유이다. 그 이유는 타당하고 합당하다.

거의 매일 새벽, 엄마는 주방에서 필요로 하는 재료들을 사러

간다. 가게에 도착하면 주방으로 직행해 장 본 재료들을 부린다. 그리고는 곧장 가게를 장식할 꽃을 사러 가거나 디퓨저와 향초를 사러 다시 나간다. 돌아오면 오늘의 영업을 시작하기 위해 눈코 뜰 새 없다. 브레이크 타임이면 테이블보를 갈아 끼우고 와인 리스트를 정리하느라 정신없다. 그렇게 단단히 준비하고 다시 오픈한 저녁 장사는 밤 11시에 마감한다. 엄마에게 사생활은 거의 존재하지 않는다.

거의 존재하지 않는 사생활과 왕년의 이야기를 빼면 이야기 자체를 즐기지 않는 엄마이다 보니 이모의 궁금증은 몸살을 앓는다. 심 원장님과 어디까지 갔는지 물을 때마다 엄마는 "지랄…" 퉁명스레 한 단어를 뱉어내곤 굳게 입을 다문다. 이모는 나의 산부인과 진료일마다 동행하여 심 원장님을 살핀다. 어떤 실마리를 찾아내고자 하지만 심 원장님 역시 만만치 않다.

심 원장님의 저녁 시간이 〈켈리키친〉에 자주 놓이긴 했다. 없는 시간을 쪼개 엄마가 두어 번 사라지기도 했다. 그러나 엄마는 심 원장님을 카페를 찾는 많은 고객 가운데 한 명으로 대한다. 속내는 알 수 없지만 겉으로 보이는 모습은 그러하다. 그럼에도 불구하고 이모는 자주 혀를 차며 근심이 가득 배인 한숨을 내쉰다. 뭘 알고 저러는지 싶을 정도이다. 외출하고 돌아온 날이면 근심이 더욱 깊어지는데 그것이 무엇을 의미하는지 헷갈린다.

데이트를 떠벌이는 이모와 은밀한 엄마, 말은 하지 않지만 온 몸으로 사랑에 빠졌음을 증명해내는 언니, 세 사람의 공통점은 자주 화장대 앞에 앉는다는 것뿐 표정도 말도 다르다. 세 명의 여자는 전보다 더 부지런해지고 전보다 더 자주 옷을 갈아입는다. 외출할 때 뿌리는 향수는 현관에 고여서 우리 집의 입은 나날이 향기로워진다.

다양한 표정과 다양한 이야기를 만들어내는 집안 분위기로 보아 사랑은 삶을 가장 다채롭게 만드는 힘이 있는 것 같다. 첫 사랑, 두 번째 사랑, 세 번째 사랑, 짝사랑, 마지막 사랑… 사랑은 괴롭고 즐겁고 은밀하고 행복하고 궁금하고…… 수십 개의 얼굴을 하고 서로의 마음 깊은 곳에 깃든다.

각자의 삶에서 일정 부분을 덜어 다른 누군가의 삶에 옮겨놓는 것, 그리곤 덜어낸 반쪽의 마음이 잘 지내고 있는지 매일 확인하고 싶은 것, 그리하여 부지런히 걸음을 그곳으로 놓게 하는 것, 적어도 두 여자의 사랑은 오늘도 바쁘다.

첫사랑과 재회한 후 이모는 거의 매일 외출하고 있다. 엄마에 반해 이모의 시간은 자유롭다. 명퇴자가 된 후 셔터맨으로 살아가는 중년의 임 아저씨 역시 자유로운 시간을 구가한다. 자유로운 두 사람은 주로 브런치 데이트를 즐긴다. 이모는 데이트마다 엄마의 자동차를 끌고 나간다. 이모에게 있는 가장 좋은 옷과 구두와 가방을 동원한 데이트는 저녁 시간 전에 끝난다. 브레이크타임에 집으로 올라온 엄마는 이따금 이모에게 일갈한다.

"적당히 만나다 끝내."

"애 생기면 끝낼 거야."

엄마는 화들짝 놀란다. 이모 나이는 엄마보다 네 살 많은 마흔아홉 살이다. 마흔아홉 살에 엄마가 되길 꿈꾸는 이모는 평생 엄마 매니저로, 조카들 육아를 도맡은 후견인으로 살아왔다. 직업을 가져본 적이 없다. 고로 아이를 키울 경제적 자립이 되지 않는 이모가 엄마 되기를 꿈꾼다는 건 결국 엄마가 경제적으로 책임져야 할 아이가 한 명 더 생긴다는 뜻이다. 그 무게를 모르지 않을 이모가 그런 꿈을 꾼다는 것에 엄마는 할 말을 잃는다.

"그 사람이 가정을 끝낼 거라고. 둘이 애 키우면서 알콩달콩 살아보고 싶어. 내가 애 키우는 건 도 텄잖니."

사랑에 있어선 절대적으로 과묵한 콘셉트를 유지해온 이모가 말이 많다. 사람은 바뀐다. 여름을 좋아하던 이모는 이제 가을을 좋아하고 시고 단 자몽 대신 당도가 높은 귤을 찾는다. 아이스크림은 입에도 대지 않고 탄산음료도 이젠 싫다고 한다. 입맛이 바뀌고 좋아하는 계절이 바뀌는 건 나이 탓이라고 쳐도 사랑에 대해, 그토록 은밀하고 내밀한 사랑에 대해 떠벌리는 이모는 역시나 낯설다.

"마흔넷에 직장 잘려 십 년째 셔터맨으로 놀고먹는 사람이 애 생기면 경제력이 생긴대? 이 나라에서 애 키우는 건 부실자산을 끌어안고 매일 돈으로 때려 넣는 일인 거 몰라? 자식하고 자동차는 돈 들어갈 일밖에 없는 부실자산이라고 내가 몇 번을 말해?"

"그래도 있는 게 좋잖아."

"그 나이에 애 갖고 싶어?"

엄마의 질문은 자못 불쾌하다. 그러나 현실적이다. 이모가 언성을 높이지 못하고 시니컬하게, 능글거리며 대답하는 이유이지만 나는 조금씩 불안하다.

"네가 엄마 된 나이에 나는 애를 갖지 못했으니까 이 나이에라도 갖고 싶어. 이혼하면서 위자료 받아 나오면 통닭집은 차릴 수 있어. 그럼 애 하나 못 키우겠니?"

"그 가게가 애 분유 값은커녕 언니 밥값도 못 벌어주면 어떡할 건데?"

"너는 망할 걱정부터 하니? 대박 터지면 어떡할 건데?"

엄마는 아직도 세상을 모르는 이모가 부럽다는 말로 대화를 끊는다. 말을 즐기지 않는 엄마를 이모는 그러려니 한다. 나는 덩그러니 남은 이모에게 눈치가 보여 슬그머니 일어서서 자리를 피한다. 또 욕실이다. 욕실은 도망치는 공간으로는 최적의 장소이다.

나는 쓰레기통 뚜껑을 살짝 열어본다. 산부인과 진료에 성공한 후 처방받은 약을 꼬박 먹고 있는데도 생리는 여전히 감감무소식이다. 성장에 속도가 붙는 것 같지도 않다. 호르몬 분비에 아무 이상 없는 몸을 확인한 것으로 위안을 삼아야 할 판이다. 하여 나는 휴지에 돌돌 말려 버려진 생리대를 보면서 생리가 샘내주길 바란다. 의정이 엄마가 말했다는 "생리는 샘을 내서 너 하면 나도 하고, 친구들끼리는 주기도 같아지더라." 그 말에 전폭적인 신뢰를 품은 뒤 이따금 나는 일종의 굿을 하는 개념으로 쓰레기통을 본다. 내겐 신성한 기원이다.

쓰레기통 속에서 못 보던 것을 본다. 한 줄이 선명한 스틱은 짐작건대 임신 테스트기이다. 심장이 쿵쾅거린다.

"이모, 이건 뭐야?"

쓰레기통에서 스틱을 꺼내 거실로 들고 나온 내 등짝을 이모는 사정없이 내리친다.

"쓰레기통에 버린 걸 왜 꺼내 들고 나와? 너 뭐 하는 애라서 쓰레기통을 뒤지니?"

"휴지 버리려고 하는데 이게 보였어."

"그럼 그런 게 있나 보다 할 것이지 이 더러운 걸 왜 들고 나오니? 얼른 들어가 손 씻어!"

나는 오래도록 손을 씻으며 어른들의 섹스에 대해 생각한다.

밤에 자기 전에 하는 게 섹스가 아닌가. 은밀한 시간에 몸으로 나누는 대화는 부부의 잠을 깊은 곳으로 이끌어 그 깊은 곳 어디에선가 아기를 건져오는 것, 그것이야말로 탄생의 신비가 아닌가. 낮에 만나 커피 한 잔에 브런치를 먹고 들어오는 이모의 시간 어디에 임신의 가능성이 열려있단 말인가. 나는 의문들을 주렁주렁 매달고 언니 방으로 간다.

언니는 내가 호기심을 품은 것에 대해 호기심을 느낀다. 나는 졸지에 탐색의 대상이 된다. 언니는 앙다문 입술로 쏘는 듯 바라본다. 그 시선이 너무 서늘하여 그만 주눅이 든다. 나는 더 묻지 못하고 시선을 내려뜨린다. 이유를 알 수 없는 굴욕감이 전신에 퍼진다.

"너, 그게 뭔지 안다고?"

"도둑질해본 적 없어. 그렇지만 도둑질이 어떤 건지 알아. 로제파스타 만들어본 적 없어. 그렇지만 어떻게 만드는지, 얼마큼 맛있는지 알아. 탐폰이 어떤 건지도 알고 조선 시대 사람들이 어떻게 살았는지도 대충은 알아. 지금 언니 질문은 경험해본 것만 알아야 된다는 뜻으로 들려."

언니는 어깨를 늘어뜨리며 긴 한숨을 쉰다.

"내가 임신테스트기가 어떻게 생겼는지 알아보는 것보다 이게 왜 우리 집에 있는지가 더 중요한 문제 아니야?"

나는 철저히 엄마 편이다. 하여 언니가 문제의 본질을 꿰뚫어 보기를 권한다.

엄마가 사생활도 거의 없이 스물네 시간을 카페에 묶여 있는 것은 순전히 이모와 엄마, 언니와 나의 생활비 교육비 주거비 의료비 피복비… 삶이 필요로 하는 각종 것들을 구매하고 지불하기 위한 돈을 벌기 위해서이다. 그런데 이제 엄마는 또 한 명 어쩌면 두 명(임 아저씨와 아기)의 인생까지 책임져야 할지도 모른다. 자신의 의지와 상관없이 몇 개의 목숨을 더 책임져야 하는 일은 불행하다. 나는 이모가 무책임하다고 느낀다. 자연스레 이모를 향해 적의를 품는다. 이모의 이야기가 엄마의 귀에 들어간 밤, 이모와 엄마의 언성이 높아진다. 이모 입에서 치킨집이라는 말이 스무 번도 더 넘게 나온다. 나는 자꾸 이불을 뒤집어쓴다.

녀석이 돌아왔다. 미세먼지가 안개처럼 온 동네를 휘감고 도는 아침, 왠지 뒤숭숭했다. 봄의 전령은 이제 더 이상 벚꽃이나 개나리, 진달래가 아니다. 여름의 전령은 초록이나 무더위, 장마가 아니다. 가을 역시 천고마비는 개뿔. 높고 푸른 하늘을 보는 일은 이제 가뭄에 콩 날 정도다. 겨울에도 미세먼지는 온 나라를 의뭉스럽게 뒤덮는다.

나는 매일 이모가 쥐여주는 마스크를 쓰네, 마네 하면서 아침마다 신경전을 벌인다. 결국 집에선 쓰고 나오지만 교문쯤에 이르면 마스크는 턱받침으로 내려가 있다. 나만 유난을 떠는 것 같아 겸연쩍어서다. 한편으로는 기관지와 폐에 이상이 생길까, 이모의 경고가 뒷덜미를 잡아챈다. 괜히 목이 따끔거리는 것 같은 기분에 시달리는 때, 찬물로 세수를 해도 여전히 진득하게 들러붙은 것 같은 누런 먼지처럼 녀석은 온 교실을 휘감으며 왔다.

아직은 휠체어 신세지만 두 달 뒤엔 목발로 갈아탈 거란다. 겨울방학에 한 번의 수술을 더 거친 뒤엔 걷게 될 거라고 한다. 녀석의 엄마는 녀석을 교실 뒤에 앉혀놓고 우리에게 녀석을 부탁하고 나간다. 녀석 주변으로 아이들이 몰려든다. 녀석은 병원에 있을 때와 조금도 달라진 게 없다. 아이들의 증언에 의하면 그렇다. 어떤 큰일을 겪으면 사람이 변한다는데 녀석이 겪은 비상의 날갯짓은 큰일에 속하지 못하는 모양이라고, 나는 고개를 절레절레 젓는다.

"야, 윤영후! 너 공부도 못하는 게 잘난 척했다며?"

"하고 싶은 말이 뭐야?"

"애들이 박수 치면서 몰아가지 않았으면 난 안 뛰어내렸거든!"

"애초에 안창수, 네가 날 수 있다고 창문 밖으로 안 나갔으면 애들이 박수 칠 일도 없었어. 넌 애들이 박수 친 거 가지고 교무실에 불려 다녀야 한다고 생각하나 봐? 수술 끝나고 정신 차리자마자 그랬다며? 아이템 사서 치료하면 바로 걸을 수 있으니까 붕대 풀어 달라고. 그런 애 때문에 이 교실이 공포로 물들어야 되겠어?"

녀석의 이름은 안창수다. 촌스럽다. (나는 녀석을 계속 녀석으로 호명할 것이다. 이름을 부르는 게 거북하다.) 내가 우리 반에서 여자아이들 가운데 제일 작다면 녀석은 남자아이들 가운데 제일 길다. 크다고 얘기하기에 녀석은 지나치게 말랐다. 하여 나는 길다고 표현하기로 한다. 그 긴 녀석은 얼굴마저 길어서 조금 더 나이가 들어 보인다. 나는 같은 반동기인데도 녀석에게 말을 놓을 때마다 고등학생쯤 되는 나이 많은 오빠에게 말을 놓는 것 같은 기분에 사로잡힌다. 주눅이 드는 예의 바름이다.

수업시간마다 선생님들은 녀석의 안부를 묻는다. 녀석은 의기양양하게 살아 돌아온 것을 떠벌린다. 그 바람에 몇몇 아이들은 녀석이 정말 났다고 믿는다. 졸지에 불사신이 되는 녀석.

녀석이 종례 후 굳이 나를 호명하여 엄마가 자신을 태우러 오기까지 함께 있어달라는 부탁을 한다. 미소와 의정이 먼저 그러마 하고 대답한다. 나는 마지못해 녀석의 엄마가 올 때까지 교실에서 녀석과 있어 준다.

의정과 미소는 녀석의 수술 과정과 병원에서의 생활에 대해 알고 싶은 눈치다. 녀석은 약삭빠르게 표정을 읽어내곤 거드름을 피우며 병원 생활을 히어로물의 영화로 바꾼다. 의정과 미소는 점점 이야기에 빠져들며 감탄을 쏟아낸다. 중학교 2학년, 열다섯 살 소녀들의 마음속에 부풀어 오르는 애드벌룬 하나.

"그러니까 거의는 죽는데 너는 아바타가 세서 안 죽었다는 거야?"

"난 지금 다시 떨어져도 안 죽어. 그리고 너희들도 봐서 알겠지만 나 잠깐 날았었어. 방심해서 떨어진 거야. 내 아바타랑 교신을 먼저 하고 날았어야 했어. 가면을 안 쓴 게 최고 실수였지."

나는 녀석을 낳고 기쁨의 미역국을 드셨을 녀석 엄마를 향해 안쓰러움을 갖는다. 내 표정이 점점 서늘해져 갈수록 녀석의 흥분 게이지는 올라간다. 도대체 자신의 말이 가당하기나 한지, 믿어달라는 사고체계는 어떻게 형성된 건지 나는 의문을 품는다. 나는 녀석이 어디까지 하는지 보고 싶어 리액션의 일종으로 질문을 던진다.

"재활을 받지 않았는데도 올해 안에 걸을 수 있게 된 게 전부 아바타가 대신 아프고 있기 때문인 게 확실하면 나도 아바타를 키워야겠다. 가르쳐줄 수 있어?"

"교감을 해야 돼. 잇템들을 득하려면 또 몰두 좀 해줘야 되고. 영후 너라면 내가 대신해줄 수도 있어. 내가 갈비 나가고 다리 나가서 좀 후져서 그렇지 손은 재빠르거든."

녀석과 헤어져 학원으로 가는 우리들의 수다는 녀석이 주제이다. 제일 시급한 수술이 머리인 것 같은데 왜 녀석의 엄마는 저대로 둘까? 우리들은 공감대를 형성한 뒤 심각하게 녀석의 상태를 걱정한다. 붕붕 떠오르던 애드벌룬은 없었던 것이 된다. 다행이다. 의정이와 미소가 정말로 공감했을까 봐 내심 걱정이었던 게 미안하다.

열다섯 살의 무모함이나 대책 없음은 몇 명에 국한된다. 그 몇 명 때문에 우리들은 열다섯 살에 뭉뚱그려 들어가곤 건드릴 수 없는 무엇으로 대상화된다. 여론이 만들어놓은 지배적 이미지는 때로 불만스럽다. 나와 전혀 상관없는 이미지들이 나인 양 받아들여질 때 나는 어떤 허탈감을 느낀다. 항변하는 순간 "역시 넌 중2가 맞구나!" 따라 나오는 감탄은 내 입을 다물게 한다. 침묵이 짜증 나는 순간.

그런데 더 짜증 나는 일이 생긴다. 녀석이 나를 좋아한다고 떠벌리기 시작한 것이다. 남자 녀석들은 녀석의 취향이 독특하다고 놀린다. 내가 어디가 어때서? 라고 되묻고 싶지만 거울 속의 나는 어디가 어떻긴 하다. 내가 생각해도 녀석의 취향은 독특하다. 문제는 남자 녀석들의 반응을 뒤로 한 채 누군가에게 짝사랑의 대상이 되자 나도 모르게 자부심이 생겨난다는 것이다. 후진 녀석이지만은 않은 게 녀석의 엄마가 지니고 있는 우아함과 품격에서 두드러진다. 아들을 이기지 못하는 엄마일 뿐인 엄마.

알고 보니 녀석은 초등학교 때 전교 회장을 했고 중학교 입학 배치 고사에서 전교 2등을 했다고 한다. 병원에서 독학하면서 혼자 1학기 시험을 모두 치렀는데 두 번의 시험 모두 전교 20등을 벗어나지 않았다고 하니 머리가 어지러울 지경이다.

"공부만 잘하는 성격파탄자들 많다고 하더니, 딱 그 짝이네. 공부를 잘하니 그 엄마가 아들이 통제가 안 됐고, 애는 점점 망가졌구나."

"공부 잘하면 상전인 건 어느 집이나 똑같은가 봐, 이모."

"그러게. 개도 젬마 스타일인가 보다. 컴퓨터를 그렇게 붙들고 사는데도 공부가 전교권이면 인간성 없는 게 이해가 되지. 난 근데 젬마보다 우리 영후가 훨씬 마음이 가고 좋다. 얼마나 인간적이니? 어른이랑 대화도 해주고, 핸드폰 손에서 놓고 심부름도 척척 하고. 가르쳐줘도 몰라서 또 묻고. 그러면서 정 쌓이고. 그치?"

이모는 공부 못하는 나의 휴머니즘을 칭찬한다. 칭찬이 분명한데 칭찬 같지 않은…, 썩 유쾌하지 않다. 심장에서 털 하나가 쑥 올라오는 느낌적인 느낌.

내가 누군가에게 첫사랑이 될 수 있다는 사실에 언니는 좋겠네, 한마디를 던진다. 싫으면서 싫지 않다. 그러나 녀석의 마음이 걷잡을 수 없게 커질까, 조금은 두렵다. 툭하면 녀석을 떠올리고, 번번이 녀석을 훔쳐본다. 심장이 쫄깃해진다.

　엄마의 외출에 이모가 동행할 기세이다. 정성 들여 한 듯 안 한 듯 세련되게 화장한 얼굴에 연한 핑크빛 립스틱으로 마무리를 한 엄마는 참 곱다. 엄마는 내게 빙그레 웃어주고는 수수한 듯 우아해 보이는 코트를 찾아 입는다. 엄마가 제일 예뻐 보이는 모습을 하고 집을 나서는 건 데이트거나 전투거나, 둘 중 하나이다. 그런 엄마 모습에 이모는 엄마의 사랑이 삼혼으로 넘어가게 될까 봐 조바심을 친다. 눈에 보이게.

　이모의 만류는 가차 없이 무시당하고 엄마는 보란 듯 현관문을 나선다. 닫힌 문 앞에서 서성이던 이모는 근심을 낑낑거리며 짊어지고 거실로 돌아온다. 사랑의 결과가 또다시 잘못되면 엄마가 버티지 못할 것이라고 이모는 꿍얼거린다. 공교로웠으나 세 번째마저 공교로울까? 나는 의혹을 품는다. 아직 벌어지지 않은 일이다. 아직 벌어지지 않은 일에 대해 저토록 우려하는 것이 나는 오히려 우려스럽다. 우려를 사서 하는 것 같은 이모의 태도는 자연스럽지도 못하다. 마치 잘못될까 봐 걱정하는 얼굴 뒤에 잘못되기를 바라는 투이다. 나는 내 판단이 틀리길 바란다. 간절히.

　엄마를 걱정하는 중에 걸려온 전화를 듣고 이모가 후다닥

방으로 들어간다. 사랑은 비밀인 걸까? 나는 혼자 남은 거실에서 괜히 무안해진다. 텔레비전을 꺼야 하나, 방으로 피해야 하나 고민하는 중에 이모가 통화를 마치고 나온다. 표정이 눈에 띄게 어두워졌다. 눈치를 살피는 내 기색을 알면서도 이모는 아무 말도 하지 않는다. 세상의 모든 말을 방안에 가두고 나오기라도 한 것 같다.

벌써 한 시간 째 이모는 멍하니, 초점 없는 눈동자로 앉아있다. 기지개를 켜며 거실로 나오던 언니의 하품이 들어간다. 시선을 모아들이는 이모의 포즈는 솔직히 말하면 누군가 말을 걸어 관심과 위로를 달라는 것 같기도 하다. (한 시간이 지나서야 이 깨달음에 도착한 나는 이모한테 살짝 미안해진다. 먼저 말을 걸 었어야 했다.)

"사랑의 얼굴이 이렇게 달라서야…. 머리를 좀 쓰든가!"

언니는 개입하기 싫다는 의지를 표명하곤 욕실로 향한다.

나는 언니의 말뜻을 바로 이해한다. 욕실로 향하는 언니의 뒷모습에 매달린 이모의 시선에서 해답을 찾아냈기 때문이다. 더 많이 사랑하는 사람이 약자라면 현재 이모는 약자이다. 아주 많이 기울어진 관계가 보인다. 사랑은 가슴이 시켜서 하는 일이 긴 하지만 언니의 충고는 적확하다. 머리를 좀 쓸 필요가 있어 보인다. 특히 이모에겐.

기다리고 보채고 바치고 희생하면서 그만큼 보답이 돌아오지 않는 것에 이모는 번번이 상처받는다. 하지 않으면 조금 미안하고 끝날 일을 이모는 굳이 해준 뒤, 자신도 똑같이 대접받고자 한다. 친절과 선의를 당연하게 받아들이는 사람이 좀 더 많다.

오늘도 이모는 먼저 보고 싶다고 문자를 넣어놓은 채 전화를 기다린다. 이모가 임 아저씨와 만나는 데이트의 90% 이상은 이모의 전화로 이루어진다. 헤어지고 돌아서면 잘 도착했느냐는 안부 문자도 이모의 것뿐이다. 임 아저씨는 집에 돌아가는 즉시 핸드폰을 꺼놓아서 그렇다는데 집에 들어가기 직전 문자를 하고 꺼도 좋지 않은가.

임 아저씨는 오늘 만나기로 한 약속을 일방적으로 취소한다. 이모는 예약해놓은 영화 관람을 취소한다. 마치 실연당한 사람처럼 기진맥진해서 앉아있는 이모를 보자니 화가 난다. 솔직히 말하면 영리하지 못한 이모가 한심하기도 하다.

뭐가 그리 보고 싶은지 이모는 이틀쯤, 사흘쯤 전화를 기다리다 인내심의 바닥을 보이며 전화를 건다. 임 아저씨한테 전화를 받고 싶으면 절대 먼저 전화 걸지 말라는 언니의 충고는 내팽개쳐진다. 사랑받고 싶으면 기다릴 줄 알아야 한다는 엄마의 조언은 비교 대상으로 분리된다. 지는 예쁘고 날씬하니까. 이모는 자주 자신을 비하한다. 옳지 않다.

데이트가 끝난 날 밤부터 이모는 전화를 걸어오지 않는 임 아저씨를 원망한다. 그럼 이모도 전화를 걸지 마. 나는 말한다. 이모는 그러다 영영 연락이 끊길까 두려워한다. 이모가 연락을 끊으면 자연적으로 단절되는 관계가 사랑이라고 할 수 있을까? 임 아저씨는 대체 무슨 생각으로 이모를 만나는가, 나는 따져 묻고 싶을 지경이다.

이모는 임 아저씨와 통화할 때 소장님 호칭으로 불린다. 옆에 아내가 있거나 누군가가 있다는 뜻인데, 없을 때에도 이모의 호칭은 소장님이다. 혹시나 관계가 들통이 날까 만반의 준비로 통화를 한다는 것이다. 주소록에도 이모는 소장님으로 등록되어 있다. 소장님인 이모. 본명을 상실한 이모의 사랑은 상실감마저 상실한다. 만나면 애지중지, 세상에서 나 하나만 알고 있는 사람처럼 보살펴 줘. 그 사람은 사랑이 넘치는 사람이야. 나는 이모의 항변에 가까운 중얼거림에 그러니까 만나겠지, 무성의한 한마디를 던진다.

2시간의 외출을 마치고 돌아온 엄마가 이모를 본다. 엄마는 대번에 이모의 표정에서 무언가를 읽어낸다. 요즘 엄마와 이모는 만나기만 하면 치열하게 대립한다. 엄마는 이모의 사랑이 철들기를 바라고 이모는 엄마의 사랑이 멈추기를 바란다. 자신은 열렬하게 사랑하면서 엄마에겐 멈추라고 하는 것은 일종의 폭력이다. 넌 많이 해보지 않았느냐는 게 이모의 요지인데 그때마다 엄마는 "이 사람하곤 처음이야."라고 항변한다. 그게 사랑이든 아니든 엄마는 이모의 생각을 바로잡을 생각 없이 늘 같은 말을 반복한다. 생각해보면 '사랑'이라는 것은 우리 주변에 널려있지만 엄마는 단 한 명이고, 이모도 한 명이고, 언니도 단 한 명이다. 그 한 명과 하는 사랑은 처음일 수밖에 없다. 세상의 모든 사랑은 첫사랑이라는 엄마의 이론은 참으로 매력적이다.

"괜히 언니가 연애하니까 세상 모든 사람이 연애하는 것으로 몰아가지 말고, 나한텐 신경 꺼. 근데 맨날 실연당한 것처럼 해바라기하면서 데이트하고 싶어? 애 가지면 그 남자 영원히 가질 수 있을 것 같아? 가정 깨고 언니한테 온대? 전화도 잘 걸어주지 않은 남자가?"

사랑의 증표로 생명을 잉태하고 싶은 이모는 임 아저씨 가정이 붕괴되는 것엔 관심이 없다. 자신의 가정을 세우고 싶은 욕망이 우선하는 까닭이다. 법적으로 문제 될 것은 없으나 도덕적으로 문제가 된다. 엄마는 그 지점에서 이모와 대립한다. 이모는 자신이 임 아저씨를 그의 아내보다 먼저 만났다고 우선권을 주장한다.

"언니는 석 달 만나어. 그 아내는 이십삼 년을 살았어. 자식 낳고, 청춘과 중년을 같이 건너오면서 부부애, 가족애를 넘어서 그들에겐 전우애라는 게 형성되어 있을 게 뻔해. 그러니까 경제력 상실한 남편인데도 안 버리고 같이 살아주고 있는 거겠지. 그런데 그 전우애, 의리를 석 달의 사랑이 이길 수 있을 거라고 믿어?"

"어, 믿어. 거기는 사랑을 바닥까지 긁어내서 다 썼고 나는 이제 겨우 뚜껑 딴 거거든."

"뚜껑 딴 거 좋아하네. 언니, 남자는 아무리 가정이 행복하고 아내를 사랑해도 바람피워. 공짜면 뚜껑은 백 개도 따. 공짠데 안 따는 바보가 어디 있겠어? 그런데 임 선생(엄마는 임 아저씨를 임 선생이라고 부른다.) 진짜 나쁜 새끼다. 경제력 상실한 지 십 년이나 된 남편을 안 버리고 같이 살아주는 아내한테 의리는 지키지 못할지언정 뒷구멍으로 언니 만나는 거, 너무 후진 짓 아니야? 버림받을 거 눈치 까고 언니한테 갈아타려는 건가?"

"아니거든!"

"남자들은 뭔가를 정리하고 새로 시작하고 서류 꾸며야 되고, 그런 것들 굉장히 귀찮아하는 존재들이야. 그래서 바람은 피워도 절대 가정 안 깨거든. 그런데 그런 남자들이 옮겨 타는 경우가 있어. 자기한테 경제력은 없고, 새로 만나는 여자가 현재의 아내보다 경제력이 월등해 보일 때. 그땐 더 나은 삶을 더 쉽게 살려고 갈아타지. 셔터맨으로 편하게 살던 남자가 치킨집 열어 배달 다녀야 된다⋯. 언니 같으면 살겠니?"

엄마는 내 눈치를 보더니 작정한 듯 말을 잇는다.

"여자는 사랑하기 때문에 남자랑 자는데, 남자는 여자랑 자려고 사랑을 해. 사랑하는 목적 자체가 달라. 여자들은 남자들이랑 자면서 이 남자가 진짜 나를 사랑하기 시작했구나, 믿는 순간 남자들은 이 여자는 헤프구나, 값을 싸게 매겨선 버릴 결심을 해. 원래 돈 안 든 공짜였거든. 버리는 게 뭐가 아깝겠어? 그러니까 머리를 써. 안달 나게 하고, 매달리게 하고, 정략적으로 남자의 목적달성이 결혼 후로 미뤄지도록 몸을 아끼고 보호해야 돼. 그런데 임신 테스트기 동원했으면 이미 볼짱 다 봤고, 언제 끝나느냐 그것만 남았다고 봐. 아니면 언니가 먼저 끝을 정해놓고 만나든가. 그럼 조금 더 오래갈 순 있어. 치킨집 타령은 임 선생 앞에서 절대 하지 말고. 당장 그 자리에서 끝나니까."

세상에. 엄마가 저토록 오래, 길게 말하다니. 감탄과 동시에 나는 전율을 느낀다. 남자와 여자가 섹스에 대해 저토록 다른 태도로 접근한다는 사실도 놀랍지만 그 다름을 엄마가 이야기하고 있다니! 남자에 대해 끊임없이 판타지를 유지해오고 있는 엄마가 남자에 대해 갖고 있는 생각은 자못 흥미롭다.

그런데 내 눈이 언니를 본다. 왜 내가 언니에게 시선이 박히는지 모르겠지만 나는 언니에게서 시선을 떼지 못한다. 언니는 내 시선이 집요해질수록 무시하는 표정으로 애써 외면한다. 언니의 그 태도에 내 시선은 좀 더 노골적이 된다.

언니의 사랑은 어떤 형태인 걸까? 언니도 남자와 잤을까? 내 상상이 19금을 넘나드는 걸 알아차린 걸까? 식탁 밑에서 내 발은 툭툭, 아주 불친절하게 차인다. 나는 보지 않고도 언니라는 것을 안다. 눈길을 거두고 상상을 멈추라는 무언의 압력에 나는 시선을 거두어준다. 마지못해.

엄마의 단호한 말에 이모의 대답은 갈피를 찾지 못하고 헤맨다. 이모는 이 나이에 첫사랑과 조우한 것을 운명의 전언쯤으로 해석해낸다. 엄마의 적확한 지적들에 동의하고 싶지 않은 눈치다. 이모의 초점 없는 눈동자가 어깨 밑까지 내려와 쓰러진다.

첫사랑은 이루어지지 않기에 첫사랑이라는 이름을 얻는다. 두 번째, 세 번째 사랑을 만날 때마다 첫사랑의 경험은 다음 사랑을 조금 더 풍요롭게 메운다. 마지막에 이르기 위해 필수적으로 즈려밟고 건너야 하는 첫사랑.

콩나물국을 퍼서 식탁에 놓은 뒤 수저를 챙기며 엄마는 묻는다. 왜 열애 3개월 만에 사라졌는지 물어보았느냐고. 이모는 고개를 젓는다. 말할 수 없는 걸까, 말하기 싫은 걸까? 어쩌면 아직도 답을 모를 수 있겠다는 생각이 이모의 표정에서 읽힌다. 그것도 충분히. 변명의 말을 찾아낸 이모가 입을 열려고 한다. 그 순간 한 번 떠난 사람은 두 번 떠날 수 있다고, 돌아갈 곳이 있는 사람은 더욱더 그럴 수 있다는 언니의 냉정한 말이 흘러나온다. 이모의 어깨가 늘어지고 엄마의 입이 닫힌다.

나는 열 시가 넘은 시간에 겨우 아침을 먹는다. 엄마가 차린 식탁에 앉아 고개를 그릇에 박고 먹는 아침.

사람은 의식주로 산다. 옷 입었으니 그다음엔 먹어야 한다. 집에서. 그것이 의식주의 기본이다. 이 로터리가 제대로 돌아갈 때 생은 안전하다. 콩나물국을 떠먹고 잡곡밥을 한 숟갈 먹는다. 반찬을 집어 먹어야 하는데… 생각뿐, 나는 다시 밥 한 숟갈 떠먹고 국 한 번 떠먹고를 반복한다. 사료 먹듯 떠넘기는 밥. 맛있게 두런두런 이야기를 나누며 먹는 식사는 당분간 물 건너간 모양이다. 젠장.

3. 무덤으로 들어간 결혼

엄마는 마흔다섯 살, 과부이다. 엄마는 톱 모델이었고, 모델이었고, B급 모델이었다. 현재는 지난 추억을 까먹고 사는 그저 그런 인생의 전직 모델이다. 아니다. '그저 그런'이라는 말은 엄마의 한탄조에 의해 나오는 말일뿐 엄마의 인생은 절대 그저 그렇지 않다. 다만 예전처럼 화려하거나 바쁘게 수많은 도시를 돌아다니는 일을 하지 않을 뿐, 엄마의 인생은 충분히 바쁘고 알차다. 무대에 설 때만 의미를 획득하는 삶이란 없다.

인생은 클라이맥스를 거치면 내리막길을 걸어야 한다. 급경사의 내리막길에 접어든 선배 모델들을 보면서 엄마는 느낀 바가

많았을 것이다. 화려했던 날을 끌어안은 채 B급의 인생을 살아가기엔 자존심이 허락하지 않았다고 하는 걸 보면 알 수 있다. 물론 '화려하지 않은 삶=B급'이라는 말도 엄마의 기준에 한해서이다.

다행히 엄마는 정상에서 내리막길을 보았다. 내리막길에서 무기력하게 떠밀려 내려오기보다 다른 언덕으로 오르는 길을 선택했다. 스포트라이트 밖의 무대 뒤도 그 나름의 의미가 있는 인생이라는 것을 깨달았기 때문이다. 그 깨달음엔 이모의 공이 컸다. 이모는 엄마가 언제까지고 톱모델로 살아가면서 많은 돈의 생활비를 대줄 것이라고 믿었다. 이모의 씀씀이는 결코 작지 않았다. (현재는 아주 매우 알뜰하다.)

엄마의 로드매니저 역할을 자청한 이모는 엄마가 스물네 살의 나이에 첫딸을 낳자 엄마를 무대로 돌려보내며 육아를 떠맡았다. 엄마는 이모 덕에 혹독한 다이어트를 했고 석 달 만에 출산 전의 몸매를 되찾아 무대로 돌아갔다. (엄마가 언니를 키울 수 있도록 이모가 일할 수는 없었을까? 나는 가끔 묻고 싶을 때가 있다.)

엄마가 넉넉한 생활비를 건넬 때마다 이모 얼굴은 환해진다. 엄마는 그런 이모를 보면서 모델로 입지가 줄어드는 것보다 생활비를 적게 주게 될까 봐 더 초조했다고 한다. 한 사람을 행복하게 하기 위해 오르는 무대. 엄마는 무대를 걸어 나가며 이 무대는 얼마짜리, 돈을 셌다고 한다. 성취감이라곤 오직 주머니에 들어오는 돈이 전부였다는 엄마.

　엄마는 고심 끝에 <켈리키친>을 차렸다. (일주일에 한 번씩 요리강좌를 하는 카페는 수강생들이 곧 영업사원이 되어 입소문이 났다.) 이따금 무대가 그립기는 하지만 그리워하기만 할 뿐 어떤 복귀도 시도하지 않는다. 엄마가 모델 일을 시작하던 열여덟 살에서 전성기를 구가하던 스물두 살을 지나 언니를 낳던 스물네 살, 출산 후 복귀하여 누린 제2의 전성기까지 엄마의 청춘은 영원히 시들지 않을 것 같았다.

　나의 아빠를 만나면서 무대의 주인은 청춘임을 깨달은 엄마는 엄마가 선배들을 밀어내고 올라섰던 방식으로 후배들이 자신을 밀어내고 정상의 자리를 꿰차기 전에 스스로 내주는 것을 선택했다. 은퇴. 나는 엄마의 그런 결정이 멋있다.

　오늘은 10월 29일, 엄마의 결혼기념일이다.

　엄마의 결혼기념일이면 우리 가족들은 의무적으로 저녁 식탁에 앉아야 한다. 카페 사정에 따라 저녁 식탁은 오후 4시에 차려지기도 하고 저녁 11시에 차려지기도 한다. 엄마의 결혼기념일을 왜 우리가 기억해야 하는지 나로서는 이해 불가다. 이모가 분위기 잡고 와인을 마시고 싶은 게 아마도 이유의 90%가 아닐까, 짐작할 뿐이다.

"영후야, 얼른 기어들어와!"

아, 두 발 달린 짐승이 어떻게 걷지 않고 기어야 할까? 나는 늘 불만스럽지만 이모의 말버릇을 고칠 재간이 없다. 뭐라고 한 마디 할라치면 이모는 열 마디를 보태기 때문이다. 소금에 안 절여지는 배추가 간장에 절여지는 거 봤느냐고, 그냥 살게 두라는 얘기가 열 마디의 요지인데, 틀린 말은 아니지만 그다지 마음에 들지 않는다.

나는 해바라기를 멈추고 집으로 올라간다. 오늘은 어떤 퓨전 요리를 하느라 주방을 엉망 난리블루스로 만들어놨을지 걱정이 앞선다. 이모가 한 번씩 요란법석을 떨며 음식을 하는 날이면 온갖 잡심부름과 설거지, 주방 청소는 내 몫이다. 정말 귀찮다.

티셔츠는 몰라도 양말이나 수건 정도는 도울 수 있을 것 같아 개키려고 할라치면 이모는 각이 안 맞는다고 만지지도 못하게 한다. 게다가 각 맞춰 갠 빨래들은 백화점 매장처럼 서랍에 줄지어, 열 맞춰 넣어놔야 성에 찬다. 그토록 정리정돈에 민감하고 청소의 여왕인 이모가 왜 일 년에 딱 한 번, 엄마의 결혼기념일 음식을 하는 날이면 다른 사람이 되는지 모르겠다. (그냥 평소에 먹던 거 먹으면 오죽 좋을까.)

나는 가능하면 천천히, 승강기 대신 계단을 이용해 걸어 올라간다.

"이년아 얼른 기어들어오지 않고 뭘 그리 꾸물대? 지렁이 야?"

"내가 년인 건 아는데, 그렇게 대놓고 년이라고 하면 듣는 년 기분 나쁘거든!"

내가 이럴 줄 알았다, 가 아니다. 주방이 어쩐 일로 먼지 하나 없이 말끔하다. 나는 로또에 당첨된 기분으로 주방과 식탁을 둘러본다.

"뭐야? 왜 믿음을 배반해? 쓰레기들은?"

이모는 뜨끔한 표정으로 몸을 옆으로 틀더니 눈을 피해 말한다.

"주방장이 새 요리 만들었다고 굳이 시식해 달래. 네 엄마 결혼기념일 저녁상만큼은 내가 차려야 되는데, 어떻게 해? 실력 발휘도 중요하지만 잡숫고 품평해줘야지. 우리 가게 먹고사는 문제가 달려 있잖니."

엄마와 우리 자매는 엄마의 결혼기념일마다 세상에서 처음 보는 음식을 먹어야 하는 곤욕을 치러왔다. 작년에는 샐러드도 아니고 김치도 아닌 괴상망측한 김치야채샐러드와 육회나 다름 없는 등심 스테이크를 먹었다. 그 음식이 아직도 체해 있다면 믿겠는가.

다음날부터 틈나고 생각날 때마다 나는 키다리 삼촌을 붙들고 이모의 요리가 얼마나 테러에 가까운 못된 맛인지를 하소연했다. 그때마다 나는 어떤 기대를 품었다. 물론 노골적으로 드러낸 적은 없다. 의도가 결과로 드러난 오늘, 참 다행이다.

"젬마 년은 어디쯤 오고 있대?"

"전화했잖아."

"했지. 했는데 코빼기도 비치지 않으니까 하는 말이지."

"그럼 이모가 다시 전화하면 되겠네. 음식도 다 차려 올라오겠다, 할 일 없잖아."

엄마는 어쩌자고 6년의 시간차를 두고 행해진 두 번의 결혼식을 같은 날에 올렸을까?

엄마는 두 번째 결혼식을 올리고 신혼여행을 떠나서야 첫 번째 결혼일과 똑같은 날짜라는 것을 알았다고 한다. 첫 번째 결혼은 10월의 마지막 주 토요일에 성당에서 혼배 미사를 겸하여 치러졌다. (그렇다. 언니의 이름은 엄마 첫 번째 시댁의 종교에 따라 크리스천 식으로 지어졌다. 물론 엄마도 잠깐 성당에 나갔다.) 두 번째 결혼은 10월의 마지막 주 일요일에 호텔 예식부에서 치러졌다. 그런데 그게 공교롭게도 같은 날이다. 토요일과 일요일로 구분되는 것에 자연히 날짜도 다를 거라고 믿었을까? 엄마 말처럼 정말 까맣게 몰랐을까? 이 문제를 놓고 이모와 나는 종종 토론을 하지만 언제나 결론은 엄마를 "믿어주자"에 이른다. 그리

신빙성이 있어 보이진 않지만 믿는 수밖에 달리 도리 없지 않느냐는 게 우리의 태도인 셈이다. 엄마의 말이 사실이라면 우리의 이 믿어주자는 태도는 억울한 일이겠지만, 어쩌랴… 때로 인생은 억울한 일을 맞닥뜨려도 그냥 넘어가야 할 때가 있는 법이다.

아무튼 엄마의 두 번째 남편이자 내 아버지마저 엄마를 과부로 만들어놓고 떠나자 이모는 엄마의 옆자리를 차지했다. 이모는 우리와 살면서 엄마의 결혼기념일을 굳이 챙겼다. 엄마가 추억에 묶여 사는 동안 다른 사랑을 하지 않았으면 하는 게 이모의 속내이다. 나는 이모의 그 속내를 읽을 때마다 인터넷에서 본 중국의 실화 기사를 기억해 낸다.

그 집은 우리 집과 마찬가지로 엄마와 이모, 두 자매, 이렇게 여자 넷이 사는 집이다. 자매 중의 언니가 대학생이 되자 동생과 함께 아빠를 찾아 나섰는데, 아빠의 흔적을 찾아 돌아다니다 보니 모든 흔적은 그들이 살아온 집으로 향하더란다. 알고 보니 이모라고 부르며 자란 사람이 아빠였다는 것이다. 자신이 여자라는 의심을 지우지 못한 채 집안에서 시킨 결혼을 하여 아이 둘을 낳고 살던 아빠는 결국 엄마의 동의하에 성전환 수술을 했다. 그러고는 출산에 대한 책임을 지기 위해 한집에서 살며 아이들의 양육을 도왔다는 게 기사의 요지이다.

나는 이따금 엄마를 향한 이모의 집착을 볼 때마다 이모가 혹시 내 아빠가 아닐까 생각한다. 어떤 영화도, 어떤 소설도 현실을 뛰어넘지 못한다고 하지 않던가 말이다. 하지만 이모는 나이 오십을 바라보도록 씩씩하게 생리를 하고 있고 임신을 꿈꾸고 있고 발도 235mm밖에 되지 않는다. 게다가 목소리는 하이톤의 가느다란 소프라노이다. 엄마의 결혼기념일 4일 뒤와 10일 뒤가 두 아버지의 제사인 걸 보면 이모가 우리의 진짜 이모인 것은 확실하다.

언니는 한 다발의 장미꽃을 사 들고 들어온다. 그리곤 키다리 삼촌이 올려 보내준 게 역력한 음식들을 향해 환한 미소를 보낸다. 이모의 표정이 샐쭉해진다. 소고기로 속을 든든히 채울 수 있는 샐러드와 연어구이는 와인 안주로 만점이다. 나를 위한 리조또 역시 한 끼 식사로 최고다.

"내가 엄마 뱃속 차지하는 바람에 눈부신 청춘을 어린 엄마로 보내게 된 거, 미안해. 그리고 이만큼 잘 키워줘서 고마워."

엄마와 이모 잔을 채운 언니 표정에서 고마움이 잔뜩 묻어난다. 언니는 고마워해야 마땅하다. 언니로선 꽃다발보다 더 큰 선물을 안겨줘도 마땅하고 옳은 일이지만 나로선 한 송이 꽃도 마땅하지 않고 옳지 않다. 그리하여 나는 빈손을 유지한다. 엄마는 언니 선물에 이어 나를 본다. 나는 그냥 웃어준다. 웃어주는 것만으로 엄마는 고마워한다. 왜 낳았느냐고 원망을 하지 않는 것에 더해 웃어주기까지 하니 나는 착한 딸이 된다. (엄마는 베개 밑에서 정성 가득한 손편지를 읽게 될 것이다. 넉넉하지 않은 용돈은 손편지로 족하다. 이게 팩트이다.)

이모는 과장된 몸짓으로 엄마가 결혼식 날 얼마나 우아하고 아름다웠는가를 추억한다. 엄마는 묵묵히 와인을 비운다. 언니와 나는 너무 많이 들어서 외우고 있는 그 문장들을 처음인 것처럼 들으며 엄마의 청춘을 추억해준다. 나의 리액션이 커질수록 엄마의 표정엔 자랑스러움이 배어든다.

"세 번째는 없기로 하자."

"인생은 알 수 없는 거야. 그런 위험한 발언은 금지하자. 난 금지가 좋아."

"결혼 안 했으면 과부도 되지 않았어. 그러니까 그냥 연애만 해."

세상의 어떤 결혼도 혼자 남기 위해 하지 않는다. 같이 어깨를 기대고 살기 위해 하지만 뜻하지 않은 방향으로 끌고 가는 인생의 힘은 불가항력이다. 불의의 사고는 도처에 있지 않은가 말이다. 교통사고가 가장 흔한 질병이 되었다고 하는 이 시대에 이모는 주술적인 생각에 빠져서 엄마를 드센 팔자 혹은 지독히 복 없는 운명으로 몰아간다. 내 아버지든 언니 아버지든, 결혼할 때는 얼마나 행복하게 오래오래 살고 싶었겠는가. 엄마 팔자 때문에 두 아버지가 떠난 것이 아니라 두 아버지 운명 때문에 엄마가 모든 삶의 숙제를 떠안고 혼자 남았다고, 그렇게 생각해줄 수는 없을까? 나는 이모를 흘겨본다.

"언니도 내가 남자 잡아먹는 팔자라고 생각해? 이 문명 시대에? 그래서 언니는 결혼을 꿈꾸면서 나보곤 연애만 하라는 거야?"

"죽은 사람보다 억울하기야 하겠냐만 지독히 억울한 팔자인 건 맞지 뭘. 그 팔자가 안 바뀌는 한 괜히 또 억울하지 말고 연애만 하라는 거야. 오래 살아야 될 남자는 오래 살게 두고. 제발."

"만약… 내 억울한 팔자가 언니 때문에 벌어진 일이면 어떻게 되는 거야? 언니가 나랑 살아야 될 팔자라서 내가 두 번씩이나 남편을 잃은 거면, 그러면 언니도 나랑 살 팔자라서 그 결혼이 깨질 확률이 높다는 뜻이 돼. 그러니까 언니도 그 나이에 결혼하겠다는 꿈 버려. 애도 낳지 말고. 그게 좋아."

"여자가 되고 싶어. 엄마가 되는 순간 진정한 여자가 되는 거야."

"이모, 생리하면 여자 되는 거라며?"

나는 서둘러 묻는다. 어떻게든 이모의 꿈을 중단시키고 싶다.

"생리는 여자의 시작이고, 엄마가 되는 건 여자의 완성이야. 난 완성되고 싶어."

이모의 아득한 표정에 엄마는 입을 다문다. 저토록 간절한 바람에 나는 동지적 유대감을 갖는다. 새로 와인 한 병을 딴 엄마는 새로운 잔에 와인을 가득 따라 이모 앞으로 밀어준다. 말간 얼굴의 침묵으로 드는 와인 잔. 무덤으로 들어간 두 번의 결혼에 건배를.

엄마의 첫 번째 남편은 언니 아버지이다. 언니 아버지는 171센티미터 신장에 볼품없이 강마른 몸매를 갖고 있던 열아홉 살의 엄마를 모델로 데뷔시킨 세계적인 사진작가이자 매니지먼트 회사 대표였다. 엄마 한 명을 위한 매니지먼트 회사. 언니 아버지는 엄마를 수많은 무대에 세웠고 앵글에 담았다. 이모는 그 시절에 엄마 로드매니저 겸 코디네이터로 따라다니며 엄마의 연애를 방해했다. 황 대표 눈이 슬펐어. 이모는 이따금 와인 한 잔을 들이켜며 아득하게 말하곤 했다.

이모의 방해에도 불구하고 엄마는 모델로서 최정상에 있을 때, 게다가 너무 어릴 때 언니를 뱃속에 넣은 채 결혼식을 올렸다. 4박 5일 일정으로 떠난 필리핀에서의 신혼여행은 또 다른 촬영의 연속이었다. 언니 아버지는 이국의 태양과 풍광을, 엄마를 사진에 담느라 정신없었다. 마지막 날 아침, 바닷속으로 들어가는 일이 여행의 백미라고 할 때 엄마는 내키지 않았다. 우선 몸이 너무 고됐고 오후에 비행기 탈 생각을 하니 체력을 비축해 놓아야겠다는 생각이 앞섰다. 게다가 바다는 충분히 봤다고 여겼던 터였다. 허나 언니 아버지는 혼자라도 가서 바닷속을 촬영해 오겠다며 호텔을 나섰다. 그리곤 바다에 잠겼다.

겨우 스물네 살의 엄마는 입덧을 하면서 장례를 치렀다. 엄마는 사람들의 곡소리가 뱃속의 언니에게 들릴까 봐 두 손으로 배를 가린 채 먹고 자고를 반복했다. 사람들은 수군거렸고 이모는 마치 제 남편을 잃은 것처럼 혼절을 거듭했다. 그 극명의 대비가 무엇을 의미하는지 나는 어렴풋이 안다. 생명을 품은 사람과 그렇지 않은 사람이 죽음을 대하는 태도가 어찌 똑같을 수 있을까.

엄마가 먹는 밥을 고스란히 빼먹은 언니는 무럭무럭 자랐고 하필 49재를 치르고 돌아오는 길에 첫 발길질을 했다. 유복자의 삶을 주지 말라는 주위의 만류는 귀에 들어오지 않았다. 돌아서는 걸음에 느껴진 태동은 살겠다고, 세상에 나가 살겠으니 사람들의 말에 귀 기울이지 말라는 아기의 전언처럼 느껴졌다. 그 신호를 받은 뒤 엄마는 언니와 둘이서 살아남을 것을 결심했다. 그리하여 엄마는 엄마와 꼭 닮은 딸을 갖고 싶어 했던 언니 아버지 바람대로 딸을 낳았다.

한 아이의 엄마이자 미망인이 된 엄마는 좋은 매니저를 구하는데 번번이 실패했다. (엄마가 활동하던 시기의 연예계는 조금

촌스러웠다.) 톱 모델이었던 엄마는 화장품 모델에서 잘리고 백화점 모델에서 잘리더니 그냥 모델이 되었다. 예전의 명성으로 명맥을 유지할 뿐 더 이상 톱클래스의 디자이너 컬렉션에 서지 못하게 됐다는 뜻이다.

인기는 처음부터 원치 않던 일이었다. 엄마가 원한 것은 오직 돈이었다. 지독했던 가난을 떨쳐낼 수만 있다면 어떤 무대에든 섰다. 겨우 중산층에 입성하여 자가용이라는 것을 굴리며 살게 된 삶을 싸구려 떨이로 처분하기는 싫었다. 삶의 질이 한 계단씩 내려설 때마다 엄마는 조급해했다. 이모는 슬픈 표정으로 바가지를 긁었다. 다시 톱모델이 되라고, 자꾸만 자꾸만 주문했다. 엄마 역시 절대로 2000CC 이하의 승용차를 타는 삶을 원치 않았다.

가난보다 품위 유지에 더 마음을 쓰던 엄마는 수치심을 무릅쓰고 란제리를 입었고 수영복을 입었다. 언니 아버지는 란제리와 수영복을 명품으로 입혔지만 새로운 매니저는 그저 그런 란제리와 수영복을 입게 했다. 엄마는 군말 없이 입었다. 그리하여 이모에게 언니를 맡긴 채 하루 스무 시간을 뛰어다니며 번 돈을 생활비로 내놓았고 그 돈으로 언니는 무럭무럭 자랐다.

그리고 내 아버지. 언니 아버지가 신혼여행에서 엄마를 과부로 만든데 견주면 내 아버지는 조금 낫다. 엄마와 2년이라는 시간을 부부로 살았으니 그렇다. 아무튼 내 아버지와 엄마의 연애는

4년 뒤로 흘러간다.

엄마가 과부가 된 사실은 대한민국이 다 알았으므로 엄마는
좀처럼 연애를 하지 못했다. 신혼여행에서 남편을 잃고 유복자
를 낳은 엄마를 사랑해줄 용감한 남자는 드물 것이다. 그러나 내
아버지는 달랐다. 언니가 다니던 병원 소아과 의사였던 아버지는
엄마를 열렬히 사모했다. 세상 시선 따위 개에게나 줘버리라고
했다는 말을 전해 들을 때면 나는 내 아버지가 자랑스럽다. 게다
가 의사지 않은가. 솔직히 언니 아버지보다 내 아버지가 머리는
조금 더 좋을지 몰랐다. 단, 내가 그 머리를 닮지 못했다는 것뿐.

세상의 모든 남자가 내 아버지만 같으면 얼마나 좋을까? 윤
박사는 따뜻했어. 나는 내 아버지 같은 남자를 만나 연애를 할
거라고, 이모 얘기를 들을 때마다 감격하여 다짐한다.

잔병치레가 많았던 언니 덕에 엄마는 일이 없는 날마다 언니
를 업고 소아과병원으로 달려갔다. 특별히 언니가 아프지 않아
도 아버지는 언니를 핑계로 엄마를 병원으로 불러내곤 했다. 엄
마는 언니를 예방, 치유해주겠다는 의사의 제안에 군말 없이 병
원으로 가곤 했다.

아버지에겐 데이트였고 엄마에겐 진료였던 시간들이 흐르면
서 아버지는 사랑을 고백했다. 엄마는 화들짝 놀란 척을 하면서
도 짐작이 맞았음에 속으로 감사했다. 다시 사랑할 수 있게 된

것이 기뻤다. 엄마는 이 남자는 바닷속으로 사진을 찍으러 들어갈 일은 없겠구나, 의사니까 제 몸은 건사해서 병 걸려 죽을 일도 없겠구나…, 적어도 날 과부로 만들지는 않겠구나…, 믿었다.

할머니는 남편 잡아먹은 년이라고 엄마와의 결혼을 반대했다. 아버지는 엄마와 동거 먼저 했다. 아버지는 엄마에게 언니의 성씨를 자신의 성씨로 바꾸지 않겠느냐고 물었다. 엄마는 망설였다. 언니에게 뿌리를 기억하게 하는 방법이 성씨밖엔 없다는 것이 그 이유였다. 고루하지만 아버지는 그러려니 받아들였다. (훗날 언니가 자매가 다른 성씨를 쓰는 것에 이의제기를 했으나 엄마는 그대로 두고자 했다. 엄마의 성씨로 통일하자는 것에도 반대했다. 죽은 사람들 억울하게 하기 싫어서라는, 엄마다운 이유에 언니는 입을 다물었다.)

아버지와 사는 2년 동안 엄마는 마음으로 몸으로 여유를 얻었다. 하여 무대를 골랐고 입을 옷과 신발과 가방을 골랐다. 그리하여 다시 1급 모델로서의 위상을 회복해 갔다. 그리고 내가 엄마 삶에 성큼 들어섰다. 아버지는 행복해했고 엄마는 자랑스러워했다. 새 인생의 날들은 매일 선물 같았다. 엄마는 새롭게 얻은 무대를 통해 인생은 롤러코스터를 타는 일이라는 것을 배웠다. 언제 또 내려갈지 모르는 생. 엄마는 보다 더 겸손해졌고 아낄 줄 알았고 매사에 감사하게 됐다.

이모는 두 아이의 육아를 맡았다. 엄마의 로드매니저를 겸하여 집안의 모든 잡일을 하며 다시금 턱을 치켜들었다. 엄마의 성공은 이모의 성공이었다. 그러나 이모는 더 이상 사치하지 않았다. 추락할 엄마의 시간을 내다보기라도 한 듯 주머니에 돈이 들어오는 족족 은행으로 달려갔다. 정기적으로 들어올 돈이 필요했다. 엄마에게 다시는 싸구려 수영복을 입히고 싶지 않았다.

엄마의 복귀는 절반의 성공을 이루었고 나는 무럭무럭 자라 돌을 맞이했다. 나의 돌잔치에 어쩔 수 없이 오신 할머니는 아이도 낳고 2년을 잘 살았으니 이제야 별일 있겠냐고 결혼식 날짜를 받아주셨다. 엄마는 두 딸과 함께 결혼식 사진을 찍었다. 이모 손에 언니와 나를 맡기고 신혼여행을 다녀오던 날, 이모는 굳이 두 아이를 안고 마중 나가선 자신이 얼마나 조카들을 잘 돌봤는지, 자신의 손이 얼마나 필요한지 강조했다. 이모가 운전하는 차에 올라탄 다섯 명은 가족이 되어 집으로 돌아왔다. 아버지는 나를 안고, 엄마는 언니의 손을 잡고 돌아온 집에서 이모는 돌보미가 되고 도우미가 되어 집 청소를 하고 음식을 만들어내며 같이 살기 시작했다. 그리고 나흘 뒤, 아버지가 떠났다.

친구와 세미나에 다녀오던 길에 결혼 턱이라고 술을 먹은 아버지는 비틀거리는 친구를 부축하다가 친구의 발에 걸려 넘어졌다. 하필 지하철 계단이었다. 계단의 모서리에 머리를 찧은 아버지는 그 자리에서 숨을 놓았다. 할머니에게 머리채를 쉬어 잡힌 채 엄마는 죽고 싶었다. 그러나 두 아이 때문에 죽지 못하고 살아남아 오늘, 날짜가 일치하는 두 번의 결혼기념일을 맞이한 것이다.

엄마의 재혼으로 언니 아버지 가족들은 엄마와 인연을 끊었다. 아니, 끊어주었다. 옛날 시댁이 새로 만난 남편과의 관계에 방해가 될까, 새로 일군 시댁에 폐가 될까, 발을 빼준 것이다. 언니 아버지에겐 여동생이 하나 있고 부모님이 살아 계셨는데, 뒤에 아버지의 여동생, 즉 언니 고모는 캐나다로 시집갔고 조부모님은 돌아가셨다고 한다. 그러니까 언니는 캐나다에 사는 고모 외에 다른 친척이 없다. 게다가 그 고모는 자랑스러운 오빠를 잡아먹은 엄마를 극도로 미워하다가 캐나다로 떠났다.

내겐 강건하게 살아계시는 아버지 부모님과 남동생 부부가 있다. 그러니까 나한테는 할아버지, 할머니, 삼촌, 숙모가 된다. 물론 사촌 형제도 있다. 그들과는 설과 추석, 할아버지 생일이랑 할머니 생일, 이렇게 일 년에 네 번 만난다. 가족 모임에 갈 때마다 그들은 나를 끔찍이 예뻐해 준다. 할머니는 나를 볼 때마다 아버지 생각이 난다고 한다. (제기랄. 키 작고 통통하고 네모난 얼굴에 넓적한 콧등을 가진 여자애라니!) 사촌들은 무엇이든 내게 양보한다. 나는 그 과잉 친절이 낯설다. 나를 중심으로 돌아가는 분위기를 보고 있자면 섞일 수 없는, 의무적으로 조합된 가족 같은 느낌이 든다. 노력하는 그들에게 거리를 느끼는 마음이 미안하고 돌아오는 길엔 홀로 집안에 버려져 있을 언니에게 미안하다. 왜 엄마는 같이 갈 수 없는가, 의문부호가 꼬리표처럼 달린다.

머리가 크면서 나는 엄마를 인정하지 않는 아버지의 가족 모임에서 조금씩 몸을 뺐다. 학교 핑계, 학원 핑계, 아프다는 핑계…, 핑계라는 핑계는 다 동원하여 나는 온 힘을 다해 불참하고자 한다. 아버지 가족들은 그런 내 결정을 서운해하는 척 반겼다. 특히 삼촌 부부가 그랬다.

아주 어릴 적에는 목포에서도 한참을 더 배를 타고 가야 했던 비금도에 외가가 있었다. 외할머니 한 분이 달랑 계셨는데 외할머니는 평생 시금치만 키우다 내가 다섯 살 때 돌아가셨다. 가난한 비금도의 두 자매는 외할머니 대신 엄마가 낳은 두 딸과 새로운 형태의 가족을 이루었다. 최 씨 두 명에 황 씨 한 명, 윤 씨 한 명. 해서 있는 듯 없는 듯 일가친척과 상관없는 삶을 살아가는 오롯이 4식구.

"그래도 언니 아빠보다 내 아빠가 좀 낫네?"

"아빠가 못해주고 간 일 해주느라 네 언니가 워낙 잘났잖니. 너는 네 아빠가 할 만큼 하고 갔기 때문에 더 할 게 없으니 그 모양이고."

"이모!"

"그러니까 비교하지 마."

"언니랑 나랑 비교하는 건…."

"난 한 번도 한 적 없다. 단 언니가 닮은 사람, 네가 닮은 사람, 딱 보이니까 얘기한 것뿐이야. 아빠들 비교하면 네 언니 섭섭하고, 너희들 비교하면 네가 섭섭하고. 비겼으니까 비교하지 마."

아빠들은 하늘나라에서 우리 가족을 내려다보고 있을까? 그렇다면 나의 아빠는 지금쯤 세상 가장 미안한 얼굴이겠다. 거울 속, 성형보험이라도 들어야 될 것 같은 얼굴이 하나 덩그러니 떠 있다. 짓이긴 호빵처럼. 엄만 이 얼굴이 귀엽다고?

초조함이 극에 달한다. 아직도 생리는 징후조차 보이지 않는다. 여자로 시작하고 완성되려면 생리를 하고, 연애를 하고, 아이를 낳아야 한다. 뭐… 결혼쯤은 안 해도 상관없다. 아이를 낳지 않는 것도 상관없다. 그런데 못하는 건 상관있다. 생리를 못하는 것, 결혼을 못하는 것, 아이를 낳지 못하는 것, 그것은 자의적 선택이 아니므로 큰 문제다. 나는 내 몸 어디엔가 자라고 있을 불행의 싹을 잘라내고 싶어 안달이 난다. 산부인과엔 대체 왜 다니고 있는 거야? 불만이 무럭무럭 자란다.

결혼을 한들…, 생리를 하지 않으면 남편은 실망하여 나를 떠날 것이다. 아이를 입양해야 되지 않느냐고 항변하던 나는 매몰찬 시선을 견디다 못해 집으로 돌아올 것이다. 다시 네 여자가 살아야 하는 집. 늙어가는 엄마와 이모와 살아야 하는 나의 스물, 서른, 마흔을 생각하면 끔찍하다. 나는 침대를 박차고 나가 결연하게 호르몬제와 성장보조제를 털어 넣는다. 하루 두 번의 복용을 세 번으로 늘린다. 이래도 생리를 하지 않으면 소비자원이라도 가야 할 판이다.

약의 복용 횟수를 늘리자 열흘 만에 약이 떨어진다. 나는 학원에 갖고 갔다가 잃어버려서 그렇다고, 회심의 거짓말을 한다. 이모와 손 잡고, 진료는 생략하고 약만 받아온다. 그 밤, 두 포의 약을 더해 먹다가 이모에게 들킨다. 내 초조함을 아는 이모는 속이 괜찮은 나를 대단하다는 투의 시선으로 보다가 약을 압수한다. 먹을 때마다 받아가라는 것이다.

단단히 실망하여 방으로 돌아와 침대에 엎드린다. 울고 싶은데 눈물은 나오지 않는다.

가슴에 손을 넣어 본다. 브래지어 속은 정말이지 볼품없는 정도가 아니라 사막 같다. 나는 내 몸에 절망한다. 옆구리에 머핀처럼 튀어나온 뱃살보다 작은 몽우리는 누가 봐도 가슴만 다이어트 한 것처럼 보인다. 살찌려면 골고루, 가슴도 쪄야 옳건만!

고민은 이내 시든다. 케세라세라. 명언이 나를 길어 올린다.

학교는 정신을 온갖 곳으로 뻗어 나가게 한다. 시끄럽다가도 무겁게 가라앉고 활기차다가도 주눅 들게 한다. 하지만 대체로 쉬는 시간과 점심시간이 있어 만족한다. 미래를 함께 일구어나갈 친구들이자 시험을 무대로 전쟁을 치르는 동지들과 나는 우정과 전우애를 동시에 느끼며 학교를 버틴다. 고민을 멀찌감치 떨어뜨려 놓는다.

기억은 저장되는 것이지 소멸되는 것이 아님을, 수학 시간과 영어 시간에 깨닫는다. 고민은 가장 중요한 과목을 하는 시간에 머릿속을 부유한다. 아, 인생이여.

결혼기념일이 지난 4일 뒤 엄마는 우리들을 데리고 두 명의 남편을 보러 벽제 납골당으로 간다. 추모원의 1층엔 언니 아버지가, 3층엔 내 아버지가 잠들어 있다. 엄마는 1층을 거쳐 3층으로 올라가 똑같은 시간을 안배하여 묵념을 한 뒤 벽제원 마당으로 나와 종이 커피를 뽑아 든다. 커피 한 잔을 다 비우면 다시 납골당으로 들어가 3층으로 올라간다. 또 올게요. 한 마디를 남기고 돌아선 엄마는 1층에서 똑같은 말을 반복하고 돌아선다.

마당 가득히 고꾸라져있는 햇볕들이 도무지 겨울이 올 것 같지 않다고 항변하는 오후, 우리들은 이모가 운전하는 차에 오른다. 등 뒤로 멀어지는 벽제원, 봉분 없는 무덤. 두 아버지 혹은 두 남편 혹은 두 제부의 기억들을 두고 이모는 우리들의 점심을 찾아 달린다.

한솜 언니에게 맡겨두었던 카페에 들어서던 엄마는 한 통의 전화를 받는다. 문손잡이를 잡아당기는 엄마의 몸이 뒷걸음질 친다. 몸짓이 황망해지더니 서두르는 기색으로 머리부터 조아린다. 네, 어머니. 카페 모퉁이를 돌아 건물 입구를 통해 집으로 올라가려던 우리는 엄마의 통화 소리에 일제히 고개를 돌린다. 엄마는 주차장 구석을 찾아 얼굴을 박듯이 몸을 돌려 목소리를 낮춘다.

언니는 내게 턱짓을 하더니 이모를 채근하여 집으로 올라간다. 내 차례이다. 할머니가 일 년에 한 번 전화를 걸어오는 날. 내 아빠의 기일을 앞둔 열흘 전, 혹은 일주일 전, 혹은 삼일 전. 엄마는 버성긴 시어머니의 전화에 온 마음을 조아려 전화를 받는다.

나는 엄마의 뒤에 버티고 선다. 언니가 원하는 일이고, 이모로부터 두둑한 용돈을 받을 수 있는 일이고, 그야말로 내가 쓸모 있어지는 때이다. 할머니로부터 엄마를 보호할 수 있는 사람은 나뿐이다. 엄마는 등 뒤의 기척에 용기를 얻는지 몸을 조금 편다.

"지금 막 다녀오는 길이에요. (사이.) 꼭 그런 건 아니에요. 작년엔 영후 아빠 날짜에 맞춰 다녀왔는걸요. (사이.) 두 사람 심심할 때 제 얘기 나누면서 놀면 좋겠다 싶어서 그런 거예요. (사이.)

어머니, 영후 옆에 있는데 바꿔드릴까요? 영후가 보채요."

엄마는 뒤돌아 간절한 눈빛을 보낸다. SOS다. 나는 엄마로부터 핸드폰을 낚아챈다.

"할머니!"

많이 반가운 척, 나는 최선을 다해 귀여운 손녀딸이 되고자한다.

"할머니 우리 반에 어떤 녀석이요……."

나는 녀석의 말썽을 영웅담으로 치환하여 수다스럽게 늘어놓는다. 그런 한심한 녀석이 나를 좋아한다는 말도 빼놓지 않는다. 할머니의 혀 차는 소리에 그 녀석의 성적을 이야기한다. 약간의 뻥을 쳐서 전교 3등에서 5등을 오간다고 한다. 그 녀석이 공부를 잘하는 것은 견고한 사실이므로. 할머니는 성적 하나에 혀차는 소리를 집어넣고 천재들은 어려서부터 다르다는 말을 한다.

엄마는 양손을 모으고 서서 나의 통화를 지켜본다. 나는 손짓으로 가라고 한다. 내가 처리하겠다는 액션을 확실하게 보여줌으로써 오늘 나는 또 한 번 착한 딸이 된다.

도대체 왜 부모의 직업이 궁금한지 모르겠으나 나는 할머니의 세속적인 질문에 열심히 부응하여 대답한다. 물론 나는 녀석의 부모가 어떤 일을 하는지 모른다. 단 녀석을 태우고 다니는 자동차는 본 적이 있다. 엄마의 자동차보다 훨씬 비싼 자동차인 것은 틀림없다. 하여 나는 녀석의 엄마는 우리 동네 종합병원 의사, 아버지는 검찰청에 나가는 검사, 사짜 부모로 만든다.

할머니는 그런 집안의 남자애가 첫사랑인 것을 기억하라고 한다. 나중에 그 이하로 떨어지는 남자애는 만나지 말라고, 그 녀석을 앞으로 사랑하게 될 남자의 사회적 기준으로 삼으라고 한다. 나는 그러마고 대답하며 학원을 핑계로 전화를 끊고자 한다.

"한 번 안 오니? 할머니가 카페에 한 번 갈까?"

"저는 학원에 가야 해서 카페에 오셔도 못 볼 확률이 높아요. 방학하고 학원도 며칠 쉬게 되는 날 엄마한테나 이모한테 부탁해서 할머니한테 데려다 달라고 할게요. 오셔서 저를 못 보고 가시면 저 다시는 할머니 안 봐요. 제가 갈게요. 대신 언니 모르게요. 언니를 배려할 줄 아는 착한 동생이 되게 해주실 거죠?"

엄마를 벌서게 할 수는 없다.

사고는 누구에게나 일어날 수 있는 일이다. 아빠가 술을 먹지 않았다면, 술 먹은 누군가를 부축하지 않았다면 아빠는 살아있을 것이다. 엄마가 술을 따른 것도 아니다. 엄마와 같이 먹은 것도 아니고, 엄마를 부축한 것도 아니다. 그런데 엄마는 온몸으로 미안해하고, 살아남은 모든 시간을 죄스러워하며 할머니를 대한다. 할머니는 아빠가 엄마와 결혼했기 때문에 술을 마신 것이므로, 엄마가 원인이라고 한다.

할머니의 엄마를 향한 미움은 부당해 보이지만 나는 할머니를 굳이 이해한다. 할머니도 살기 위해 미워하는 것을. 가장 가까이, 가장 아픈 사람을 미워하는 것으로 살아남는 방식이 마음에 들진 않지만 어쩌랴, 삶은 이토록 제각각인 것을.

나는 내가 커가고 있음을 온몸으로 증명한다. 할머니는 엄마를 지키는 장벽이 견고해지고 있음을 느끼는 모양이다. 가느다란 한숨이 전달된다. 희열에 머리끝이 쭈뼛하다.

엄마의 일 년이 간다. 엄마의 일 년은 12월이 아닌 11월의 입구에서 끝난다. 또 한 해 살았구나, 그 탄식조의 감탄에서 엄마의 일 년은 저문다. 두 아버지를 추억하는 것에서 엄마가 살아내야 할 모든 기념일은 완료된다. 엄마의 일 년이 무사히 간 것에 나는 안도한다. 엄마의 편한 날들이 내게로 올 때 내 생도 안전하다고 느낀다.

엄마와 언니, 나는 각자의 방에서 얼굴도 모르는 아버지와 함께 찍은 것 같은 가족사진을 본다. 엄마가 합성하여 만든 가족사진은 기괴하다. 젊은 두 남편 사이에 앉은 마흔 살의 엄마. 각자의 아버지 뒤에 나란히 선 언니와 나, 이렇게 다섯 식구이다. 이모는 없다. 이모는 자신의 사진이 없는 것에 기쁜 미소를 짓는다.

엄마와 언니, 내가 바라보는 가족사진 위로 어둠이 짙게 파고들어 온다. 폭죽처럼 귀뚜라미 울음소리가 터진다. 귀에 바닷물이

고이더니 쏴아, 울음으로 밀려나온다. 당황스러울 만큼 서러운 눈물이다. 아무에게도 들키지 않을 내 방이어서 다행이라고, 와중에 나는 주위를 단속한다. 기억에도 없는 아빠가 보고 싶다. 나는 더욱 간절히 사진을 끌어안는다. 가족사진을 덮고 밤이 잠든다.

4. 켈리키친

　여기는 욕망의 집합체이다. 꿈의 발설지이다. 각자 몸통에 지닌 스피커를 통해 발설된 욕망은 민낯으로 내실을 잠식한다. (엄마는 카페의 안쪽에 두 개의 내실을 만들었다. 가족 단위의 모임이나 단체 손님을 받기 위해 만들었는데 모델을 중심으로 한 연예인들의 전용 공간이 되었다.) 지절한 말들이 벽마다 촘촘히 들어찬 내실엔 주홍빛의, 하얀빛의, 노란빛의, 파란빛의, 초록빛의…… 각각의 희망들이 병치된 욕망으로 혹은 빛바랜 추억으로 도배되어 있다. 나비의 날갯짓이, 코스모스의 하늘거림이, 해바라기의 구원이… 그들이 닿고 싶은 욕망의 결정물이다. 이를테면.

수없이 많은 꿈들이 와서 앉았다가 떠난 내실에서 엄마는 이따금 시간을 보낸다. 엄마를 찾아 내실로 뛰어들어간 나는 때로 고요의 무게에 눌려 멈칫한다. 용건을 잊은 채 그 분위기에 압도되어 입을 다문다. 어쩌면 가만히 마주 앉아 엄마를 물끄러미 보는 게 나의 용건이었을 수도 있다. 지친 미소를 보내는 엄마의 입에서 알 수 없는 한숨이 새 나온다.

십수 년 동안 내실에 쌓인 꿈들을 하나하나 꺼내 듣는 엄마는 벽을 가만히 쓰다듬는다. 나도 벽을 쓰다듬는다. 지니가 램프 속에서 나오듯 벽에서 말들이 걸어 나온다. 내실을 돌아다니는 말들은 이타적이거나 배타적이지 않은 무생물에 불과하다. 나는 무연한 상태로 앉아 걸어 나온 말들을 배열한다. 의미를 획득하는 말들 사이에서 비린내가 난다. 비로소 엄마가 내쉬는 한숨의 의미를 이해한다.

내실에선 모든 것이 고이거나 떠돌 뿐 밖으로 끌려다니거나 산화하지 않는다. 입 없는 귀들이 오늘도 욕망의 부름에 소환된다. 바람이 허공을 떠돈다.

자신이 걷는 길을 런웨이로 만들어 줄 사람을 사랑하고 싶은 바람은 떠도는 바람이 된다. 내실의 허공에서 갈피를 잡지 못하던 바람은 기어이 닳아빠진 바람이 되어 고꾸라진다.

삶이 패션쇼가 되길, 그 패션쇼의 주인공이길 바라는 사람을 나는 동정한다. 삶은 결코 약속된 길만 걷는 '쇼'가 아니다. 판타지가 거세될 때 비로소 삶의 판타지가 생긴다는 것을 모르는 생이라니.

"곧 미녀, 출출해? 언니가 샐러드 만들어줄까?"

한솜 언니가 말을 걸어온다. 이제 곧 브레이크 타임이다. 주방의 오더가 끝나고 한숨 돌리는 한솜 언니는 어느새 에이프런을 풀어 들고 있다.

나는 빈집이 싫어서 학원에 갈 때까지 카페에 내려와 모퉁이 자리를 차지하고 앉아있는 중이다. 나는 내 앞에 와 앉는 한솜 언니를 찬찬히 본다. 한 달에 한두 번 무대에 오르는 174센티미터의 모델인 한솜 언니는 3센티미터만 더 컸으면 자신의 인생이 달라졌을 거라고 한탄한다. 모자란 3센티미터는 한솜 언니의 아쉬움일 뿐, 나는 한솜 언니가 3센티미터만 더 작았더라면… 한다. 내겐 너무 큰 여자일 뿐인 한솜 언니.

"곧 스타 언니가 출출하면 나도 출출하고 아니면 아닐래."

나는 한솜 언니에게 "곧 미녀"로 불린다. 언니가 지어준 별명이다. 아직은 미녀가 아니라는 확언에 다름 아닌 그 말을 나는 심상하게 들어 넘긴다. 나를 놀리는 말이 아니기에 그렇다. "곧 미녀"는 스무 살이 되면 "꽃 미녀"로 바뀔 거라는 언니의 응원을 나는 굳게 믿는 척한다. 나 역시 "곧" 스타가 될 거라고, 언니에게 화답하여 별명을 지어준다. 이 별명은 나의 소망을 담고 있는 별명이다.

나는 언니가 세계로 뻗어 나가는 모델이 되길 바란다. 그러나 현실은 모자란 3센티미터로 인해, 모델치고는 예쁘장하게 생긴 외모에 더해 언니는 그저 개성 없는 무명의 키 작은 여자 모델에 머문다. 광대뼈가 조금만 더 불거졌다면 어땠을까? 눈이 쌍꺼풀 없이 조금이라도 찢어졌다면 어땠을까?

스물다섯 살의 언니는 모델로서 전성기를 누려보지 못한 채 현실적인 선택으로 아르바이트를 병행한다. (우리 집은, 아니 카페는 걸리버 여행국의 키다리 나라 같다.) 아르바이트는 한솜 언니에게 새로운 꿈을 보여준다. 언니는 두 개의 꿈 사이에서 비로소 생의 온도가 따뜻해지는 것을 느낀다.

언니는 바쁜 시간엔 홀 서빙을 하고 브레이크 타임엔 키다리 삼촌에게 요리를 배운다. 진지한 언니의 표정에 고운 물이 든다. 한지를 물들이는 노란 치자 같다. 한솜 언니의 얼굴에서 그늘이 옅어진 것은 엄마가 지불하는 적정 이상의 금액이 한몫을 한다.

무대 밖의 삶을 준비하는 한솜 언니를 보면서 나는 때로 울적하다. 이따금 구겨진 한지 같은 얼굴로 나의 열다섯 살을 부러워하는 언니를 볼 때마다 정말 살고 싶은 삶은 무대에 있음을 알게 되기 때문이다. 그러나 어쩌랴. 현실은 차갑고 단호하게 다른 꿈을 꿀 것을 종용하는 것을.

한솜 언니는 매일 열다섯 시간 넘게 패션모델이 할 수 있는 모든 연습과 노력을 했다. 발톱 열 개가 새로 난 것이라고 하니 그 과정은 일일이 설명하지 않아도 알 것 같다. 거세 되지 않은 욕망과 날카로운 현실이 만나는 지점에서 치렀을 한솜 언니의 눈물이나 절망이 때론 내 것이 된다.

노력해도 안 되는 것이 곳곳에 널린 삶. (아주 긴 한숨, 휴우⋯⋯⋯⋯.)

나는 한솜 언니를 보면서 이따금 두려움으로 온몸에 소름이 돋는다. 내가 하고 싶은 것이 아직 뭔지도 모르는 중에 두려움부터 배운, 현실에 순응하는 것부터 목도해버린 삶이 성공할 수 있을까? 성공은, 성공적인 삶은 어떤 걸까? 치과의사가 될 젬마 언니의 삶은 성공이 보장된 걸까? 나는 확답할 수 없다.

어른들은 자본주의국가, 자유경제국가 체제에서 모든 활동은 재화를 생산하기 위함이고, 그 재화를 안정적으로 생산해내는 직업을 갖는 일이야말로 가장 기본적인 성공이 아니겠냐고, 반문하는 방식으로 우리들을 가르친다.

선생님들은 어쩔 수 없이 가장 잔인한 어른들의 역할을 맡는다. 진로상담을 할 때면 보다 안정적인 직업을 가질 수 있는 대학과 학과를 선택할 것을 가르치는 게 그것이다. 나는 그 훈육이 마음에 들지 않는다. 재화를 생산해내는 일은 물론 중요하지만 어떻게 생산해 내느냐가 더 중요하다. 하고 싶은 일을 하면서, 삶을 즐기면서, 재화를 생산해내는 일이야말로 성공한 삶이 아니겠는가.

그러나 나는 세상에 없는 곳, 유토피아를 꿈꾸는 것이 된다. 그 말인즉, 아직 삶에 눈을 뜨지 못한 햇병아리가 삶에 대해 운운한 것이 된다는 뜻이다. 무시당하기 일쑤인 나. 단순히 보다 많은 재화를 생산해내기 위해 산업 활동을 하는 것이나 단순히 욕망을 배설하여 새끼를 낳는 짐승들의 생산 활동이 대체 뭐가 다른가. 1차원적인 것은 둘 다 똑같다. 나는 인간성 회복에 방점을 둔 산업 활동을 하고 싶다. 내 생각은 단호하다. 무시당해도 마땅한 나.

"리코타 치즈 샐러드로 해올까? 아니면 비프 카르파치오 샐러드?"

"언니, 치즈는 왜 이렇게 종류가 많아?"

"단어 외울래, 치즈 이름 안 외울래, 그거야?"

"빙고. 나는 그냥 소고기 들어간 거, 베이컨 들어간 거, 치즈에 토마토 들어간 거, 닭 가슴살 들어간 거, 그렇게 말해줘. 엄마가 파는 샐러드도 고기도 피자도 나는 이름들이 너무 어려워서 외울 수가 없어. 비프니까 소고기 들어간 거겠다…, 짐작만 해.

영어로 이름을 알아야 문화인 된 것 같은 태도도 싫어. 설렁탕, 김치찌개, 좋잖아!"

"그래도 키다리 아저씨한텐 셰프님이라고 가끔 불러줘. 언니는 이 가게 물려받지 않을 거라고 온몸으로 항변하는 거라고 이해할 테니까. 알았지?"

한솜 언니는 빙그레 웃으며 일어난다. 주방으로 들어간 한솜 언니는 내가 학원을 마치도록 속이 든든할 수 있게끔 소고기를 그득하게 담은 카르파치오 샐러드를 내온다. 엄마와 함께 먹을 수 있는 3인분이다. 엄마가 와서 앉으면서 카페의 브레이크 타임이 시작된다.

한솜 언니는 분주하게 먹고 일어선다. 언니의 실습, 다른 말로 하면 교육이 시작되는 때다. 한솜 언니가 배우며 만든 음식들은 저녁 장사를 시작하기 전에 홀과 주방의 식구들이 먹을 양식이 된다. 늦도록 장사를 하려면 미리 든든히 먹어둬야 한다.

이따금 나는 한솜 언니가 모델이 되는 것보다 <켈리키친>의 이태원점, 분당점, 압구정점… 어디든 본점보다 멋진 분점을 내서 엄마보다 우아한 오너가 되길 바란다. 무대를 꿈꾸는 인생들, 무대 위에서 청춘을 보내는 인생들이 얼마나 오래도록 무대를 누릴 수 있는가를 생각해 보면 답은 자명해진다. 굵고 짧게. 결코 멋진 말이 아니다.

엄마는 한숨 언니에게 두었던 기특해하는 시선을 거두어 내게 질문을 던진다.

"넌 뭐 될래?"

"왜 약을 먹는데도 생리를 안 해? 난 생리하는 여자부터 될래."

"이상 없는 거 확인했으니 그건 꿈꾸지 않아도 시간 되면 자연히 이루어지는 일이고. 미리 꿈을 정해놓고 그 길을 가도 실패할 확률 높아. 엄마가 언제까지 너 책임져줄 거라고 생각하지 마. 언니도 결혼하면 남이야. 남편하고 자식이 우선이지 절대 너 돌봐주지 않아."

"엄마는 이모가 언닌데도 돌봤잖아."

"이모가 너희들을 돌봤기 때문이야. 그리고 네 언니는 엄마만큼 안 착해. 바보도 아니고. 언니는 치과의사 될 텐데 넌 뭐 될래?"

"요리 유학 다녀와서 이 가게 물려받으라고 말하고 싶은 거야? 셰프가 스타 되는 시대니까 이 직업도 힘들기만 한 일은 아니다, 이런 말 하고 싶어?"

"그건 아니지. 어느 한 분야에서 잘하면 스타 되는 시대지, 셰프라서 스타 되는 시대는 아니야. 엄마는 영후가 어떤 여자로 클까, 궁금해서 물어보는 거야."

"설마."

"그래, 설마. 우선 공부 열심히 해. 제발. 공부를 잘해놓고 있으면 네가 되고 싶은 일이 생겼을 때 성적 때문에, 학교 때문에 좌절하진 않을 거니까 꾸역꾸역 공부해."

나는 떠밀리듯 일어나 30분이나 일찍 학원에 도착한다. 안다. <켈리키친>에 오는 인생들의 여러 형태를 보아온 엄마에게 미래는 굉장히 중요한 열매를 맺는 일이다. 현재를 어떻게 사는가에 따라 열매와 형태가 달라진다. 엄마는 이따금 그 힌트를 내게 주고 싶은 것이다. 문제는 내 인생에 공부가 없다는 것이다.

욕망을 욕망하도록 떠밀리는 삶⋯. 나는 심사숙고, 네 글자에 시간을 투자하기로 한다.

한국의 그레이스 켈리. 언론은 엄마에게 상찬을 했다. 언니네 아빠의 여행 사진에 찍힌 섬마을 소녀는 일약 스타가 되었다. 엄마는 그레이스 켈리가 누군지도 모른 채 가장 좋아하는 여배우로 그레이스 켈리를 꼽았다. (물론 지금은 매우 잘 안다.) 덕분에 카페를 차렸을 때 엄마는 별 고민 없이 카페의 이름을 지을 수 있었다.

카페 내부엔 그레이스 켈리 사진과 엄마 사진이 교차 편집된 팝아트 형식의 액자가 벽마다 걸려있다. 크고 작은 액자들이 인테리어의 핵심이다. 카페를 오픈하던 날, 엄마는 앞으로의 삶이 안정될 것이라고 믿었다. 매일 일정 금액의 현금이 들어오는 것이 무대나 카메라 앞에 서는 것보다 더 매력적으로 여겨졌다. 더 이상 무대에 오르거나 카메라 앞에 서지 않아도 되는 것이 곧 안정이라고 할 만큼 엄마는 무대가 몸에 맞지 않았다.

엄마는 가던 길을 멈추고 그 길 위에 뿌리내리기로 했다. 엄마는 엄마가 다닌 수많은 길 가운데 가장 안전했던 길 위에 집을 짓고 지붕을 올렸다. (1층과 5, 6층이 엄마 소유이고 2, 3, 4층이 근정 아줌마 남편 소유이다.) 가시밭길도, 크고 널찍한 길도 아닌 그저 생의 어느 모퉁이에 불과한 길에서 엄마는 오순도순, 옹기종기, 도란도란, 알콩달콩, 아기자기… 살고자 했다. 조용히. 딸들이 누군가의 딸이라고 입에 오르내리는 일 없이 평범하게 자랄 수 있는 고요한 골목의 삶을 길로 내주었다.

낮은 지붕의 빌라들이 모여 있는 곳. 사람들은 우리 동네를 서래마을이라 부른다. 건너편의 비교적 낮은 층수의 오래된 아파트들은 모두 재건축되었다. 초고층 아파트들이 집값을 주도하며 동네는 빠르게 변화했다. 그러나 우리 동네는 여전히 빌라들이 진을 치고 있다. 적잖이 있었던 단독주택들이 빌라로 혹은 상업 용도의 건물로 탈바꿈하는 동안에도 고층아파트는 밀고 들어오지 않았다. 낮은 지붕의 동네를 엄마는 사랑했다. 나 역시 내가 태어나고 자란 이 동네가 마음에 든다.

길을 지우고 길을 가두는 것이 집이라는 것을 엄마는 집을 지으며 깨달았다. 6층 건물의 집을 짓자 엄마는 아주 단순한 삶의 길을 걷게 되었다. 집은 햇볕을 받아들이고 바람의 휴식을 돕고 들이치는 비를 차단한다. 우리는 지워지거나 갇힌 길 위에서 단단하게 올린 지붕을 안식처 삼아 삶을 영위한다. 엄마 덕분에. 잠시 멈추고 길 위에서 쉬어도 좋다고, 집은 그렇게 휴식을 준다. 엄마가 준 것이다.

가던 길을 멈추고, 돌아온 모퉁이 어디쯤에 머물기로 한 엄마의 결정을 이모는 극구 반대했다. 엄마는 굽히지 않았다. 스스로 살아내야 할 인생을 스스로 정하지 못하게 간섭하는 것은 불의이다. 타협할 무엇이 없는 반대에 분노했다. 엄마는 이모와 대립했고 기어이 이겨 먹었다. 열망하던 삶의 문을 스스로 열고 들어선 엄마에게 카페는 완성된 욕망의 형태로 자리 잡았다.

이제 <켈리키친>은 엄마의 사랑방이기도 하다.

엄마와 동시대에 활동하던, 동시대 쌍벽을 이루던 모델 출신의 전업주부인 근정 아줌마는 재혼을 통해 안정된 삶을 구축했다. 안정된 삶이 곧 행복한 삶이 되진 않는다. 브레이크 타임을 앞두고 찾아와 수다를 떨다 가는 근정 아줌마를 보면 그렇다. (월세가 제대로 이체되지 않은 달마다 놀러 나왔다는 말로 월세를 채근하고 간다.) 근정 아줌마는 올 때마다 엄마를 부러워하다가 일어선다.

"남편한테 받는 돈이 세상에서 제일 치사한 돈이야. 넌 네가 벌어서 쓰잖니. 부럽다."

엄마는 그저 웃고 만다. 하도 들어서 이젠 그러려니 하는 눈치도 눈치거니와 결정적으로 엄마는 근정 아줌마의 삶을 부러워하지 않는다. 그때마다 나는 의아하다. 남편 없는 여자의 삶이 행복한 거라면 내 친구들의 엄마는 모두 불행한 사람들이 된다. 불행 속으로 뛰어든 여자들. 불행을 잉태하는 것, 결혼. 이모는 왜 그토록 불행해지고 싶어 하는지 새로운 의문이 내 생각을 잠식한다.

아빠는 엄마에게 행복을 선물하기 위해 떠난 걸까? 아빠의 사랑은 얼마나 크기에 목숨을 던져 엄마에게 행복을 준 걸까? 실제로 엄마는 두 명의 남편을 떠나보내고도 비교적 행복한 삶을 산다. 불행하다거나 쓸쓸하다거나 사는 게 치사하다거나 누군가의 삶이 부럽다는 소리를 들어본 적이 없으므로 그렇다고 믿는다.

"아빠가 있었으면 엄마는 열 배로 더 행복했을 거야."

"그런데 왜 근정 아줌마는 올 때마다 남편 있는 걸 불행하다고 해? 남편 없이 사는 엄마가 부러우면 헤어져서 엄마처럼 살면 되잖아. 그 아저씨는 싫고, 돈은 좋고. 근데 고맙다는 말하면서 받으려니 치사하고? 난 근정 아줌마 아저씨가 불쌍해. 아줌마랑 헤어져서 그 아저씨하고 사는 게 행복하다고 말하는 여자를 다시 만나라고 조언할 것 같아, 나라면."

"같이 살면 힘들고 지치는 게 있어. 그걸 불행이라는 말에 뭉뚱그리는 거고. 그렇지만 인간은 같이 살 때 적어도 동기부여 같은 게 생겨서 더 많은 걸 해낼 수 있게 돼. 게다가 아이가 생겨서 부모가 되면 또 다른 세상을 살게 되지. 결혼은 좋은 거야."

오 마이 갓! 나는 엄마에게 제대로 된 신문 구독을 권하고 싶다. 아니면 사회의 민낯을 낱낱이 볼 수 있게 SNS라도 하라고 권하든지.

N포세대, 민달팽이세대, 청년실신, 모라토리엄족, 캥거루족, 헬조선 따위 용어들이 이 시대 청년 세대를 규정한다. 사회안전망은 무너졌고 국가는 국민들이 최소한의 삶을 영위할 수 있는 기초적인 경제 네트워크를 구성하는 데 실패했다. 내 꿈이 이루어지는 나라. 선거에 쓰인 구호는 순전히 정권을 잡은 그들의 꿈이 이루어지는 나라로 탈바꿈했다.

이 모든 게 청와대에 입주할 사람을 잘못 고른 국민들 탓이라고 이모는 자주 투덜거렸다. 언니는 국민들은 제대로 선택했으되 어딘가에서 꼬인 탓이라고 수정했다. 그때마다 엄마는 동네 분위기는 우리 가족들 생각과 아주 많이 다르다고 입단속을 했다.

불과 6개월 전의 풍경이다.

자신들의 입맛대로 여론을 주도하려 만든 종편 방송에서 연일 국정농단 기사가 터져 나왔다. "믿는 도끼에 발등 찍힌 거야." 이모는 뉴스를 닥본사하며 같은 말을 하고 또 한다. 드라마를 보던 이모는 매일 뉴스 채널을 찾아 돌리면서 18을 쏟아낸다. 흥분을 가라앉히지 않는다. 토요일 오후, 학원에 다녀왔을 때 이모는 집에 있는 게 쪽팔린다며 촛불 들고 청계천으로 간다. 1차 촛불 집회에 나는 이모의 동행이 되어 끌려나간다. 광화문까지 차벽을 넘어 행진하면서 나는 어디선가 물대포가 날아오지 않을까, 주변을 살핀다.

다음 주, 이모는 학원 끝나는 대로 오라고 한다. 임 아저씨하고 가라고 그렇게 항변을 해도 이모는 요지부동이다. 나는 학원 빼먹는 조건으로 광화문에 간다. 아주 민주적인 조건이므로 나는 토요일을 기다린다. 그곳에서 나는 그 많은 사람들이 하나의 소원을 부르짖는 현장을 만난다. 뿌듯하고 뻐근한 무언가가 가슴 그득하게 들어앉는다. 돌아오면 동네는 수상한 속삭임들이 몰려다닌다. 첨예하게 의견이 대립하는 이곳 서래마을. 나는 국정농단을 보면서도, 팩트에 의한 보도를 접하면서도 조작된 것이라느니, 큰일 하려면 그럴 수도 있다느니… 믿지 못한 채 너그러움을 베푸는 그들을 이해하지 않기로 한다.

이모는 폐지 줍는 할머니의 리어카를 밀어주지 못하게 말린다. 저 할머니들이 자신들 불쌍한 거 모르고 한 년 불쌍하다고 찍어주는 바람에 이 사단이라고, 일말의 동정심마저 거두길 주문한다. 이모는 자꾸 극으로 쏠린다. 고약하지만 단순하기 짝이 없는 이모답다고 나는 이해한다. 데이트 없는 토요일 오후를 견디기 위해 광화문으로 가던 이모는 점차 진심이 되어간다. 언니와 식탁에서 나누는 대화의 100프로가 국정농단이니, 이유야 어찌 됐든 나는 이모 덕분에 직접 민주주의를 겪는다. 다음 주도, 그다음 주도 나는 광화문에 나갈 것이다.

아무튼 정치가 엉망이 되는 바람에 카페 매상은 반 토막 났다. 이것은 엄연한 팩트이다. 게다가 2, 3, 4층은 물론 5층에 입주한 3칸의 원룸 세입자들도 자주 월세를 밀렸다. 엄마는 줄어든 매상을 눈으로 확인하면서 월세가 늦어지는 것에 대해 이해한다.

카페 골목을 막 벗어나면 마주 보고 있는 두 개의 편의점엔 대학생이거나 갓 제대한 청년들이 아르바이트를 하고 있다. 편의점 옆의 커피전문점에도 역시 대학생이거나 갓 졸업한 청년들이 아르바이트를 하고 있다. 그들은 4시간을 일해야 우리 카페에서 샐러드+리조또 세트인 점심 한정 메뉴를 사 먹을 수 있다. 와인한 잔을 곁들인 저녁 식사를 하려면 종일 일해도 부족하다.

좀 더 큰길가에 나가면 대형 체인점의 빵집이 있고 전자제품

대리점이 있고 골프숍이 있고 피트니스클럽이 있다. 그곳의 젊은 인력들은 대부분이 비정규직에 최저임금을 받고 일한다. 게다가 그들은 아침 열 시에 출근하여 밤 열 시에 퇴근하기 일쑤다. 그렇게 힘들게, 오래 일하는데 그들의 주머니는 가볍디가볍다.

어떻게 그 돈을 받고 일할 생각을 할 수 있는지 궁금한 게 아니라 나는 그렇게 힘든 일을 시켜놓고 어떻게 그만큼밖에 주지 않는지, 분노를 담은 궁금증이 일어난다. 그 돈을 받고서라도 일할 수밖에 없는 절박한 청년들의 현재를 이용해먹는 사회. 엄마가 내게 공부하라고 강조하는 이유이지만 아무리 노력해도 공부는 내 인생에 없으니 죽을 맛이다. 나는 그저 아직 닥치지 않은 미래를 미리 분노하는데 공을 들일 뿐이다. 무사히 정권이 바뀌어 공부하지 않아도 먹고 살 수 있는 사회의 기틀을 잡아주길 기도할 뿐이다.

그때마다 이모는 찬물을 끼얹는다. 어떤 놈이 들어가도 거기서 거기라고. 조금 덜 한 놈을 뽑는 게 선거라고.

모든 것이 불완전한 청년세대가 연애, 결혼, 출산, 인간관계, 내 집 마련을 포함한 삶의 모든 가치를 포기하는 건 당연하다. 내 한 몸 눕힐 지붕도 마련하지 못한 민달팽이 같은 청년들에게 결혼은 감당할 수 없는 부채를 안겨주는 일이다. 같이 살면 삶의 동기부여는커녕 두 배로 힘들어지는 이 시대를 엄마는 어떻게

모를 수 있는 걸까? 언니의 삶도 청년세대의 용어와는 이미 멀어져 있으니 나도 자연히 그 말들과 멀어질 거라고 믿는 걸까?

결혼하여 함께 살면 더 많은 일을 할 수 있을 거라고 믿는 저변에 엄마의 희망 사항이 숨어있진 않은지 나는 엄마를 들여다본다. 삼혼에 대한, 경제적 책임을 나눠줄 미지의 사내를 꿈꾸는 속내를 거시적 담론에 쑤셔 넣은 건 아닐는지.

한숨 언니는 내 의문을 단숨에 해결해준다.

"엄마는 결혼생활이 판타지일 때 끝나서 그래. 결혼은 서로가 바닥을 보이는 일이거든. 주변의 선배들을 보면 그래. 치를 떨면서 헤어지든가 서로가 보인 바닥을 못 본 척 관습적으로 그냥 살든가, 자식 낳고 산 세월 동안 구축된 의리로 살든가, 어떤 선택이든 하는 거지. 근데 요즘은 의리가 생기기 전에 바닥을 보이고 마니까 결혼으로부터 등 돌리는 커플이 많아지는 거고. 등 돌리느니 연애도 하지 말자, 이 언니처럼, 그런 사람들도 많아지는 거고. 내 바닥도 진창인데 다른 사람의 바닥까지 합세해서 진창이 넓어진다고 생각해 봐. 정말 끔찍하지. 그런 사람들의 절박한 현실을 모르는 엄마는 행복한 거야. 성공한 거고."

엄마는 일하고 싶어서 일하지 않는다. 핏덩이인 언니와 나를 이모에게 맡기고 일터로 나간 건 자기계발을 위해서가 아니다. 순전히 재화를 생산해내기 위해서였다. 이모에게 재화를 생산해

낼 능력이 있었다면 나는 좀 더 오래 엄마 품에서 엄마 젖을 먹으며 숨소리를 듣고 자랐을 것이다. 핏덩이를 맡기고 산업 전선으로 나가야 했던 선택은 진창의 바닥에서 이루어진 일이 분명하다. 진창의 바닥이 견고한 마룻바닥으로 바뀐 엄마의 삶은 고마운 일이다. 그러나 과거를 잊어서야 되는가.

"그만큼 엄마의 현재가 안전하다는 뜻이겠지?"

한솜 언니는 엄마의 현재가 자신의 마흔 살이 되길 바란다. 오늘, 찾아오는 동료 선후배 모델들에게 서빙을 하는 마음이 어찌 편하겠는가. 안다. 하지만 언니는 그들보다 안전한 미래를 가질 수 있을 거라는 희망과 믿음으로 오늘을 살아낸다. 장하다.

"언니의 마흔 살도 안전하길 바랄게."

한솜 언니의 설명을 들으며 나는 언니가 꿈꾸는 미래가 건강하다고 느낀다. 욕망에도 건강한 게 있다는 것을 알게 된 나는 어른에 한 발짝 더 다가선 기분이다. (나는 병든 욕망도 있다고 믿는다.) 스스로 느끼는 기특함. 나는 하루가 다르게 성장하고 있다.

나의 성장만큼 한솜 언니의 꿈도 성장하고 있다. 동반성장은 아주 기분 좋은 단어이다.

언니가 <켈리키친>에서 키우는 꿈에 나는 물을 준다. 엄마도 물을 준다. 거름을 주기도 하고 가지치기를 해주기도 한다.

그리하여 언니의 꿈은 무럭무럭 자란다. 삶을 이야기로 만드는 과정이 지나가고 있다. 언니의 이야기는 해피엔딩일 것이다. 그래야만 한다.

와인을 취하도록 마신 기자 두 명과 모델에이전시라는 고객의 표정이 심상치 않다. 대리운전을 부른 채 값을 치르던 그들이 머리를 맞대고 뭔가를 의논한다. 계산대 앞에 선 엄마가 긴장한다.

"우리가 바가지를 쓸 만큼 취해 보입니까?"

양미간을 잔뜩 모은 기자의 말이 꼬인다. 안 취한 척 입술을 깨물며 눈을 치켜뜨는 게 많이 취했다. 취했으므로 시비를 거는 것이다. (엄마는 이 대목에서 분노한다.)

"고가의 와인을 다섯 병이나 드셨어요. 주문할 때 와인 값에 대해선 미리 말씀드렸고요…. 늘 마시던 와인이라고, 가격에 무리가 없다고 말씀하신 건 고객님이세요."

"그래도 이건 너무 비싸잖아! 우리가 호구야? 일 안 하고 싶어?"

잠잠하더니 또 한바탕 회오리가 칠 모양이다. 키다리 삼촌이 얼른 주방에서 나와 엄마 뒤에 버티고 선다. 한솜 언니도 엄마 옆에 와서 선다.

장사는 수십, 수백 종류의 사람을 상대하는 일이다. 그 가운데 취한 사람을 상대하는 일은 가장 곤혹스러운 일 가운데 하나이다. 취해서 잠든 한 사람을 두고 모두 달아나서 한밤중에 지구대에서 밤을 새워야 하는 일이 있는가 하면 자기들끼리 싸우다 기물 파손으로 경찰서까지 가야 하는 경우도 있다. 누군가 옆 테이블과 시비가 붙어 와인 병을 깨서 자해하다가 병원으로 실려 가면 장사 다 한 날이 된다. 배불리 먹고는 사용 정지된 카드를 연이어 들이밀며 왜 계산이 안 되는지를 초조해하다가 지구대로 끌려가서야 돈이 없음을 실토하거나 돈 없이 그냥 먹고 달아나다가 잡힌 사람도 여럿이다. 그 진상들 가운데 가장 흔한 게 방송 관계자로 사칭하여 공짜로 얻어먹고 가려는 부류들이다. 오늘이 그렇다.

와인으로 배불리 먹고, 취한 일행은 기자 디스카운트에 더해 홍보기사라는 권력을 휘둘러 거의 공짜에 가까운 값을 치를 생각이었던 모양이다. 모델에이전시는 엄마에게 일을 제안했으므로 당연히 공짜일 줄 알았던 모양이다.

"같이 일 못하겠군요."

"그쪽에서 제안한 거고, 저는 아직 한다는 대답 안 했어요. 곤란했는데 다행이에요. 무대 별로 좋아하지 않아요. 카메라는 더더욱 좋아하지 않죠. 없었던 얘기로 해주세요."

엄마의 단호하고도 완곡한 거절에 모델에이전시가 당황한다.

엄마에게 방송을 하자거나 무대에 다시 서자거나…, 그런 제안은 종종 있어왔다. 당당히 먹은 값을 치른 사람이기도 했고 오늘처럼 공짜를 바란 공수표의 제안이기도 했다. 엄마는 그들을 어떻게 구별해내는지 당당히 값을 치르는 사람들에겐 서비스를 내주면서 할인된 값을 불렀고 공수표가 뻔한 제안을 하는 사람들에겐 일체의 서비스 없이 제값을 불렀다. 엄마가 발휘하는 일종의 선구안은 정말 놀랍다.

엄마는 긴장을 숨긴 표정으로 기자들과 모델에이전시를 번갈아 본다. 그들의 표정이 일그러지더니 다시 자리로 가서 앉는다. 그리고는 키다리 삼촌을 손가락으로 까딱까딱하며 불러댄다. 키다리 삼촌은 그 큰 키를 더 크게 보이게 하려 과장되게 어깨를 떡 벌리고 허리에 손을 얹고 그 앞에 선다.

"고기가 너무 질겼어. 제값 다 받을 줄 알았으면 우린 안 먹었지. 소스는 짜고 시고 한 마디로 쉣이었다고! 같은 업종 사람이라고 그냥 넘겼더니 이런 바가지는 곤란하지!"

"소스가 어떻습니까? 짠가요? 신가요? 고기가 질긴가요?"

키다리 삼촌은 진상 고객들이 앉은 테이블의 옆 테이블과 앞 테이블을 번갈아 다니며 그들에게 들릴 정도의 톤으로 질문한다. 손님들은 모두 친절하게 맛이 일품이라고 대답한다. 그 진상들을 향해 어깨를 으쓱해 보인 키다리 삼촌은 이제 어쩔 거냐는 투로 응시한다. 그들은 잠시 주눅 드는 것 같더니 이내 아까보다 더 취한 척 심하게 몸을 꼰다.

"대형할인마트에서 사만오천 원에 파는 와인을 구만 원 받고, 아직 언론 무서운 줄 모르는구먼!"

"청담동에서 그 와인 십오만 원에 팔아요. 여긴 치즈 안주까지 세트로 제공되니 굉장히 싼 거죠. 공짜인 줄 알고 먹을 땐 맛있던 고기가 값 치르려니 질겨지는 건 또 무슨 법칙입니까?"

대학 동기들과 내실에서 오붓하게 앉아 술을 마시던 심 원장님이다. 밖의 소란에 얼굴을 내밀더니 엄마를 뒤로 한 걸음 물리고 위압적인 목소리로 통을 놓는다.

싸움이 커지는 건 순식간이다. 취한 상태에선 배운 것도 소용없고 교양도 소용없다. 소위 화이트칼라들이 서로 편먹고 싸우는 중에 나는 내가 알고 있는 모든 쌍욕을 듣는다. (와우, 찰지기도 하셔라!) 기어이 양복이 뜯기고 목소리가 높아지더니 넥타이를 풀어 젖힌다. 이어 주먹이 오가더니 와인 병을 들고 설치며 분위기가 험악해진다. 이모와 나는 멀찍이 서서 실내를 들여다본다. 아슴푸레한 실루엣과 귀로 받아들이는 전쟁. 순차적으로 커지는 싸움의 양상은 지구대 출동으로 잠시 소강상태에 빠진다.

지구대로 무대를 옮긴 일행들은 다시금 주먹을 날리고 발차기를 하며 몸을 날린다. 심판 봐줄 사람이 생겼다고 믿는 걸까?

자꾸 잘 보라고 소리치며 그들은 경찰들을 가운데 두고 욕을 날리고 사회적 지위를 유세하며 빽을 날린다. (허공에 난무하는 괴성들이라니.)

중년의 취객들은 기운이 빠졌는지 취기가 빠졌는지…, 순한 양이 되더니 저마다 의자에서 곯아떨어진다. 주기적으로 시끄러워지는 카페에서 해결사는 번번이 키다리 삼촌이었다. 심 원장님으로 바뀐 해결사에 엄마는 자꾸 벙싯거린다. 남자가 있다는 것의 의미를 나는 아주 조금 알아챈다.

"또 삼 개월은 조용하겠어. 다 받았지?"

"그럼, 다 받았지. 기자들이 꼬랑지 내리면서 합의도 끝났어."

"오래도 걸렸다."

아니다. 일은 진작 끝났다. 엄마의 개인 볼일이 남은 관계로 늦은 것이다. 엄마는 말하지 않고 나는 아는 체하지 않는다. 이모는 카페에서 벌어진 싸움에 심 원장님이 끼어있음을 보고도 모른다. 눈치 둔치인 이모.

심 원장님의 차를 직접 운전해 집 앞까지 간 엄마는 두어 시간 뒤에 돌아온다. 집 앞 골목길에 앉아 자판기 커피를 뽑아 마시며 두 사람은 자식 이야기를 나눈다. 심 원장님은 엄마에게 딸을 명문대 치대에 보낸 노하우를 묻는다.

공부는 자신이 하는 것이지 누가 대신해주지 않는다. 공부해

봐서 알지 않는가. 내가 공부 잘하는 언니가 없어서 성적이 이 모양이겠는가. 학원을 안 다니고 놀기나 했나. 똑같은 시간을 앉아 있는데도 누군 100점이고 누군 20점이다. 달리기도 마찬가지이다. 속눈썹 휘날리면서 달리는데 누군 14초고 누군 23초이다. 그런데도 심 원장님은 언니가 원장님 아들의 과외수업을 맡아줬으면 한다. 나는 과외의 목적을 읽어낸다.

"남의 돈 따먹기가 쉽나."

이모는 그러려니, 카페에서 벌어진 오늘의 난동에 달관한 표정으로 한 마디를 툭 던진다. (하나만 아는 이모!) 가게가 쑥대밭이 되었는데도 흥분하거나 분노하지 않는다. 다툼도 먹튀도 클레임도… 지나가는 하루의 한 모습일 뿐, 별일이 아닌 것이다. 경찰서를 출입하는 것도 지구대를 드나드는 것도 노동의 일종이고, 노동은 쉽지 않음을 증명해내는 한 줄기의 플롯에 불과한 것이다.

음식을 만들어 서빙하고 값을 셈하여 받는 것으로 끝난다면 얼마나 손쉬운 삶이겠는가. 세상의 모든 말썽이 모여들기도 하고, 얼굴도 모르는 가족들의 행복한 생일이 쌓이기도 하고, 연인들의 만남과 이별을 제공하는 장소가 되기도 한다. 이처럼 카페는 다양한 형태의 생의 기지가 된다.

단순히 이탈리아와 프랑스식의 식사에 와인을 곁들일 수 있는 카페가 아닌 것을 알아차리는 순간 나는 엄마의 노동이 얼마나 숭고한 것인가를 깨닫는다. 한 뼘 더 자란 내가 보인다. 뿌듯하다. 엄마 역시 모종의 뿌듯한 표정을 고요 속에 숨기고 안방으로 들어간다. 엄마는 오늘 밤, 아주 오래도록 욕조에 몸을 담글 것이다. 위태로울 일 없는 잠속으로 한 발, 한 발 들어갈 것이다.

수만 볼트의 어둠이 지상을 덮는다. <켈리키친>의 몸체가 어둠을 들어 올릴 때까지 길 위에 누운 집들은 고요하다. 바람이 몹시 불어도 상관없다. 어제의 야단법석 에피소드 한 토막이 <켈리키친>을 만들어간다. 내실에 또 하나의 일화가 벽을 덧바른다.

나는 사람을 믿지 않는다. 삶도 믿지 않는다. 다만 눈앞에서 생생하게 펼쳐지는 현재, 순간을 볼 뿐이다. 보는 것 자체는 역동적 행위라 할 수 없지만 물끄러미 보거나 뚫어지게 보거나 삐뚜름하니 고개를 외로 틀고 보거나… 눈에 담아 보는 것이야말로 가장 빨리 현상을 이해하게 해주는 행위이다.

저녁나절까지 깊은 잠에 빠진 이모가 저녁 차려주는 것을 거른다. 또 사흘 정도는 학원가기 전의 간식이 없든가 저녁이 없을 것이다. 이모는 생리 때면 기면증 환자처럼 잠에 빠져든다. 안 그래도 잠 많은 사람이 생리를 핑계로 더 자는 건지, 정말 잠이 쏟아지는 건지는 미스터리이다.

혼자 저녁을 먹는 게 내키지 않아 카페로 내려오길 잘했다.

한솜 언니는 기다린 듯 실력 발휘를 해준다. 이제 한솜 언니는 집밥 만드는 솜씨까지 뛰어나다. 이래서 살은 언제 빠지냐고 한탄하면서도 나는 언니가 만들어준 명란 스파게티를 자꾸만 입속으로 밀어 넣는다.

이모의 잠 덕분에 한솜 언니의 별식을 먹은 것까지는 좋았다. 이모를 따라 잠든 집의 고요를 뚫고 들어가기 싫은 게 심술의 발단이 된다. 두둑이 배불리 먹고 나는 카페의 테라스로 자리를 옮긴다. 그때 막 브레이크 타임이 끝나고 세 명의 모델이 들어온다. 그들은 홀이 비었음에도 굳이 내실로 들어간다. 달랑 커피 세 잔이 들어간다.

나는 영어 숙제를 하면서 카페의 내실을 본다. 잔뜩 삐뚜름하니 고개를 외로 틀고 중얼중얼 불만을 빚으며 본다. 나는 차갑게 식는다. 뜨겁게 익어가는 불만을 감추기 위해선 달리 방법이 없다. 특단의 조치가 필요하다. (말은 이렇게 하지만 실상 내가 할 수 있는 일은 전혀 없다.)

내실이 연예인들의 아지트가 된 뒤 손님은 빠르게 늘었다. 그에 따라 엄마의 고민도 빠르게 늘었다. 이따금 모델들은 인터뷰 장소로 내실을 협찬받으려 전화를 걸어온다. 엄마는 흔쾌히 응해 모델 후배와 기자들에게 차와 간단한 샐러드를 무상으로 제공한다. 인터뷰가 끝나면 돌아가야 할 모델들은 먹던 샐러드와

차를 놓고 또 다른 누군가를 불러낸다. 그들의 수다는 하루를 꼬박 넘기기 일쑤이다. 앉아있는 시간만큼 매상을 올려주느냐, 그것도 아니다. 엄마의 고민이 후배들이 몰려오는 날 깊어진다.

내실에서 화장실로 가던 모델 하나가 근정 아줌마를 발견한다. 그녀는 물주를 만난 표정으로 포르르 테이블 앞으로 간다. 아줌마는 한없이 인자한 표정으로 까마득한 후배의 인사를 받는다. 여유로운 포즈로 마지막 커피 한 모금을 넘긴 뒤 아줌마는 저녁 해주러 가야 한다고 일어선다.

후배의 바람은 바람맞는다. 아줌마는 처음 한 번 저녁값을 지불한 것으로 평생 해야 할 선배 노릇은 다했다고 믿는다. 그게 맞다. 자기가 먹은 것은 자기가 지불해야 한다. 후배는 마지막까지 희망을 버리지 않고 아줌마를 배웅한다. 근사한 수입 세단에 오르며 아줌마는 우아하게 떠난다. 실망한 낯빛의 모델을 보며 엄마는 속내를 읽어낸다.

여덟 명이 5인분의 식사 주문을 하는 것에 엄마는 개의치 않는다. 다이어트가 일상화되어 있는 모델들이다 보니 그렇다. 게다가 오늘은 주머니 사정이 넉넉한 후배가 보이지 않는다. 엄마는 으레 후배들의 테이블에 하우스 와인을 서비스로 들여보낸다. 묵묵히 서빙 하는 한솜 언니의 등을 가만히 두드린다.

"성공하면 갚을게요."

문틈에 비죽하게 걸린 말을 도로 집어넣으며 엄마는 애써 미소를 들고 내실을 나온다. 웃고 있는 엄마의 얼굴에 믿음이나 신뢰는 보이지 않는다.

그들은 자주 말한다. 성공해서 갚을게요. 나는 아직 엄마 덕분에 배고픈 시간을 줄였다고, 고맙다고 인사 오는 사람을 본 적이 없다. 인터뷰 장소로 협찬을 받아놓고도 자신의 기사가 실린 잡지를 가지고 오는 인터뷰이, 인터뷰어도 가뭄에 콩 나듯 한다. 엄마의 저 신뢰하지 않는 표정은 당연하다.

서비스로 제공받은 하우스 와인을 홀짝이며 시간을 메우던 후배들은 어떻게든 한 잔씩을 더 서비스 받고자 눈에 띄게 선배님, 선배님 찾아댄다. 정말 놀고들 있다. 흙 파서 장사하는 것도 아닌걸!

여덟 개의 꿈이 혹은 욕망이 혹은 비루한 절망이 모여 있는 내실에서 나온 한솜 언니의 표정이 일그러진다. 한솜 언니는 갈아탄 자신의 꿈이 새삼 마음에 드는 모양이다. 고개를 절레절레 흔들며 질렸다는 투로 한 마디를 툭 뱉는다. 저 그지들. 한솜 언니의 입 모양을 읽어버린 나는 속이 후련해지는 한편 뜨끔해진다.

처음 한솜 언니가 누군가의 눈에 띄길 바라며 우리 카페를 드나들던 때, 나는 한솜 언니를 그지로 명명했었다. 저 그지! 거지도 아닌 그지. 비탈진 언덕에 놓인 삶을 모른 채 온 마음을 다해 멸시와 경멸을 담아낸 말, 그지. 내게 한숨 언니는 한심하기 짝이 없는, 빌어먹을 청춘이었다. 격렬하게 미워하며 그 삶을 비난할 자격이란 누구에게도 없음을, 그때 나는 알지 못했다. 난 그저 엄마 편이었을 뿐이다.

방송관계자 누구든 자신을 알아봐 주길 바라는 간절한 눈빛이 지하철에서 청소하는 엄마를 집에 앉히고 싶은 소망이었음을 알게 된 후 나는 아무도 함부로 비난하지 않는다. 휴학과 복학을 반복하며 가장으로서의 무게를 짊어지고 사는 남동생의 짐을 덜어주고 싶은 누나의 마음이었음을 알게 된 후 나는 내 경솔함을 비난한다.

무대에 서는 인생은 화려해야 한다는 등가관계를 유지하고 싶은 열망으로, 허파를 채운 한심한 환상으로 오해했던 나를 자책할 때마다 나는 한숨 언니에게 친절해진다. 입으로 발설하여 사과하진 못하지만 (발설하는 순간 더 큰 사과를 해야 할 것 같다.) 내가 마음으로 진 빚을 갚는 형식이다.

"난 정말 간절했어. 근데 아무도 날 알아봐 주지 않고, 꿈은 자꾸만 달아나더라."

"언니 난 이루어질 수 있는 꿈을 꿀 거야. 정말 쉬운 꿈."

"넌 최소 은수저를 물고 나왔으니까 그렇게 말할 수 있지. 능력 있는 엄마를 가진 네가 부러워. 학교 성적만 책임지면 네

할 일 다 한 게 되는 인생, 나도 살아보고 싶었거든.”

엄마는 판검사도 아니고 의사도 아니고 교수도 아니다. 유명한 스타도 아니고 국회의원은 더더욱 아니다. 밤늦게까지 음식과 와인을 팔면서 바쁘게 테이블 사이를 오간다. 밤마다 다리가 붓고 휴일이면 쑤시는 몸을 한의원에 맡긴다. 그렇게 해서 내가 은수저를 물고 나온 사람이 된다. 순전히 절반의 건물(돈) 때문이다. 절반의 건물은 두 남편이 남긴 유산과 엄마가 일해서 번 돈을 더해 겨우 장만한 것이다. 엄마는 건물을 온전히 엄마 것으로 만들기 위해 쉴 새 없이 노동한다. 그럼에도 엄마의 노동은 자주 빛을 잃는다. 남편들이 남긴 유산에 더 많이 집중되는 탓이다. 엄마가 벌어서 보탠 돈이 더 많은데도 말이다.

“억울하지 않아. 그건 사실이니까.”

발끈하여 화를 내는 것은 늘 내 몫일 뿐, 엄마는 담담하다.

“엄마가 스스로 주도하여 만든 상황이 아닌 걸, 아는 사람들은 아니까.”

엄마는 내실을 어지럽게 메운 꿈들을 이야기한다. 적어도 엄마는 그들이 꾸는 꿈을 꾸지 않는 현재에 충분히 감사한다. 다행스럽게도 당장 하루의 삶이 걱정이지 않고 보다 쾌적한 생활을 꿈꾸지 않는다. 삶의 질도 나쁘지 않다. 미래에 대한 걱정도 크지 않다. 오늘만큼 내일도 살게 될 거라고 믿는 지점에서 엄마의 현재는 꿈이 완성되어 있다. 비교적.

살고 싶은 삶을 살아가는 엄마를 부러워하는 사람들이 있다는 것은 고마운 일이다. 만족스럽지 않던 일도 누군가의 응원을 받으면 만족스러워지는 것처럼 엄마는 조금씩 더 만족스러운 삶으로 접어들었다. 단, 세금을 내는 달은 빼고.

지친 달이 갸우뚱 기울어 있는 밤.

시험공부를 할 때면 해야 할 일과 하고 싶은 일이 많아진다. 잡다한 생각들이 들어선다. 어지러운 책상을 정리하게 되고 쓰지 않던 일기를 쓰게 된다. 평소엔 들어 넘겼던 이야기들에 살을 붙여 상상의 나래를 펴기도 한다. 잡생각과 잡스러운 온갖 사소한 일이 인생의 우선순위가 되는 때, 나는 오래도록 앉아있을 뿐이다. 좀처럼 풀리지 않는 수학 문제에 며칠 전 들었던 내실의 이야기를 떠올리며 또다시 시험공부는 뒷전이다.

"패션 디자이너 선생님이 바이라도 날 무대에 세워주기만 한다면 난 눈감아 줄 수 있어. 아니면 돈 많은 영감이 나한테 뻑이 가든가. 일이 없어도, 돈이 없어도 근심 없이 살 수 있는 대책만 누가 마련해주면 영혼도 팔 수 있을 것 같아."

패션쇼를 주관하는 사람들 중에서 자신을 무대의 주인공으로 만들어줄 사람을 만나는 꿈은 사실 불가능한 꿈이 아니다. 종종 있어왔기에 그런 일이 자신의 생에도 도착하길 바라는 것이다.

문제는 특수한 성의 취향이나 일그러진 결혼관이 간절한 바람으로 통용된다는 사실이다. 자신의 아버지보다 나이가 많은, 자신에게 눈멀어줄 돈 많은 한 사람을 간절히 기다리는 일은 신데렐라의 이야기가 아니라 자본에 팔려가고 싶은 비루한 욕망에 불과하다. 그러나 당장 내일의 무대가 주어질지가 걱정인 모델에게 희망의 이름으로 포장한 욕망은 삶의 버팀목이 되어준다. 아니다. 이 희망은 욕망이 아니라 절망의 비명이다. 뜻대로 살고 싶은, 허파를 가득 채운 욕망이 뜻대로 이루어지지 않는 것에 대한 비명의 절규이다.

문득 눈가가 뜨거워진다. 눈물을 닦아내는 중에 삐죽삐죽, 말들이 자꾸만 걸어 나온다. 나는 물끄러미 바라본다. 숨고 싶은 귀가 이성을 반하며 이상하리만치 커진다.

그러니까 이곳은 꿈의 하역장인 셈이다. 꿈을 꾸는 데에는 아무런 조건도, 자격도 필요 없지만 꿈을 이루는 데에는 조건이나 자격이 필요하다. 한솜 언니를 보면서 느낀 점이다. 내가 꿈을 골라서 꾸기로 한 이유이다.

말들이 벽이 되어 서 있다. 나는 벽에서 나온 말들을 커다래진 귀에 담아 들고 내게 묻는다. 나는 무엇을 욕망해야 하는가. 어떤 것들을 꿈꿔야 하는가. 질문을 들고 내실을 비운다. 건강하고 비릿하고 강렬하고 비굴하고 간절하고 처절하고… 갖은양념 같은 욕망의 문이 닫힌다. 또 하루가 간다.

5. 석세스섹스

쉬는 시간이면 너덧 명의 아이들이 교실 뒤쪽에 모여든다. 핸드폰을 반납하지 않은, 소위 노는 아이들이 핸드폰을 중심으로 모여드는 것이다. 치마를 짧게, 타이트하게 줄여 입은 여자아이들은 자신들의 몸매 라인을 보다 더 노골적으로 드러내는 데 집중한다. 예쁜가. 미소와 의정이와 이야기를 나누다 보면 우리는 고개를 절레절레 젓는다. 추해 보인다. 우리가 찾아낸 정답이다.

열다섯 살인 그녀들은 거울에 비친 자신들 모습에 만족스러워한다. 나도 누구보다 일찍 어른이 되고 싶지만 열다섯 살 얼굴에 화장을 해서 스무 살로 만들고 싶진 않다. 결심을 하지만 유혹을 완전히 떨친 건 아니다. 언니의 옷과 화장품을 볼 때마다 움찔움찔하는 마음이 언제 꺾일는지 알 수 없는 일이다.

그녀들이 또다시 점심시간을 기점으로 교실 뒤쪽에 모여든다. 누군가가 핸드폰을 꺼내 들고 동영상을 플레이한다. 그녀들 사이에서 야릇한 신음소리와 낮은 비명이 흘러나온다. 남자애들이 궁금해서 고개를 들이민다.

"아, 씨발. 꺼지라고!"

여자아이들의 거친 욕설을 받고 물러난 남자아이는 예닐곱 걸음쯤 물러난 뒤 들릴 만치의 크기로 중얼거린다.

"좆도 없는 것들이 졸라 밝혀."

그러니까 지금 여자아이들은 야동을 보는 중이다. 남자아이들의 방해에도 아랑곳 않고.

여자아이들은 야동을 보면서 이따금 남자아이들의 교복 바지를 낄낄거리며 훑는다. 남자애들 몇몇은 불쾌한 표정을 감추지 않은 채 교실을 박차고 나간다. 장난기 심한 남자애 하나(윤성이다)가 허리 아래를 잔뜩 내밀며 여자애들을 도발한다. 시큰둥한 반응에 기가 죽은 남자애는 무언가 결심한 표정으로 교실을 나간다.

이윽고 여자아이들의 손에서 핸드폰을 낚아채는 손. 담임 선생님을 대동하여 돌아온 남자애는 기고만장하다. 여자아이들의 눈에서 레이저가 나오든 말든.

"너도 보냐? 야동."

핸드폰을 압수당한 여자아이들이 교무실로 끌려간 뒤 교실은 이내 순수한 공기들로 시끌벅적해진다. 그때를 틈타 녀석이 내 어깨 뒤로 다가와 묻는다. 나는 느닷없는 중저음의 돌진에 흠칫 놀란다. 녀석은 자신의 질문에 놀란 것으로 알고 빙그레 웃는다.

"깜……짝이야!"

나는 대답을 잠시 유보하기 위해 놀란 가슴을 진정시키는 액션을 취해 보인다.

본다고 대답하는 것과 아직 안 본다고 대답하는 것, 어떤 게 더 나은 대답일지 나는 모른다. 곁눈질로 잠깐 보다가 구역질이 나와 화장실로 뛰어간 게 전부인 내 야동 시청 경력은 너무 일천하여 부끄럽다. 무시당하기 십상인데 어찌 곧이곧대로 말하겠는가. 그렇다고 거짓말을 하자니 내키지 않는다.

"무슨 질문이 그래? 알 필요 없잖아?"

쏘아붙인 뒤에야 나는 내 대답에 만족한다.

"본다는 거구나?"

"내 대답을 왜 네가 정하는 건데? 나는 본다고 한 적 없는데?"

"아직 안 본다는 거야?"

"내 사생활을 왜 대답해야 하는지 모르겠다는 뜻이야. 네가 보는지 안 보는지 내가 안 궁금한 것처럼, 너도 나에 대해 궁금해하지 마."

"키스는 해봤냐?"

"헐!"

"나랑 해볼래?"

매일 집 앞으로 가서 손잡고 등교를 하는 우리 반의 커플(상민과 의정)이 요새 우리들의 화두이다. (의정이 상민과 커플이 되는 바람에 삼총사였던 우리는 단짝으로 줄었다. 버림받은 기분은 어쩔 수 없다.) 그 아이들은 학교와 학원, 영화관에 손잡고 다니며 자신들이 커플임을 공고히 내보인다.

교실에선 그 아이들이 키스를 했네, 안 했네, 그 아이들이 잤네, 안 잤네, 분분한 의견들이 과장된 목격담으로 혹은 첨가된 소문으로 돌아다닌다. 소문에 힘입어 상민과 의정이 성인의 사랑을 하고 있다고 아이들은 믿어 버린다.

남자아이가 유학 다녀오는 바람에 한 살이 많은, 그러니까 열여섯 살의 상민이 리드하여 의정과 키스한 것은 물론 잤다는 소문까지 기정사실화 되어 있다. 남자아이들은 이따금 의정이 체한 것 같다고 할 때마다 임신이 아닌가, 소문을 사실로 입히려 든다.

"더러워. 냄새나. 너 점심 먹고 이도 안 닦았잖아."

"닦고 오면 할 거야? 찐…하게?"

"집에 가서 엄마한테 뽀뽀해드려. 넌 아직 뽀뽀할 나이 같다."

"네 친구는 끝까지 다 해봤는데 넌 아직 단추도 못 열었잖아. 내가 도와준다고."

"됐으니까 꺼져."

한풀 꺾인 기세로 물러서는 녀석의 입에서 랩이 나온다. 말은 꺼져 속은 까져 나는 짜져. 해볼까 망설여 해줄까 기다려. 석세스 섹스는 석세스라이프. 섹스 트라이 기뻐 크라이, 너는 나의 목표 사랑의 지표, 예압!

나는 미소와 눈짓을 주고받으며 얼굴을 찌푸린다. 사실을 바로잡을 의무가 우리에게 있는 것 같다. 가장 친한 친구의 이야기를 소문으로 듣는 것이 심히 못마땅하다. 본인들만 모르는 소문을 전달해야 할 것인가, 말 것인가, 우리는 심사숙고에 들어간다. 모르면 평온하지만 알게 되면 사실 여부와 상관없이 심사는 들끓게 될 것이기 때문이다.

상민과 의정의 이야기로 아이들은 하루빨리 이성을 몸으로 접하고 싶어 몸살이 나 있다. 섹스에 성공하고 싶은 열다섯 살. 직접 경험하고 싶고 체험하고 싶은 욕구가 강해질수록 아이들의 몸은 뜨거워진다. 11월의 교실이 펄펄 끓는 가마솥 같은 여름이 되는 건 어쩌면 당연한 일이다.

섹스에 대한 간절한 열망을 채우지 못한 아이들은 야동을 보면서 자위를 한다. 지난밤에 몇 번을 했네, 떠벌이는 남자아이들을 보면서 나와 미소는 귀를 막는다.

의정은 소문을 알고 있다고, 웃고 만다.

"안다고? 그런데 그렇게 가만히 있는 건…, 설마! 너 진짜야?"

"미쳤니? 겨우 열여섯 살짜리한테, 걔가 어떤 애가 될지도 모르는데 내 순결을 주는 바보짓을 너희들이라면 하겠니?"

"안 하지."

미소가 숨도 쉬지 않고 대답하는 바람에 우리들은 소리 내어 웃는다. 안도의 웃음이다.

소문은 소문을 다루는 사람들의 인격을 드러내는 매개체일 뿐, 소문이 곧 의정이 되지 않는다. 속상하긴 해도 그뿐, 소문은 스스로 자생력을 갖고 뻗어 나가다가 어느 지점에선가 잦아들 것이다. 그것이 소문의 속성이다. 바로 잡으려고 애쓸수록 소문은 이상한 방향으로 틀어지는 럭비공의 성질을 갖고 있다는 것을 우리들은 경험했고 알고 있다. 그러므로 의정은 소문을 멀찌감치 두고 첫사랑에 몰두하기로 한다. 속상한 것은 마음속 깊은 곳에 서랍을 하나 만들어 넣어두기로 한다. 우리는 의정의 그런 결정을 전심전력으로 응원한다.

사랑에 빠진 의정을 보면서 이따금 키스를 해봤을까, 질문을 혀끝에 굴리게 된다. 어쩔 수 없는 궁금증이다. 드라마나 영화를 보다 보면 남녀 주인공은 사랑에 빠지는 순간 키스를 나눈다. 그들의 표정은 매우 달콤하고 부드러워서 보는 것만으로도 저릿한 쾌감을 느낀다. 어떤 느낌일까, 의정은 알까?

의정의 단호한 태도와 상관없이 나의 호기심은 무럭무럭 자란다. 같이 잠을 자지는 않았어도 키스는 나누지 않았을까, 소문의 49%를 믿어 버린다. 하여 나는 틈날 때마다 의정과 상민이 손잡고 다니는 모습을 살핀다. 그들이 은밀한 눈짓을 주고받을 때면 목젖이 간지러워지고 심장이 쫄깃해지고 입술이 마른다. 팽팽한 긴장감에 목덜미가 뻐근해 온다.

모든 것을 다 내주는 것이 아니라 미래에 다가올 사랑을 위해 거치는 과정으로 인식하는 첫사랑. 좋아하는 마음을 다 보이되 다 주진 않는…, 의정에게선 첫사랑을 온 사랑으로 완성하려 하는 기색을 일체 찾을 수 없다. 다만 지금, 현재 마음이 가는 길을 따라간다. 열다섯 살의 첫사랑은 제 나름의 선을 지키는 순수를 택한다. 우정과는 조금 먼, 사랑과 어쩌면 더 가까운 연애가 현재 의정과 상민의 관계이다. 그게 첫사랑인지, 우정인지는 조금 더 지켜볼 일이다.

2학기 기말시험을 끝내고 처음 맞는 휴일 아침, 야호! 공부로부터 해방되는 날이다. 그런데 실컷 놀 생각으로 부풀어 잠든 지난밤과 달리 온몸이 찌뿌듯하다. 놀러 나가기는커녕 밥맛도 없다.

"왜 그래? 시험 망쳤어?"

이모의 질문에 언니가 자문하는 것으로 대답해온다.

"언제는 안 망쳤어? 이모가 그런 질문을 할 때마다 영후가 공부 잘하는 애였나, 난 가끔 헷갈리더라."

"근데 쟤 얼굴이 왜 저래?"

"일생일대 최악의 시험점수 받아보는 거니? 엄마랑 이모, 기절하기 전에 미리 힌트 주는 거야?"

"전교 꼴등을 한다고 해서 엄마가 기절하겠냐? 몸살 난 것 같으니까 건드리지 마. 온몸이 매 맞은 사람 같아."

"생리하려나?"

응? 나는 두 눈을 크게 뜨고 이모를 본다.

처음 생리를 하던 날, 언니는 아침부터 울었다고 한다. 몸이 무너질 것 같다고, 두통에 정신을 차릴 수 없다고 하소연을 하여 엄마와 이모는 언니에게 외출준비를 시켰다. 병원에 가자고. 집을 나서는 언니의 걸음마다 선홍빛의 핏방울이 똑똑, 듣던 것을 이모가 발견했다. 환호성을 지르는 엄마와 이모와 달리 언니는 아파서 눈물을 뚝뚝 흘렸다고 하는데 오늘 내가 그럴 판이다.

나는 서둘러 내가 걸어온 길을 본다. 말끔하다.

"그러다 하더라. 오, 드디어 여자 되나?"

나는 애써 미소를 감추며 더 많이 아픈 시늉으로 배를 잡는다. 어깨가 아프고 다리가 아픈데도 배를 잡는다. 생리를 할라치면 온몸이 아프다고 했으니 이것은 기쁜 전조증상이다.

언니는 개인병원에 실습 겸 아르바이트를 나가고 이모는 예의 임 아저씨를 만나러 나간다. 모두 나가면서 한마디씩 한다. 미리 축하해.

아침이 기우뚱해지면서 나는 자꾸 갸우뚱해진다. 몸의 컨디션이 점점 회복되더니 생리의 전조는 간데없다. 아무렇지 않은 몸. 마음이 몸살을 앓고 자꾸 화장실만 들락거리며 부글부글, 실망을 끓인다.

점심을 바라보는 시간, 미소가 호들갑을 떨며 달려 들어온다. 우리는 덩그러니 놓인 햇살 한가운데 머리를 모아 앉는다.

"영후야, 봐봐, 봐봐! 이거 끝내주더라."

미소가 비밀스러운 미소를 지으며 핸드폰의 잠금장치를 푼다.

낯선 여행지에서 한눈에 반한 두 남녀가 숙박비를 아낄 겸 숙소를 합친다. 그들은 도시를 여행하는 대신 서로의 몸을 탐하며 섹스 여행을 한다. 각자 떠나온 곳으로 돌아갈 날짜가 되자 두 남녀는 공항의 화장실에 숨어들어 마지막으로 격정적인 섹스를 한다. 사랑한다는 말도, 다시 만나자는 약속 없이 그들은 섹스를 마친 후 서로의 매무새를 돌아보지 않는다. 그저 각자 뒤처리를 한 뒤 각자 돌아갈 곳으로 떠날 뿐이다.

사실 말이 격정적이지 배우들의 표정은 거칠고 과장돼 보일 뿐, 틀에 박힌 반복에 불과하다. 건조하기 이를 데 없는 몸짓. 그들의 눈빛을 보면 약이나 술에 취해 혼미한 정신일 수도 있겠다는 생각이 끼어들기도 한다.

오직 섹스를 위한 장치로 도배된 영화는 여자의 음부를 여과 없이 드러내는 것은 물론 남자의 성기를 물고 기계적으로 몽환적인 표정을 짓는 여자의 입술에 클로즈업을 단행한다. 이윽고 정액으로 칠갑되는 여자의 엉덩이.

나는 참다가 화장실로 뛰어들어가 구토를 한다. 미소가 따라 들어와 등을 두드려준다. 예전엔 첫 섹스 장면에서 구토와 함께 화면을 껐었다. 덕분인지, 때문인지… 미소와 함께 난생처음 야동을 처음부터 끝까지 본다.

"너도 그렇구나. 나도 다 토했는데. 다음 날까지 물도 못 마셨어."

"우리…, 참 더럽게 태어났다."

"두 번째 보니까 좀 괜찮아. 그리고 이건 야동이잖아. 기계적 섹스. 우리는 가족을 만들기 위해 엄마 아빠가 나눈 사랑의 결과물. 출산을 전제로 한 섹스는 섹스가 아니라 사랑으로 나누는 거룩한 몸의 대화라고 생각해. 아름답지 않니? 몸의 대화, 말이 너무 예뻐."

나는 미소를 물끄러미 본다. 정말 섹스가 아름답다고 생각하는지 의문이다. 방금 우리가 본 섹스는 사랑은커녕 인간에 대한 예의나 동물적인 감각마저 제거된 배설에 불과하다. 구토가 치미는 더러운 짓거리이고 지극히 개인적인 몸의 비밀을 까발린 치졸한 상업이다.

정자와 난자가 만나 착상이 되고, 어쩌고저쩌고… 블라블라. 수업시간에 배운 출생의 신비도, 성교육 시간에 배운 간접경험도 모두 다 사기이다. 적어도 야동이 보여주는 생생한 현장은 아무도 말해준 적이 없다. 자꾸 머릿속에서 리플레이 되는 영상. 적나라한 섹스는 여자를 무릎 꿇리는 것으로 절정을 보여준다. 나는 배신감과 불결함에 어쩌지 못하고 손톱만 물어뜯는다.

의정이도 해봤을까? 나는 친구를 향해 호기심을 두 배로 키운다. 갑자기 치가 떨린다. 의정이와 잡았던 손을 물끄러미 내려다보던 나는 욕실로 들어가 몇 번이고 비누칠을 한다.

꽃다발을 사 들고 이모가 외출에서 돌아온다. 단순한 몸살이었나 보다, 이모는 심상하게 지나가고 만다. 사 들고 온 꽃다발은 텔레비전 옆의 화병에 꽂는다.

나는 생리에 대한 고민은 머릿속 깊은 곳에 쟁여두고 이모를 물끄러미 본다. 이모가 임신을 꿈꾸었던 것은 이모가 섹스를 했다는 뜻이 된다. 이모는 기대에 부풀어 나갔다가 심상한 얼굴로 돌아오곤 했다. 오늘도 예외는 아니다. 시치미 떼는 이모의 몸 어딘가에 남아있을 섹스의 흔적을 찾는 나의 눈길은 집요하다. 그러나 어떤 불순한 냄새도 맡지 못한다. 이모는 그저 이모일 뿐으로 보인다.

이모에게서 섹스의 흔적을 찾아 어쩌겠다는 계획은 없다. 단지 확인하고 싶을 뿐이다. 그다음은… 그다음에 생각하면 된다. 언제나 다음 한 걸음만을 생각하는 발걸음처럼 나는 생각도 한 걸음씩 들어가기로 한다.

언니도 장미꽃 한 다발을 사 들고 돌아온다. 톡으로 확인하면 될 것을, 왜 확인도 안 하고 사 오는지 모르겠다. 목적에 사용되지 못한 꽃다발을 보며 나는 김샌다. 나보다 더 김새 하는 언니의 반응에 나는 거의 처음으로 언니가 언니 같아 보인다. 언니는 등을 토닥이며 조금 늦게 시작하면 폐경도 늦게 오기 때문에 건강하게 늙을 수 있다고 위로한다. 아직 스무 살도 되지 않은 나이에 쉰 살이 넘어야 겪게 될 일로 위로를 받는다. 그러므로 위로가 되지 않는다. 다만 나는 낮게 고개를 끄덕이는 것으로 실망을 지운다. 내 머릿속에 딴생각이 들어가 앉은 것은 그나마 다행스러운 일이다.

이모가 꽂은 꽃에 이어 언니의 꽃까지 더해 꽃병이 풍성해진다. 언니는 연신 거실과 주방을 돌아보며 말한다. 꽃이 여기저기에 널렸다고. (주방에 있는 꽃은 나다) 나는 희미하게 웃어 보인다. 위로를 받는 사람이 취해야 할 태도의 기본을 지킨다.

곧이어 엄마가 올라온다. 일주일에 한 번은 모두 모여 저녁을 먹자고 제안한 엄마는 네 식구가 모여 앉을 때마다 흡족해한다. 집이 가장 집다운 모습을 갖추는 때이다. 엄마는 내 생리에 대한 기대감이 무위로 끝난 것에 실망을 감추지 않는다. 아직 어리다고, 그러니 걱정하지 말라고 다독이는데 느닷없이 눈물이 치솟는다. 당황하여 얼른 눈물을 닦으며 식탁에 앉는다. 생리에 대한 생각이 멀리 달아났음을 말하지는 않는다.

가족의 시간을 일구며 저녁을 먹다가 기어이 일이 터진다.

"아씨, (더러!)"

이모가 물컵을 건네며 스치는 손끝에 나는 소스라치게 놀라 물컵을 떨어뜨린다. 다행이다. 놓치는 것에 대한 비명으로 끝난 것이. 뒷말이 혀끝에서 목 안쪽으로 말려 들어간 것이.

닿지 않아야 할 무언가가 손에 닿은 불결함. 이모는 부산을 떨며 깨진 물컵을 치우고 엄마는 바닥을 흥건하게 적시는 물을 서둘러 닦아낸다. 나는 이모와 닿은 손끝을 닦아내는 데 온 신경을 집중한다.

섹스에 대한 생각은 의정이에서 이모로, 이모에서 엄마로 넘어간다. 나는 식탁 앞에 앉은 엄마를 내려다보다 방으로 뛰어들어간다. 엄마와 이모, 언니는 오늘도 해프닝으로 끝난 생리 때문에 예민한 탓이라고, 나를 이해한다. 나는 속옷을 챙겨 들고 욕실로 간다. 그리곤 뜨거운 물을 틀어놓고 그 아래 선다. 몇 번이고 몸을 박박 문질러대며 내 몸을 닦아낸다.

잠결에 나는 섹스를 한다. 생시처럼 환한 곳인데 사람이라곤 등을 보이는 낯선 사내와 나, 둘 뿐이다. 사내가 다 벗은 내 몸에 손을 뻗어온다. 나는 고개를 저으며 안 된다고 소리친다. 소리는 밖으로 나오자마자 자동차 경적과 차양에 듣는 빗소리와 옥상에 빗금을 그으며 돌아다니는 바람 소리에 먹힌다. 문 밖에 누군가 와 있는 것 같아 동그마니 똬리를 튼다. 내 몸은 이제 원이 된다. 점점 더 커지는 원에 몸이 부풀더니 애드벌룬이 되어 둥둥 뜬다. 벌거벗은 채 하늘 한가운데 내걸리는 나. 나는 이제 부끄러움 대신 두려움으로 소리친다. 헉!

엄마도 섹스를 한다. 이런 제장.

나는 아까부터 녀석을 힐끔힐끔 훔쳐본다. 녀석은 자기보다 짧은 애들을 둘러앉히고(하긴, 녀석보다 긴 애는 없다.) 레어템에 대해 강의 중이다. 녀석은 나의 시선을 느꼈는지 목소리가 미약하게 긴장한다. 나는 그런 반응이 가소롭다. 내가 녀석을 살피는 이유는 단 한 가지이다. 녀석이 야동에 대해 어떻게 생각할까? 입이 근질거리지만 아직 묻지 못한다.

동전 치기로 남자아이들의 동전을 전부 따서 주머니가 터지고 있는 상민이 옆에서 의정은 괜히 든든해 한다. 상민은 자랑스러운 표정으로 주머니에서 동전을 한주먹 꺼내더니 과장된 액션으로 의정에게 건넨다.

"받지 마! 모두 돌려줘."

미소가 발끈하여 의정을 도발한다. 의정은 양손에 동전을 받아 쥐고 미소를 뚫어져라 본다. 무슨 의미인가를 생각하는 중이다.

"김치녀, 된장녀, 이런 말들 지금 너 같은 행동 보고 나온 말이야. 중2가 중2를, 단지 여자 친구라는 이유만으로 삥 뜯는 거 쪽팔려."

나는 미소의 치맛자락을 잡아당긴다. 백 번 옳은 말이긴 하지만 딴 돈의 일부 지분을 갖고 있는 게 의정이이기도 하다. 학기 초부터 시작한 동전 치기는 이제 딸 사람에게 배팅하는 것으로까지 규모가 커졌다. 그 바람에 점심시간 교실은 사행성 게임으로 얼룩진다.

여태 수없이 많은 돈을 잃었던 상민이가 처음 딴 돈이다.

오늘도 다 잃은 상민이에게 의정이가 자신의 동전을 보태주지 않았더라면 상민이의 주머니는 저토록 불룩하지 않을 것이다. 그러므로 의정이가 두 주먹을 받아쓰든, 상민이의 주머니를 다 비워내든 하등 문제 될 게 없다. 다만 미소는 그 과정을 모른다.

"미소야, 의정이 돈으로 딴 거야."

"어……, 그럼 원금의 두 배만 환수해. 남자들이 여자들한테 욕하는 거 나 듣기 싫고, 그 중심에 의정이 네가 있는 건 더 싫어."

"의정아, 상민이한테 너 뺏기고 미소가 좀 예민해. 그리고 네가 돈을 보태준 장면을 못 봐서 그래. 그러니까 네가 이해해."

나는 의정이에게 다가가 귀엣말 비슷하게 목소리를 낮춰 의정이를 설득한다. 의정이는 냉큼 손바닥을 모아 받아든 동전을 남자애들 앞에 내려놓는다. 상민이의 주머니도 모두 털어서 각자 본전을 찾아가도록 한다. 앞으로 다시는 동전 치기를 하지 말자고 상민이를 설득한다. 잃으면 속상하고 따면 미안한 게 친구끼리 하는 돈 내기이다.

나는 매점에서 과자를 사 들고 나오는 의정이를 기다려 미소와 운동장 계단으로 간다.

"야동 본 적 있니?"

의정이에게 내가 묻는다. 의정이는 피식 웃는다. 봤다는 뜻이다.

"넌 괜찮아? 아무렇지 않아?"

"야동이 그렇지 뭐. 아주 하찮게 웃기는 제목 때문에 기억나는 거 말고 제목 아는 야동 있어? 배우는 아니? 그냥 다 뭉뚱그려서 야동이라고 해버리지. 그런데 영화 속 베드신들 보면 참 아름다워. 제목과 배우를 기억하고, 그 배우들을 짝사랑하기도 해. 심장이 빨갛게 달아오르는 느낌이랄까? 너무 예뻐."

"멜로 영화를 보면 사랑이 하고 싶은데 야동을 보면 섹스가 하고 싶대. 배설하는 섹스. 그래서 남자애들은 자위하고 그러지 아마? 아무튼 영화는 베드신이라고 하고, 야동은 스섹이라고 하는 이유가 다 있는 거야. 근데 왜? 설마 내가 보여준 그 야동에 아직도 갇혀있는 거야?"

의정과 미소의 대답에 나는 머릿속의 안개가 약간 걷히는 느낌이다. 그럼에도 여전히 미소가 보여준 야동의 저속하고 저열한 신음소리들이 날 괴롭힌다.

미소는 나의 충격을 완화시켜주기 위해 자신이 그랬던 것처럼 다운 받아놓은 19금의 멜로영화를 보자고 한다. 나는 다른 날보다 일찍 학원에 가기로 한다. 이모는 철드느냐고 묻지만 그런 거 아니라고 괜히 퉁을 놓고는 신경질적으로 신발을 꿰어 신는다.

나는 야동과 멜로영화 사이에서 뜬눈으로 밤을 샌다. 멜로

영화의 베드신은 야동의 섹스로 오버랩 되어 끝내 비위가 상한다. 멜로영화조차 때로 상업성을 확보하기 위해 꼭 필요하지 않은 베드신을 욱여넣은 의심을 지울 길 없다. 만나서 호감을 느끼고 마음을 열어 사랑하게 되고 서로의 체온을 확인하고 싶어 하고……. 베드신으로 가기 위해 충분히 시간이 마련되어 있음에도 굳이 넣어야 했는가, 나는 심술을 부린다.

결국 한숨도 못 자고 멍한 상태에서 교복을 찾아 입고 비척거리며 학교로 간다. 학교로 가는 길에 편의점에 들러 커피 세 캔과 피로회복제를 산다. 오늘을 버텨내려면 화학적이고 인위적이고 의학적인 것에 기댈 수밖에 달리 도리가 없다.

녀석이 1등으로 등교를 하는 것은 익히 알고 있다. 출근하는 아버지가 녀석을 교실 안까지 데려다 놓고 가기 때문이다. 나는 단둘이 있는 교실을 기다렸는지도 모른다.

가방을 정리하고는 휙 몸을 돌린다. 녀석은 놀라지 않고 온전히 내 시선을 받아낸다.

"하고 싶은 얘기가 뭐야?"

"넌 야동에 대해 어떻게 생각해? 섹스에 대해선 어떻게 생각하고, 우리가 태어난 과정에 대해선 어떻게 생각해?"

"너 어리구나?"

"네 생각이 궁금해서 묻는데 왜 딴소리야?"

"어리니까 그런 걸 묻는 거지. 인류가 어떻게 유지되어 왔는지, 동물들은 또 어떻게 종족 보존을 해왔는지 몰라? 그건 성스러운 거야. 다만 야동은 너무 자극적으로 다루고 있어서 문제인데, 걔네들은 그 짓 해서 돈 벌어. 먹고살려고 하는 짓이니까 그냥 봐주는 거고. 또 솔직히 대리 경험이라고, 좀… 좋기도 하고, 볼만한 것들도 있고."

"그럼 넌 네 몸이 괜찮아? 부모님들 보는 것도 괜찮고?"

"너 진짜 웃긴다. 그게 어때서?"

현실감이 제로였던 녀석이 달리 보인다.

물리치료와 상담치료를 병행했다곤 해도 한꺼번에 어른이 된 것 같다. 레어템이니 듀얼숍이니 오버워치니 지렁이 키우기 게임이니… 여전히 녀석의 말은 반도 못 알아먹지만 지금의 말은 선명하게 이해된다. 진 것 같다.

"야, 윤영후. 너 일본 야동 봤냐? 유럽 쪽 것도 예술적인 거 많은데. 내가 좀 보내줄까? 화면이나 내용이 드러운 거 보면 너 같은 반응이 나올 수 있겠다, 뭐 이런 생각이 내 위대한 머릿속에 확 스쳐 간다, 야. 가슴 졸라 빵빵하고 허리는 음… 넌 안 되겠다. 한 손에 딱 잡힐 것 같고 엉덩이는 무지하게 육감적이고, 난 그런 거 좋아하거든."

"됐어! 그만해!"

나는 몸을 휙 돌려 칠판을 보고 앉는다. 수업시간 내내 같은 자세로 앉아 생각에 몰두하던 나는 집에 돌아와서도 같은 자세로 앉아있다. 언니 앞에.

언니는 나를 뚫어지게 보더니 핏, 비웃는 것으로 말을 시작한다.

"야, 나중에 섹스머신 돼서 축구팀이나 만들지 마. 이게 제일 밝힐 거면서."

"생리도 안 하는데 축구팀 만들 수 있나?"

"넌 생리하기 전에 사람부터 돼야 하겠다. 어떡하면 좋으니?"

"언니는 이모하고 엄마가 섹스를 한다는 게 괜찮아?"

"안 하는 게 이상하지! 남녀가 왜 구별 지어 있느냐면, 서로 사랑하면서 인류를 유지해 나가라고. 물론 요즘은 동성끼리도 사랑하지만 그건 그들의 취향인 거고, 서로 다른 몸을 이해하고 나누면서 한 몸이 되는 건 성스러운 일이야. 또 본능적인 것이기도 하고. 크면 다 자연히 알게 된다. 어디서 이상한 야동 하나 보고 와서는…. 시끄럽고, 들어가 공부해."

"언니 넌 섹스해 봤어?"

언니는 등짝을 세게 후려친다. 쫙. 찰진 소리에 아주 잠깐 정신이 든다.

"아파!"

"아프라고 때리지, 가려우라고 때려?"

"해봤구나?"

"죽을래? 이게 진짜! 공부도 못하는 게 이상한 데만 머리 쓰고 있어! 얼른 꺼져!"

나는 언니를 물끄러미 보다가 그만 울고 만다. 내 진지한 호기심은 잡스러운 것으로 취급받는다. 억울하고 분한 일이지만 더 대들 무엇이 없으니 눈물을 무기로 내세운다. 그러나 언니는 조금도 당황하지 않고 발로 툭툭 차 낸다.

"야, 네 방 가서 울어. 우는 거 재수 없어."

"뭐? 재수 없어?"

내가 말꼬리를 잡고 대든다. 나도 언니에게 발길질을 한다. 언니가 감히 자신에게 덤빈다고 또 한 번 등짝을 후려친다. 그런데 피하려다 머리를 맞는다. 보란 듯이 언니의 머리채를 잡고 덤빈다. 이모가 와서 잡고 말리자 나는 소스라치게 몸을 뺀다. 팔뚝 위로 벌레가 스멀스멀 기어 나오는 것만 같다. 이모로부터, 언니로부터 떨어지자 나는 큰소리로 운다. 언니는 낭패스러운 표정으로, 내가 엄마에게 이르기 위해 우는 건 줄 뻔히 알고는 집을 나가 버린다. 내 질문은 언니의 방에 처박힌 채.

사랑과 섹스는 뭐가 다를까? 사…랑…이라고 낮게 소리 내보면 성스러운 느낌이 든다. 가슴이 뻐근해지도록 충만해지는 느낌도 든다. 그런데 섹스라고 말할 땐 우선 망설이게 된다. 입이 떨어졌다 싶으면 부리나케 말하게 되고 왠지 터부시되는 무언가가 있다. 야동을 보고야 나는 내 느낌의 실체에 가까이 접근한다.

야동이 준 문화적, 정서적 충격에서 나는 좀처럼 벗어나지 못한다. 실제로 맞은 것보다 정서적으로 맞은 충격이 크다. 나는 드디어 엄마와 이모, 언니의 전체 이미지를 바꿔놓는다. 내 온몸으로 속속들이 번져나가는 파문은 머리와 심장에 나눠 모이면서 가족들의 지배적 인상을 진한 회색으로 만든다. 미소가 원망스럽다.

엄마, 여자야.

언니의 말이 방안 곳곳에 스며든다. 뒤척일 때마다 언니의 말은 자연 생성되다시피 되살아나서 꿈틀거리며 귓속으로 기어들어 온다. 내가 세상에 나오게 된 그 시작의 행위에 또다시 생각이 닿는다. 다시 이불을 뒤집어쓴다. 이불이 너풀거리는 틈에 또다시 언니의 말이 파고들어 심장 가까이 엉긴다. 집요하다.

의정이가 결석한다. 의정이가 결석한 첫날은 어디가 아픈가? 궁금한 마음으로 문자를 남긴다. 답 문자는 오지 않고 의정이의 결석이 이어진다. 많이 아파서 답 문자도 못 보내나, 담임 선생님에게 묻는다. 대답을 회피하는 선생님의 태도에 나와 미소는 의구심을 품는다. 사흘째 되는 날 상민이 마저 결석하자 어떤 문제가 터졌음이 머릿속에 들어앉는다.

미소와 나는 쉬는 시간마다 번갈아 의정이에게 전화를 건다. 의정이의 핸드폰이 꺼져있다. 심장에 얼음장 같은 추위가 엄습한다. 집에 찾아가 몇 번씩 벨을 누르지만 묵묵부답이다. 미소와 학원을 마치고 귀갓길에 길을 돌아 다시 들른다. 집 앞에 이르러 우리는 더욱더 심각해진다. 의정이네 집은 어둠을 잔뜩 껴입은 채다. 미소와 셋이 만든 단톡방에 수십 개의 글을 써서 올린다. 불안의 방증이건만 1의 숫자는 지워지지 않는다. 우리는 초조해서 어쩔 줄 몰라 한다.

교실은 흐릿한 목소리들이 공전과 자전을 거듭하면서 어지럽다. 끝없이 어딘가로 이동하는 목소리들. 부유하는 먼지마다 기역, 니은, 디귿, ㄲ, ㅏ, ㅓ, 히읗, ㅣ…, 자음과 모음들이 얹힌다. 분위기를 감지했음에도 선생님들은 입을 다문다.

아이들로 하여금 웅성거림을 중단하게 하는 것이 가장 좋은 대처법 아니겠는가. 사실에 근거해서, 우리들이 소화시킬 수 있을 정도의 선에서 말을 골라 전달해주면 적어도 교실은 지킬 수 있다. 그러나 선생님들의 선택은 번번이 우리와 어긋난다. 선생님들만 알고 끝나는 일은 거의 없는 데도 말이다. 교무실에 묶어두기로 한 어떤 전말.

꼭 이런 상황에선 어떤 전말에 대해 그럴싸하게 소설을 쓰는 애들이 등장하게 마련이다. 이야기를 지어내기 좋아하는 무리들은 어디에나 있다. 그런데 이번엔 어떻게 된 일인지 아무런 이야기가 나오지 않는다. 무슨 일일까? 걱정을 담은 궁금증이 웅성거리며 떠돌 뿐이다. 어떤 가능성의 이야기도 꺼내지 않는 것은 그만큼 교무실 문을 여닫을 때의 무거운 공기가 혀끝 어딘가를 짓누른다는 뜻이다.

아이들은 더 이상 아이들이 아니다. 소문을 조작하거나 제작하는 것에 대해 때와 장소를 명확히 구분해 놓는 것을 보며 나는 신뢰를 품는다. 의정이와 친했던 나와 미소에게 여자아이들이 몰려든다면 남자아이들은 상민이와 친했던 녀석에게 몰려든다. 무슨 일이야? 너는 알지? 떠벌리기 좋아하는 녀석의 얼굴이 굳는다. 누구도 대답하지 못한다.

두 아이의 결석은 교실의 분위기를 점점 더 무겁게 가라앉힌다. 전달되지 않는 이유는 저마다의 가슴 속에 은밀히 스며든다. 내밀한 비밀이 무성한 교실은 음침하고 불길하다. 시시각각으로 쟁여지는 빈자리의 불안이 무겁다.

"이모, 연애하던 애들이 쌍으로 학교에 안 나오면 어떻게 되는 거야?"

"모르지! 그거 다 알면 돗자리 깔고 돈 받지 이모가 여기서 이러고 있겠니?"

　이모는 생각 없이 대답하다가 냉큼 고개를 갸웃하며 양미간을 모은다.

　"헤어졌나? 헤어져서 끙끙 앓아누웠나? 요즘 애들은 분노조절 장애도 쉽게 걸리더니 슬픔에도 맷집이 너무 약해. 부모들이 오냐오냐 키우는 거, 그거 문제야."

　이모는 어떻게 이렇게 맘에 안 드는 말만 골라서 하는 재주가 뛰어난지 모르겠다. 누군가에게 문제가 생겼다면 위로해주고, 응원해줄 생각은 눈곱만큼도 없는 모양이다. 그러나 나는 속내를 발설하지 않는다. 좀 더 많이 산 어른의 시선으로 이 일을 짐작해 주었으면 좋겠다는 마음이 우선해서다. 나는 실망을 감추고 몇 번이고 다시 묻는다.

　"연애가 선을 넘은 게 들킨 거 아냐?"

　이모가 던진 의문부호의 문장에 함몰된다. 그렇구나! 단박에 의정이가 했던 말들을 떠올리며 의정이가 그 말을 지키지 않았을지도 모른다고 생각한다. 어쩌자고…! 의기소침하여 방으로 들어온 나는 미소와 모든 가능성을 열어놓고 의정이를 염려한다. 미소 엄마는 두 사람이 헤어지면서 무슨 일이 있는 게 아닐까 되물으셨단다. 아이들의 사랑은 유통기한이 짧은 대신 강렬하다는 말과 처음 해보는 이별에 어찌할 바를 몰라 하고 있을 것 같다는 말도 신빙성이 있어 보인다. 우리의 마음은 이랬다, 저랬다… 어지럽다.

일주일 째. 여전히 의정이의 부재는 지속되고 상민이는 전학을 갔다는 말이 돈다. 열흘 뒤엔 방학이고 2학년 과정이 끝난다. 이 시점에서 전학은 비상식적이다. 교실은 세차게 요동친다. 삼삼오오 모여서 무슨 일일까, 걱정과 호기심이 팽팽하게 당겨진다. 과녁을 잃은 활처럼 소문은 온갖 곳에 꽂힌다. 교실은 처절하게 알 수 없는 삶에 대한 고민들이 육박전을 벌이고 있다.

소문이 지나갈 때까지 나는 가만히 웅크려 있기로 한다. 친구의 이야기를 소문으로 들어야 하는 심사를 굳이 꺼내지 않기로 한다. 지나가기를, 어서 이 순간이 지나가고 모든 이야기가 선명하게 전달되기를 바란다. 오직 팩트로만.

의정이는 생의 한 모퉁이를 돌며 무엇을 하고 있을까. 어떤 생각을 하고 있을까.

교무실에 웅크려있던 말을 주워들은 누군가에 의해 말들은 스프링을 달고 튄다. 의정이와 상민이의 결석 이유가 밝혀진다. 미소와 나는 부둥켜안고 운다.

"야, 나도 살았어."

녀석이 나와 미소의 등을 번갈아 툭툭, 위로하듯 치고 지나간다. 위로가 되지 않는다.

의정이보다 내가 더 아프다고, 단 한 마디가 용인된다면 나는 말하고 싶다. 너로 인해 내 영혼이 부서졌다고, 짓물러 터졌다고. 물어뜯어 낼 수 있는 손톱처럼 심장을 물어뜯어 내고 싶다고. 이따금 거리의 틈새를 비집고 나오는 징글벨, 캐럴이 징그러워진다.

수업시간은 박음질하듯이 촘촘히 흘러간다. 세상은 흑백필름이 되고 머릿속엔 희미하게 깜빡이던 불빛이 꺼진다. 눈꺼풀이 파르르 떨릴 때마다 눈물 한 방울이 똑똑, 심장에 듣는다. 보다 크게 뭉쳐지는 슬픔의 덩어리에 깔린다. 슬픔이나 절망을 감출 수 있는 마땅한 표정이 알고 싶다. 그러나 눈물을 잔뜩 묻힌 얼굴로 겨우 종례를 마친다.

의정이와 상민의 이야기는 교문 밖으로 거침없이 달려 나온다. 엄마의 귀에까지 전달된 이야기에 엄마는 하굣길의 나를 기다린다. 나는 덥석 잡힌 손에 끌려 카페의 내실에 앉혀진다. 한솜 언니가 음료수를 들고 들어와 내 옆에 앉는다.

"의정이가 어떻게 됐다고?"

"그런 걸 왜 나한테 물어봐?"

나는 신경질적으로 반응한 뒤 벌떡 일어선다. 그러자 한솜 언니의 다급한 손이 내 손목을 잡아챈다. 언니의 표정은 완곡하다. 내가 모르는 무언가가 있는 게 아닐까, 표정이 말한다. 나는 자리에 앉으며 궁금증을 내보인다.

엄마는 뭐가 그리 초조한지 식은땀을 흘리며 숨을 몰아 내쉰다. 손부채질을 연신 해대면서 내 입에 주목한다. 나는 이게 그토록 위험한 소문인가, 잠시 의문에 잠긴다.

"의정이가 너랑 친했잖아. 너한텐 뭐라고 한 말이 있을 거 아냐?"

"없어. 전화해도 안 받고, 카톡도 확인 안 해."

"남자애는 외국으로 갔다며?"

상민이의 유학에 상심한 의정이가 실어증에 걸린 채 식음을 전폐했다는 건 믿고 싶지 않다. 교무실에서 새어 나온 소문은 유치하기 짝이 없다. 소설도 아닌 글짓기에 불과한, 조작된 사실. 우리는 영양주사를 꽂고 누워있는 의정이를 염려했고, 함부로 유학을 결정한 상민이의 부모님을 향해 원망을 마구 퍼부었다.

한솔 언니의 다음 말에 나는 딸꾹질부터 한다. 인내심은 허물어지고 희망은 증발한다. 절망의 속도는 빠르게 증가한다. 이 세상이 얼어붙는다. 나는 따뜻한 곳을 찾아 뛴다.

"아니, 찜질방에 가면 간 거지 어떻게 화장실에 찾아 들어가서 섹스를 했대? 어린 것들이 겁도 없어."

열다섯 살과 열여섯 살이 나눈 섹스는 동영상으로 남는다. (사랑은 왜 섹스로 귀결되는지, 나는 그 공식을 이해하기 힘들다.) 서툴기 그지없는, 그러나 끓어오르는 피를 어쩌지 못해 서두르며 세차게 흔드는 모습은 특정 사이트에 뿌려진다. 모자이크 처리되었으나 얼굴 윤곽을 알아볼 수 있을 정도의 동영상은 돌고 돌아 의정이에게 전달된다. 자신인 줄 한눈에 알아본, 부끄러움과 두려움에 목줄을 맨 의정이는 막 의자를 치우기 직전 엄마에게 문자를 보낸다. 마침 장을 보고 돌아오던 의정이의 엄마는 어떤 기운을 느낀다. 기를 쓰고 달려 들어간 집. 그리하여 의정이는 숨이 넘어가기 직전 끌어내려진다. 정신과 병원에 은둔한 열다섯 살의 첫 경험.

6. 생리대가 수상해

소금과 생새우를 사기 위해 마량포구로 방향을 놓은 것은 다분히 해돋이에 대한 이모의 우격다짐 때문이다. 이모가 한 번 우기기 시작하면 아무도 당해내질 못한다. 새벽부터 깨울 거라는 엄포에 언니와 나는 약속도 없이 같은 마음으로 문을 걸고 잠든다. 문을 손톱으로 긁어대는 괴이한 소음은 5분도 버티지 못한다. 부러지되 휘지 않으리라, 결심은 두 팔을 휘저으며 깨는 것으로 휜다. 왜 이모의 해돋이에 엄마와 언니, 내가 동원되어야 하는지 알 길이 없다.

서해 앞바다에서 일출을 볼 수 있다는 사실을 엄마는 믿겨

하지 않는다. 블로그마다 해돋이 사진이 올라오는 새해, 이모는 12월 30일부터 안절부절못하더니 한 달을 넘기자 눈에 띄게 시무룩해진다. 틈 날 때마다 일출 사진을 핸드폰으로 찾아보며 끝없이 감탄사를 진열한다. 일종의 시위이다. 내처 모른 척 1월을 보내면 수그러들까 했으나 이모의 지청구는 갈수록 더 심해진다. 광화문에서 일출을 맞이하라고 했으나 광화문은 광화문이고…. 말끝을 흐리던 이모는 겨울 바다+해돋이를 하러 가자고 기어이 선언한다. 바다로 가자. 가야 해.

도리 없이 엄마는 잠의 꼬리를 이불 속에 넣어둔 채 눈곱만 떼는 시늉으로 집을 나선다.

"미쳤어, 미쳤어! 도대체 언니는 어쩌자고 이렇게 대책 없이 나이 오십에도 낭만과 뒹굴고 있는 거야? 난 이해를 못하겠어."

엄마는 하품 반, 푸념 반으로 일성을 토한다. 그러고도 분이 안 풀리는지 하품을 할 때마다 구시렁거리며 이모를 힐난한다. 요즘 엄마는 부쩍 불만이 많아졌다. 날선 말도 서슴지 않고 한다. 엄마가 낯설다. 그러거나 말거나 이모는 지금 자신이 타고 있는 자동차가 바다를 향해 달리고 있다는 것에 들뜰 뿐이다. 뒷자리에 앉은 언니와 나는 볼썽사납게 고개를 앞뒤로 저어가며 부족한 잠을 채운다. 뭔가 일이 잘 안 풀리는 것 같은 엄마일 때는 모른 척해야 옳다.

국도를 벗어나 방파제가 보이기 시작하면서 촘촘히 엮은 어둠의 발이 성글어진다. 시간을 따라 빛이 이동하고, 빛을 따라 우리가 이동한다. 바다가 출렁인다. 햇살이 찰랑거리며 수면 위에서 반짝, 빛을 낸다. 넘실거리는 환호가 차 안으로 밀려들어 온다. 언니와 나는 약속한 듯이 눈을 뜨면서 동시에 창밖을 본다. 아슴푸레하게 빛의 명도와 채도가 바뀌고 있다. 엄마는 액셀러레이터를 밟는 발에 힘을 준다. 자동차의 속도가 빨라지자 이모는 거보란 듯이 히죽 웃는다.

방파제 끝 등대로 시선 끝이 도착하려면 몇 개의 어선을 지난다. 등대 멀리로 완만한 능선의 야트막한 산이 보인다. 실제로 야트막한지는 잘 모른다. 산과 바다 사이를 가르며 해는 인위적일 만큼 시뻘건 핏물을 뚝뚝 흘리며 솟는다. 사진으로 보았다면 포토샵 한 번 기막히게 해놓았다고 할 판이다. 정말이네⋯. 엄마는 서해에서 뜨는 해를 SF영화인 듯 감탄하며 바라본다.

"동짓달 기점으로 오십 일 정도를 일출하고 일몰을 다 볼 수 있는 장소래, 여기가. 이따 밤에 이 자리에 오면 일몰도 본다. 볼래?"

"언니 혼자 있다 와."

이모는 그럴 줄 알았다는 표정이 된다. 두 손 모아 짧은 소원을 빈 뒤 이모는 가슴을 한껏 내밀며 양팔을 벌린다. 해의 기운을 받아서 써먹을 곳이라곤 삶은 팥을 치대거나 테이블보를 정리하거나 물걸레질을 하는 따위의 허드렛일뿐이지만 그런들 어떠랴. 벅찬 감동이 일주일 치 혹은 한 달 치 낭만을 채워줄 수 있다면 그것으로 족한 것을, 중얼거린다. 이모의 대사는 꽤나 연극적이다.

엄마는 눈을 감고 아주 길게 숨을 들이마시며 해의 기운을 삼킨다. 언니는 핸드폰으로 사진 찍기에 바쁘다. 해와 바다를 등지고 찍는 셀카에 나와 엄마는 서둘러 동참한다. 이모는 양말까지 벗어 한쪽에 놓고는 바닷물에 발을 담근 상태이다.

"발 안 시려?"

엄마가 놀라서 묻는다.

"너무 좋아. 난 오늘이 이천십칠 년 일월 일일이야!"

"아직 동짓달이다."

엄마는 나이 마흔을 넘기고부터는 새해가 대수야…, 체념하여 읊조린다. 한 살을 더 보태야 하는 것이 괴롭고 고통스럽던 서른 몇 살을 넘긴 뒤로는 아예 숫자로부터 등을 진다. 그런 엄마와 달리 이모는 매해 제야의 종이 칠 때마다 드디어 마흔이다, 꺾어진 구십이다, 반백 년이다 하며 숫자를 헤아리고 또 헤아린다. 나이 사십에도, 사십오에도… 한 살 더 먹는 것이 뭐가 그리 좋은지 이모는 마냥 들뜬다. 그러더니 결국, 기어이, 드디어, 마침내, 기다리고 기다리던 오십이 되었다고 환호한다.

일출의 세례에 충만하여 열여섯 소녀처럼 폴짝거리는 이모를 보며 엄마는 자꾸 심술궂은 시선을 보낸다. 말이 폴짝이지 사실 육중한 몸피로 따지자면 쿵쿵거린다고 하는 게 옳은 표현일 것이다. 찌푸린 얼굴을 하고는 샐쭉하니 보는 엄마의 얼굴에서 생각을 읽은 모양이다. 이모는 들떠 마지않던 몸짓을 거두곤 엄마를 흘겨본다.

"왜? 왜 자꾸 그렇게 봐?"

"좋냐?"

"좋지. 우리 오늘 밤에 레드 와인 한 잔 마시자. 태양인지 와인인지, 저 붉은빛에 꿈까지 취하면 정말 행복할 것 같지 않니, 은님아?"

"또…! 싸우고 싶냐? 싸울래? 켈리라고 부르든가, 은령이라고 부르든가!"

이모는 엄마가 제일 싫어하는 본명으로 호명한다. 은님이.

엄마가 이모에게 대들 때 이모는 싸움을 피하는 대신 은님이라고 강조해서 부른다. 그때마다 뻐근한 듯 화기가 내려가는 표정을 지어 보인다. 묘한 카타르시스도 들킨다. 오늘도 그렇다. 엄마의 시선이 못마땅한 차에 냉소적인 질문을 받자 부러 엄마의 심경을 건드린다. 다툼이 본격적으로 시작되는 이름 은님이. 언니와 나는 긴장한다. 나는 이모의 손을 세게 쥔다. 이모는 뭐라고 대꾸하려다 나를 보고는 상큼하게 웃는다.

"아, 그렇지. 미안."

미안은 무슨 미안. 이모는 고개를 돌리는 순간 미소를 쥐었다 놓으며 다시 태양에 눈과 마음을 준다. 그런 이모의 해사한 표정에 엄마 또한 마지못해 태양에 눈을 돌린다. 미워하자니 내 언니고, 좋아하자니 철이 안 든 언니가 한심하기도 하지만 어쩌랴, 이렇게 평생을 살아왔는걸. 엄마의 표정에서 생각을 읽어낸 언니와 나는 안도의 한숨을 주고받는다. 돌아가는 자동차 안에 영하의 칼바람이 불까, 조는 것도 허락되지 않을까, 걱정하지 않아도 되는 것이다.

"영후야, 은님이라는 이름이 훨씬 이쁘지 않니?"

이모의 은밀한 질문에 나는 입 모양으로 "응." 대답한다.

이모 말처럼 내가 보기에 켈리라는 이름보다, 은령이라는 이름보다 엄마에겐 은님이라는 이름이 훨씬 어울려 보인다. 곱지 않은가. 소박하고 유순해 보이고 정감 가는 이름. 게다가 향님이 은님이, 님자 돌림의 자매 이름을 부를 때면 왠지 엄마와 유대관계가 더 깊어지는 것 같고 엄마를 더 사랑하는 것 같은 기분이 든다.

엄마는 모델로 데뷔하자마자 은님이라는 이름을 냉큼 버렸다. 지독하게 가난했던 바닷가 시절을 버린 게 맞을 테지만 이모는 그런 엄마의 처사를 마땅치 않아 한다. 좋았든 안 좋았든 그 시절이 있었기에 오늘이 있는 거라고, 모든 지나온 것은 소중한 거라고 믿는다. 이럴 때 엄마와 언니가 한 편을 먹고 내가 이모와 한 편을 먹고 대립한다. 언니는 잊힐 권리, 지워질 권리에 대해 주장한다. 나는 언니와의 설전은 피한다. 백전백패의 대전은 피하는 게 상책이다. 엄마가 은님이지 않은 게 다만 아쉬울 뿐이다.

내가 이모 의견에 동조하자 이모는 만족한 표정이 된다. 내겐 너무 단순한 이모. 나는 이모 옆에 나란히 서서 태양과 눈 맞춤을 한다. 올해는 조짐이 좋다. 사람들이 해돋이를 하는 이유를 아주 조금은 알 것 같다.

"아, 저 태양을 보기 위해 나는 오십 년을 기다린 것 같아. 너무 감동적이야."

"어렸을 때 물리도록 본 게 저 해다. 새삼스럽게 뭘 처음 보는 것처럼…."

"엄마, 난 해돋이 했으니까 생리도 나오겠지?"

"열여섯 살에도 생리 안 하면 너, 수녀원 들어가라. 하느님 계시일 수도 있어."

진심 어린 표정으로 내 삶의 길을 말할 때 언니 얼굴 가득히 찬란한 태양의 빛이 들어찬다. 나는 신성한 계시를 받은 기분에 사로잡힌다. 내가 진심으로 받아들이는 눈치에 엄마는 언니 팔을 툭 쳐낸다.

"넌 애한테 할 말 있고 안 할 말 있고도 몰라?"

"농담이야. 키 조금 더 크면 매달 한 번씩 괴로움에 뒤척이는 날을 맞이하게 될 거고, 그러면 오늘 내가 한 말은 까맣게 잊을 거야. 걱정하지 마, 엄마. (나의 머리를 새삼 쓰다듬으며) 우리 영후, 괴롭고 귀찮고 해봐야 왜 내가 이걸 그렇…게 하고 싶어 안달을 부렸나, 하게 될 건데. 그치?"

"그러니까 나는 그게 얼마나, 어떻게 괴롭고 귀찮은 건지 알고 싶다고! 브래지어도 제대로 된 거 하고 싶고. 다들 나보고 초등학교 사학년? 오학년? 이렇게 물어봐! 눈들이 전부 동태눈깔이야. 교복 입고 있는데, 씨."

"언니 거, 훔쳐 입은 줄 아나 보네. 근데 보통 통통한 애들이 가슴은 좀 미리 나오고 하던데… 넌 진짜 특이체질이다."

언니는 농담으로 말하지만 나는 상처를 받는다. 내가 덤빌 듯이 노려보는 순간 엄마가 날 끌어안는다. 등을 토닥이는 엄마 손길에 나는 순해지기로 한다.

"그만 가자. 여기서 살림 차릴 거 아니면."

엄마는 오한이 드는지 소매를 끌어내려 손을 덮고 어깨를 오그리며 돌아선다. 주저하던 이모가 말간 얼굴로 쫓아와 엄마의 팔짱을 낀다.

바닷바람이 어지간히 차다. 면양말에 수면 양말을 겹쳐 신은 것도 모자라 털 가득한 어그 부츠를 신었건만 발은 동동거려야 할 만큼 시리다. 몸소름이 돋은 얼굴을 감싸 쥔 손도 장갑을 낀 게 무색하리만치 시리다. 앞서가던 엄마가 장갑을 벗는다. 빨갛게 언 손으로 이마를 짚어보더니 식은땀으로 흥건한 손바닥을 내보인다.

"이거 봐! 내 이럴 줄 알았어. 어제부터 컨디션 제로였다고."

피곤한 몸을 타고 올라온 노여움이 제어가 안 되는 모양이다. 엄마는 우뚝 서선 이모를 노골적으로 노려본다.

"언니 너 때문에 감기 걸린 것 같아!"

"메르슨가?"

"여기가 중동이야? 혼자 메르스 걸리게?"

온 나라가 메르스로 떠들썩했었다. 감염된 환자들에게 번호를 붙여 14번 환자니, 83번 환자니 하면서 모든 신변을 비밀에 부쳤다. 그 바람에 감염자는 기하급수적으로 늘었고 동네는 사람의 발길이 끊겼다. 월세를 내지 못해 문을 닫는 가게들이 골목마다 생겨났다. 엄마 카페도 일주일을 버티다 결국 나흘 동안 문을 닫았다. 뉴스에 촉각을 세우던 그때, 엄마는 메르스에 감염되지 않기 위해 사람들과의 접촉을 최소화했다.

매해 맞는 독감 예방 주사에 폐구균 예방접종까지 했어도 엄마는 안심하지 못한다. 유독 바이러스에 약한 체질 탓에 유행하는 감기는 죄다 거치곤 하는 탓이다. 손님들은 끼고 살 게 없어 감기를 끼고 사느냐고, 위로 섞인 농담을 던지곤 한다. (이 농담은 매우 춥다. 어른들의 농담이니 그러려니, 넘어가시라.) 그러니 메르스가 강력한 두려움의 대상이 된 것은 당연한 일이다. 과민성이라고 할 만큼 노심초사하는 엄마에게 이모는 유난이라느니, 호들갑이라느니 하면서 엄마의 건강염려증을 딱해 했다.

식은땀 양으로 보아 엄마는 집에 가는 대신 병원으로 먼저 갈 것이다. 편두통이 심한 날엔 뇌에 이상이 생겼나 긴장했고 먹은 게 체한 날에는 위암이라도 걸린 듯 무서워했다. 일단 병원으로 달려가는 엄마의 행선지를 알고 있는 이모는 피식 웃는다.

"병원에서 너 그만 오라고 하겠다."

"안 갈 거거든."

"그렇게 식은땀 나고 오한 드는데 안 가고 배기겠다. 내가 보기엔 그냥 몸살이니까 목욕 가서 땀이나 빼고 와."

옥신각신하는 엄마와 이모 뒤를 언니와 내가 불안한 마음으로 따라간다. 조마조마하다.

비린내가 훅 끼쳐오는 것 같더니 골목을 꺾자마자 배들이 올망졸망 모여 있는 포구가 한눈에 달려든다. 언니와 나는 분위기 파악이고 뭐고, 포구에 들어오는 배를 향해 뛴다. 바구니가 내려질 때마다 물고기들의 싱싱한 비늘에서 눈을 떼지 못한다. 살아있는 겨울이다. 새벽잠 설친 걸 보상받는 기분이다.

배에서 갓 내린 생선과 해물들을 사면서도 이모는 내내 바다 위에 동그마니 떠 있는 태양에서 눈을 떼지 못한다. 물건값을 흥정하는 엄마가 얼마만큼 식은땀을 흘리며 오한에 떨고 있는지에 관심이 없다. 엄마가 산 물건을 넋을 놓고 받아드는 이모를 향해 엄마는 마침내 소리를 지른다. 이모는 여전히 나 몰라라, 바다만 바라본다.

"정신 차려. 태양이 밥 먹여줘?"

"어, 밥 먹여줘. 나는 배불러."

엄마는 대책 없는 이모의 대답에 그만 어깨를 늘어뜨린다. 나는 뚝뚝하게 걸으며 앞서가는 엄마를 따라잡아 팔짱을 낀다. 언니는 이모의 짐을 나눠 들고 조용히 따라온다. 한시라도 빨리 자동차에 올라 히터를 끝까지 올리고 싶다. 오한이 오른 엄마 옆에서 말은 못했지만 사실 내 몸도 아까부터 좋지 않다. 따뜻한 바람, 따뜻한 유자차 한 잔이 간절하다.

생리대가 그대로 있다.

여자 넷이 사는 집에서 생리대는 가장 흔하게 쓰이는 소비품목 중 하나다. (새해가 왔음에도, 불행하게도 나는 아직 여자가 되지 못했다.) 사십 개짜리 다섯 통을 사다 놓아도 석 달을 넘기지 못할 만큼 그 쓰임은 잦다. 한 사람이 일주일을 뽑아 쓴다 싶으면 뒤이어 또 한 사람이 닷새를 뽑아 쓴다. 꼬리를 물기도 하고 겹치기도 하면서 세 명의 여자가 생리를 한다. 당연히 생리대는 휴지만큼이나 떨어뜨리면 안 되는 욕실의 필수 구비품목이 된다.

겨울방학이 시작되고 나는 마음껏 늦잠을 잔다. 크고 싶으면 많이 자라는 엄마와 이모의 배려에 힘입어 오전 11시를 넘기도록 잠속에 머무른다. 눈꺼풀 위에 내려앉은 아침 햇살이 지쳐서 까무룩 조는 때, 나는 세상 가장 나른한 기지개를 켜며 잠에서 깨어난다.

눈뜨면 밤새 채워진 방광을 비우러 욕실에 들어간다. 예의 아침이면 치루는 코스를 밟으며 하루의 문을 연다. 겨울방학을 시작한 뒤 조금 바뀐 게 있다면 매일 하부장을 열어 생리대를 감상하는 습관이 추가됐다는 것이다. 양치질을 하면서 어제와 마찬가지로 생리대를 바라본다. 오늘에서야 하부장은 흥미진진해진다.

엄마와 이모, 언니가 번갈아 생리를 하기 때문에 생리대는 일주일 단위로 혹은 열흘 단위로 그 숫자가 줄어들다가 새로이 채워진다. 그런데 무슨 조화인지 지난달부터 살핀 생리대는 정리된 모양 그대로, 숫자만 두어 개 빠져나간 채다. 그 말인즉, 이 집안의 여자들 중 한 사람이 생리주기보다 늦게 생리를 시작했다는 뜻이 된다.

나는 이모에게 먼저 생각이 미친다. 휴지통을 열어보지만 임신테스트기는 보이지 않는다. 심 원장님과 엄마 사이에 모종의 변화가 생긴 걸까? 그렇다면 엄마가? 엄마의 안방 욕실로 달려가 보지만 딱 한 개가 빈다. 아, 다행이다. 언니는 이따금 학교를 오가는 길에 생리가 시작돼 따로 생리대를 구입하여 쓰기도 한다. 이번에도 그랬나? 그렇다면 단 한 명의 여자가 해야 할 때, 생리를 하고 있지 않다는 뜻이 된다.

거실에 나오면 이모는 멸치 똥을 따고 있다. 텔레비전에선 예능프로그램이 방영되고 있고 이모는 이따금 낄낄거린다. 이모의 표정에선 아무것도 읽을 수 없다.

"배고파. 아침 뭐야?"

"주는 대로 처먹어."

나는 먹다 남은 김치찌개와 파래김을 구워 간장에 싸 먹다 말고 계란 프라이를 한다. 이모는 주방을 힐끗 보더니 뭔가 말하려다 만다. 잔소리가 날아올 타이밍에 날아오지 않는다. 불안해진다. 이젠 내가 이모를 힐끗 본다.

"왜? 아무 말 안 하니까 이상해?"

"전체적으로 이상해. 언니는?"

"아르바이트."

"심 원장님 아들 과외 다시 해?"

"아니. 치과 인턴. 과외는 하려면 너 가르치지 남은 안 가르친대. 너도 못 가르치면서 남 성적 올려주는 거, 취미 없대. 언니 의리 있지 않니?"

아침을 먹자마자 오후가 온다. 나는 이모 옆에 앉아 오래도록 텔레비전을 보고, 욕을 하고, 정치가 더럽다느니 알은체를 하고, 핸드폰을 만지작거리고, 귤을 까먹고, 과자 한 봉지를 비우고, 토요일엔 좀 더 따뜻하게 입고 나가야겠다고 하고, 이모가 보는 홈쇼핑에 매료되고, 사자고 조르다가 야단을 맞고, 그러다 까르르 뒹군다. 빈둥거리는 것이야말로 세상에서 가장 쉬운 일이다.

" 학원 안 가니?"

"의정이랑 저녁 먹기로 했어."

"걔?"

이모가 호들갑스럽게 묻는다.

의정이는 이름만으로 이 동네에서 유명인이다. 동네와 학교의 짓궂은 몇몇은 의정이의 동영상을 굳이 찾아본다. 그들은 필터링 되지 않은 감상문을 들고 다닌다. 차단했어도 끝없이 재생산되는 동영상. 끈질기고도 질퍽한 관음증의 시대에 똥물 한 바가지 끼얹고 싶다고, 나는 복수를 꿈꾼다. 무례한 사람들은 어디에나 있다.

심리치료가 끝나고도 의정이는 학교로 돌아오지 않는다. 동영상을 유포한 사람이 잡혔다는데 그 사람에 대한 신상은 조금도 유출되지 않는다. 의협심에 불타는 사내 녀석들 몇이 신상털기를 나서보지만 쉽지 않은 모양이다.

상민이는 먼저 비행기를 탄 뒤에야 자신이 왜 비행기를 타야 했는지에 대해 알았다고 한다. 싱가포르에 도착해서 머물 곳을 정하고 유학 수속을 밟은 상민이가 의정이와 카톡을 주고받았는지, 어떤 생각을 하고 있는지 후일담은 들려오지 않는다. 다만 유학 경험이 있는 상민이가 한 학년 아래로 전학한 게 아니라 제 나이 찾아서 전학했다는, 무미건조한 사실만이 간간이 들려올 뿐이다. 일이 터지자 비행기부터 먼저 태울 수 있는 상민이의 부모를 부러워하면서 의정이의 부모님은 집을 내놓았다.

사건 이후 의정이의 손을 한시도 놓은 적 없다는 의정이 엄마는 의정이와 같이 내일 비행기를 탄다. (기러기아빠가 되는 의정이 아빠를 이모는 염려한다.) 어른들은 말한다. "이 동네 애들이나 되니 외국으로 가지 딴 동네 같으면 시골에서 시골로 계속 이사 다니며 살아야 했을 거야." "다행이지 뭐야."

떠나기 전에 우리가 보낸 수백 개의 카톡을 확인한 의정이가 마지막으로 보자고 연락이 온다. 헤어지기 위해 만나는 우리.

엄마는 의정이를 만난다는 소식에 카페의 브레이크 타임을 이용해 백화점에 다녀온다. 눈부시게 하얀 셔츠를 사 와서 안긴다. 의정이가 첫사랑에 몰두한 것은 그 자체로 순결한 일이라고, 하얀 셔츠를 입고 당당하게 공항에 나갈 것을 주문한다. 나는 옷을 받아들고 엄마를 끌어안는다.

"엄마, 엄마는 내가 그런 잘못을 했어도 똑같이 이렇게 해줄 거야?"

엄마는 등짝부터 후린다. 내 몸은 사정없이 휜다. 그럼 그렇지. 남이기에 너그러워지는 일이 있다. 나한테 벌어진 사건은 받아들이지 못하면서 남이기에 너그러운 척, 모든 것을 포용하는 태도를 취하는 것은 이중적 행태이다. 고쳐야 할 나쁜 잣대이고 위선이다. 나는 그래도 엄마에게 고마워하기로 한다.

"그게 왜 잘못이야? 사랑에 솔직한 건데! 단, 열다섯 살은 열다섯 살에 맞는 사랑을 해야지 괜히 서툴게 어른 흉내 내면 안 돼. 어른 흉내 한 번 잘못 냈다가 무너진 열다섯 살을 어디 가서 보상받을 건데? 열다섯 살만 무너졌어? 스무 살, 서른 살까지 기억은 따라갈 텐데, 그게 너무 안타까운데, 너까지 다 잃어버리고 싶어? 다 잃어버린 딸을 바라봐야 하는 엄마 심정을 네가 알아?"

"엄마, 생리해? 왜 이렇게 예민해?"

안 해. 심상하게 대답하던 엄마의 눈이 커진다. 그러더니 핸드폰을 꺼내 든다.

"너 빨리 가. 늦지 말고. 말 한마디도 잘 해주고."

바쁘게 어딘가로 가는 엄마를 두고 나는 의정이를 만나러 간다. 미소의 손에도 의정이에게 건넬 선물이 들려있다. 미소와 나는 의정이 집 앞에서 긴장한 표정을 주고받을 뿐, 좀처럼 벨을 누르지 못한다.

일찍 저문 겨울 해는 빨리 집 안으로 들어가라고 재촉한다. 우리는 마주 잡은 손바닥에서 서로의 떨림을 감지한다. 눈앞에서 뿌리째 흔들리는 집의 문이 열린다. 위태롭게 기울어진 집 안으로 들어서자 기울어진 거실이 펼쳐진다. 우리는 기우뚱거리며 걸어 들어가 소파에 앉는다. 비로소 편편해지는 마음.

"이거…. 공항에 갈 때 입고 가라고 엄마가 사주셨어."

의정이 엄마는 선물상자를 열어보고는 눈물을 훔친다. 엄마들은 통하는 게 있나 보다. 미소도 선물을 내민다. 오르골 속 연주곡은 마음에 평화를 기원하는 내용의 곡이다. 오르골을 돌리고, 또 돌리면서 우리는 식사를 마친다.

"맞아 죽고 싶었어."

의정이는 방에 들어서자 풀이 죽은 채 고개를 숙여 툭, 속내를 털어놓는다. 우리는 훅, 한숨을 내쉰다.

"그럼 우리는? 열다섯 살밖에 안 됐는데 친구 장례식장에 가야 되는 우리는?"

나는 미소의 원망 섞인 질문에 의정이가 대답을 안 해도 되도록 화제를 돌린다.

막 시작된 삶을 절벽부터 말하기엔 억울하다. 가라앉길 바라고 쓸려가기를 바란 후회가 무작정 엉겨 붙는 나날들은 끝나야 한다. 눈물을 쓸어 담은 가슴을 가진 열다섯 살이어선 곤란하지 않은가.

"캐나다는 조용해서 살기 좋다더라. 나도 엄마한테 졸라서 너 있는 데로 유학 보내달라고 할까 봐. 가서 같이 고등학교 다니면 좋겠다."

내 말에 의정이 눈이 빛난다. 나는 그 눈빛에 힘입어 좀 더 구체적으로 제안한다.

"너 영어 마스터 해놔. 나 캐나다 가면 처음엔 통역해줘야 되잖아. 넌 공부 잘하니까 금방 영어 마스터할 거야."

"나도 갈래. 셋이 캐나다에서 대학도 다니자."

몇 시간을 지치지 않고 떠들었지만 우리는 상민이 이름을 입 밖에 내지 않는다. 암묵적으로 금칙어가 되어 버린 이름, 주상민. (열다섯 살이었으면 생각 없이 떠들었을지 모를 이름을 열여섯 살은 조심한다. 나이 한 살은 이렇게나 차이가 크다.) 의정이와 상민이 앞날에 무궁한 영광을. 나는 지상의 질서를 주관하는 어떤 신이든 내 기도를 들어주길 빈다.

우리는 캐나다에서 만나기로 하고 헤어진다. 그 약속이 이루어질는지 이루어지지 않을는지는 모른다. 인생은 내일을 장담할 수 없다.

돌아온 밤. 양치질을 하는데 거실이 낮게 비명을 지른다. 날카로운 파열음의 목소리가 오간다. 엄마와 이모다. 나는 캐나다에 보내달라는 말은 다음에 해야겠다고 생각하며 조심스레 거실로 나간다. 언니는 외딴 섬처럼 고요히 식사 중이다. 언니 귀에는 지금의 소란이 들리지 않는다.

"낳을 거야? 진짜 낳을 거야?"

"축하는 바라지 않지만 살인은 교사하지 마라. 낙태는 살인이야."

알고 있었지만 설마 했던 생리대의 향방이 결정된다. 우려하던 일이 현실이 된 순간, 나는 조용히 방으로 들어와 눕는다. 주인공이 엄마가 아닌 것에 안도하는 나의 입꼬리가 아주 조금 올라간다. 이로써 우리 집은 생리하는 여자와 생리하지 않는 여자로 나뉘었다. 나? 나는 아직 생리하지 않는 여자다. 조용할 날 없는, 즐거운 우리 집.

임신테스트기를 들고 나갔던 이모가 들어오자마자 이불을 뒤집어쓰고 눕는다. 굽은 등을 하고 누운 이모의 뒷모습은 가늘게 떨린다. 나는 문가에 서서 이모를 물끄러미 보다가 조용히 물러선다. 우글거리는 슬픔, 혹은 분노가 한시라도 빨리 녹슬길 바란다.

엄마에게 내려가면 엄마 표정은 더 무겁다. 나는 머물 곳을 찾지 못해 헤매다가 언니에게 전화를 건다. 언니는 환자의 진료를 돕는 중인지 전화를 받지 않는다. 언니가 아르바이트로 나를 가르쳤으면 좋겠다고, 문득 외로움에 지친 생각 하나가 끼어든다. 수시로 심장을 통과하는 찬바람 한 주먹.

마지못해 한 시간 일찍 학원에 가는 길, 뺨을 할퀴며 지나가는 수마 같은 바람에서 나는 임 아저씨 목소리를 듣는다. 새된 소리로 뱉었을 모종의 대화를 듣는 것 같다. 나이 쉰다섯 살. 막내아들이 군 복무 중이라는 임 아저씨의 당황을 모르는 바 아니나 이모의 눈물을 보는 순간 미움이 대나무보다 빠르게 자란다.

쉰 살의 이모를 생각해 본다. 축 처진 젖가슴을 드러낸 채 혼자 모유 수유를 하게 될 산모의 모습이 처량하게 떠오른다. 나이 쉰 살에 이르러 여자로 완성되었다고 기뻐한 이모의 그 생의 순간들이 왜 기쁨이지 않은가? 홀로 갓난아기를 업은 채 허연 머리를 염색하고 앉았을 늙은 애 엄마의 모습이 지워지지 않는다.

환갑을 바라보는 엄마의 손을 잡고 초등학교에 입학하게 될 동생을 생각해 본다. 남자가 슬픔을 견디는 맷집이 좀 더 강할 거라는 근거 없는 확신에 사로잡힌 채 나는 그 아이가 남자였으면 좋겠다고, 혼자만의 꿈을 품는다. 학부모 참관 수업에는 언니든 내가 가는 게 좋지 않을까, 또 생각해 본다.

임 아저씨의 집을 생각해 본다. 호수 같지 않길, 그 집안이 비교적 시끌벅적하길 바란다. 고요하던 집에 뱃속에 들어앉은 내 사촌 동생이 풍파를 일으키는 역할을 하지 않기를, 하나의 이슈가 더 생긴 것뿐이길 바란다. 느닷없이 동생이라고, 갓난아기와 인사하게 될 임 아저씨 아들딸들의 마음을 헤아려본다. 명예퇴직을 당하고 셔터맨으로 전락한 그들 아버지의 생은 분명 쉰밥 같았을 것이다. 그런 아버지가 새 생명을 만들어낸 것을 아들딸들은 어떤 마음으로 바라볼 것인지 헤아려본다.

"야, 들어올 생각 말고 꺼져."

귀가하는 언니를 따라 언니 방으로 들어가기도 전에 쫓겨난다. 사실 며칠 전부터 언니는 모든 것에 신경질적으로 반응한다. 학원에 잘 다니고 있는지, 의정이와 가끔 연락은 주고받는지, 생리는 아직도 안 하는지, 병원 정기진료는 꼬박 받고 있는지… 같은 집에 살면서도 자주 마주치지 못하는 언니는 아침 식탁이든 늦은 밤의 귀가든, 언제부턴가 마주치기만 하면 살갑게 대화를 시도했다. 내 언니가 맞나 싶을 정도였는데 아니나 다를까, 예전의 언니로 돌아간다.

"젬마가 많이 힘든 모양이다. 영후 네가 이해해라."

"의사 되면 얼굴 쳐다본다고 지랄하겠다."

"고운 말!"

"알았어!"

나는 덜퍽스럽게 소파에 앉는다. 그러자 이모가 호들갑스럽게 배를 감싸 쥔다.

"네 동생 잔다!"

웬일인지 언니는 출근 시간을 넘기도록 잔다. 몇 번을 노크해도 "아르바이트 그만뒀어. 깨우지 마!" 소리만 들려올 뿐, 내처 잔다. 닫힌 방문을 임의로 열면 어떤 일이 벌어지는지 잘 아는 이모는 방문 손잡이도 잡을 생각을 하지 못한다. 대신 언니의 방문에 몇 번이고 귀를 대며 조바심을 치는 것으로 궁금증을 달랜다.

"어머, 애 어떡하니? 병원에서 무슨 일이 있었나 보다. 그래서 어저께 네가 따라 들어가려는 걸 그렇게 매몰차게 내쳤나…? 아, 진짜 무슨 일이지?"

이모는 치과에서 벌어진 '무슨'일에 대해 궁금해서 미치기 일보 직전이다. 나는 이모를 두고 방으로 들어와 학원 숙제를 한다. 언니가 깨어나면 시작될 폭풍 잔소리를 피하려면 별수 없다. 비는 피해 가는 게 좋다.

잔뜩 흐리고 무거운 하늘이건만 눈은 오지 않는다. 오후인데도 거실 등을 켜야 할 정도로 어두운 날이다. 날씨가 꼭 내 마음

같다.

내 방 밖의 집은 더 이상 휴식의 공간이 아니다. 물 먹으러 주방에 나가는 것도, 욕실을 들락날락하는 것도 눈치가 보인다. 대체 겨울방학은 언제 끝나는 걸까? 애들과 영화를 보러 가자고, 반 톡방에 글을 올리려 하다가 녀석이 나설까 두려워 그만둔다. 미소에게 전화를 걸면 과외 중이라는 문자만 온다. 전화로도 수다를 떨 대상이 없다. 아이들은 모두 학원에 가 있거나, 과외 중이거나…, 나는 다시 수학 숙제에 몰두한다. 포기하고 싶은 수학.

조밀했던 오후의 해가 이울어서야 퉁퉁 부은 얼굴로 나온 언니는 주방으로 직행한다. 김치와 참기름을 꺼내선 양푼에 비벼 게걸스럽게 퍼먹는다. 아, 생리하는구나! 나는 언니의 행동들을 모두 이해한다.

전 과목 종일반 학원을 끊어서 집에서 탈출하든지 해야지, 학원 안 가는 날마다 대체 이게 무슨 꼴이람. 이해하지만 이해한다고 해서 받아들여지진 않는다. 나는 언니와 일정 거리를 유지하기 위해 겉돈다. 왜 언니의 생리에 내가 긴장한 채 눈치를 살펴야 하는지, 막내의 비애를 알아주는 이는 없다.

엄마가 일을 마치고 올라오길 기다린 언니가 엄마 방으로 들어간다. 이모와 나는 텔레비전을 보는 척, 안방에 두 귀를 갖다 붙인다. 이윽고 새된 소리가 터져 나온다. 나는 텔레비전의 볼륨을 줄인다. "뭐라고?" 잠시 침묵. "너 지금 그게 말이 된다고 생각해?" 재차 엄마의 윽박지르는 질문에 언니의 대답이 낮게 흐른다. 목소리는 들리는데 무슨 말인지 알아듣기 힘들다. 이모와 나는 입 모양으로 '뭐래?' 눈을 맞춰 묻는다. 우리는 어깨를 으쓱해 보인다. 둘 다 모른다는 뜻이다. "이게 미쳤나?" 엄마가 다시 호통을 친다.

이모가 용감하게 안방 문을 열고 선다. 찬바람이 거실까지 휘몰아친다. 그냥 문을 통해 듣게 두지… 나는 이모를 원망하는 한편 텔레비전을 아예 끈다.

"문 닫아, 언니!"

"가족의 일은 가족이 알자. 왜 영후랑 나만 몰라야 되니? 난 부모 아니니?"

"제발 닫자. 닫아 줘."

"비밀은 일을 키운다. 사건이 생겼으면 머리를 모아야 해결책이 생겨. 말해, 무슨 일인지. 무슨 일이야?"

"이모랑 조카가 산부인과에 나란히 누워있게 생겼어, 지금! 이 얘길 꼭 들어서 내 속을 뒤집어놔야 되겠어?"

나는 어리둥절해진다. 이게 대체 무슨 소리인가. 이모는 냉큼 안방으로 뛰어들어가 언니를 돌려세운다.

"이게 무슨 소리야? 누구야? 어떤 새끼야?"

이모가 질문을 쏟아내지만 언니는 대답 대신 결심을 통보한다.

"엄마, 나 애 낳을 거야. 일주일 동안 무지하게 고민 때렸는데 나는 얘 낳아야겠어. 엄마가 왜 나를 낳았을까 생각해보니까 답이 보이더라고."

어금니를 악문 엄마의 얼굴이 초췌하다. 한참을 더 살아야 하는 엄마의 얼굴에 깊은 우물이 고인다. 오십의 임산부와 스물두 살의 임산부, 두 목숨을 더 책임져야 할지도 모르는 마흔여섯 살의 여자가 나의 엄마라는 사실이 서글프다. 서글퍼 죽겠다.

불가능할 것 같은 일이 난무하는 엄마의 생을 토닥이고 싶다. 밤이 가기 전에 밤이 오는 생을, 쉴 만해지니 열 배로 열심히 뛰어다닐 일이 벌어지는 생을 어쩌면 좋단 말인가. 여든을 넘긴 노인의 동공을 한 엄마의 볼에 한줄기 눈물이 흐른다.

"마흔여섯 살은 아홉수도 아닌데 왜 이렇게 힘들게 열리니?"

엄마의 탄식에 나도 따라 운다. 너무 슬프다. 기쁜 소식이 기쁘게 전해지지 않는 것은 불행하다는 증거이다. 그래서 나도 눈물을 흘리고 선다.

"넌 왜 울고 섰어? 다 나가."

기운 없이 침대에 쓰러져 등을 보인 엄마를 두고 이모와 언니가 마지못해 물러난다. 안방에서 유리창 깨지는 소리가 새 나오는 것 같다. 나는 고양이처럼 살금살금 엄마의 방문 앞에 다가가 둥글게 몸을 말고 앉는다. 울음소리가 터져 나오기라도 하면 뛰어들어가 엄마를 끌어안아 주고 싶다. 엄마를 지키고 싶다.

어떤 일이 터졌을 때 엄마가 저토록 약하게 무너지는 것은 처음 본다. 엄마는 늘 묵묵히 감당했다. 감정을 드러내는 엄마가 낯선 한편, 빨리 커야 될 것 같은 의무감이 생긴다.

산부인과에 가서 정식으로 진료를 받아보자는 엄마의 제안은 두 사람 모두 임신테스트기를 썼다는 것에서 기인한다. 엄마는 일말의 기대를 저버리지 못한다.

키다리 삼촌과 한솜 언니에게 카페를 맡긴 엄마는 아침부터 결연하다. 밤새 생각해낸 것이 산부인과 진료인 것에 언니는 심상한 표정이 된다. 이모는 기대감에 부푼 표정이다. 극명한 대비는 차라리 희화적이다. 낱낱의 현실과 맞닥뜨렸을 때 엄마는 어떤 선택을 할 것인가, 모종의 결심을 한 표정에서 선뜩한 기운이 느껴진다. 아침을 먹는 둥 마는 둥, 엄마가 운전하는 차에 네 여자가 오른다.

나는 왜 가느냐는 질문은 아무도 하지 않는다. 엄마의 자동차는 심 원장님의 산부인과로 가지 않는다. 동네에서 멀리 떨어진 곳을 찾아 달린다. 아무도 먼 동네를 찾아 나서는 것에 이의를 제기하지 않는다.

자동차에 납을 매단 것 같은 무거움이 감돈다. 질질 끌려오는 희망의 모서리가 맥없이 닳는다. 나는 애달아 하며 자꾸 뒤를 돌아본다. 윤기를 잃은 2월이 덩그러니 놓여있다.

아스팔트와 자동차 바퀴의 마찰음이 이따금 실내에 교교히 스며들 뿐 숨소리조차 조심스럽다. 무릎 위에 끌려 나온 것 같은 심장이 조금씩 부푼다. 어쩌면 풍선 터지는 소리가 날지도 모른다. 구부정하니 몸을 숙여 재빨리 심장을 끌어안는다. 기침 소리도 허락되지 않은 시간, 지금은 오직 죽은 척할 때다.

병원에서 돌아온 엄마가 자리를 보전한다.

이모와 언니의 임신 확인 진료를 포함해 나의 늦은 생리에 대한 진료를 본 뒤 엄마도 조용히 진료를 본다. 엄마도 생리를 하지 않고 있었음을 우리는 병원에 가서야 알게 된다. 세 명의 여자가 모두 임신한 거 아니냐고 호들갑을 떠는 이모가 제일 먼저 무너진다.

상상임신입니다. 의사의 무미건조한 한 마디에 이모의 눈썹이 파르르 떨린다. 창백한 얼굴을 감춰 안간힘으로 버티는 이모의 얼굴은 두고두고 잊지 않을 것이다. 다행이에요. 나이 쉰 살에… 이모는 말을 잇지 못한다.

의사 앞에선 중심을 잡고 버텨 앉았던 이모는 두어 군데 병원을 더 다녀온다. 진료 결과를 믿지 않은 채 임신테스트기를 사 와선 두 줄이지 않느냐고, 허공을 향해 외친다. 다시 뛰어나간 이모는 한참 후 되돌아오더니 다시 임신테스트기를 사용한다. 그제야 한 줄이 되는 테스트기… 힘겹게 상상임신을 받아들인다.

"억울해……."

한 마디를 기점으로 이모는 끝없이 주워섬기며 통곡한다. 안드로메다에서 온 모국어는 해독 불가의 중얼거림이지만 적어도 이모가 얼마나 실망했는지는 짐작이 된다. 울다가 혼절까지 하는 이모를 보면서 나는 혼돈에 빠진다. 왜 저토록 온 힘을 다해 우는 걸까? 쉰 살의 산모가 될 수 없는 게 그렇게 슬픈 일일까? 여자로 완성되고 싶은 열망이 상상임신을 만들어냈다는 게 너무 창피해서 우는 걸까? 어쩌면 생명을 책임져야 할 부담감을 내려놓은 시원섭섭한 눈물일지도 모른다고, 나는 무례한 짐작을 한다.

울다가도 끼니때 되면 나와서 한술 뜨는 이모를 위해 나는 키다리 삼촌에게 끝없이 음식을 받아 나른다. 그때마다 키다리 삼촌은 엄마가 먹을 죽을, 수프를 챙겨준다. 엄마는 멍하니 앉아 있다가 화들짝 놀라 정신을 차린다. 천불이 난다고 자꾸 옷을 입었다, 벗었다 하면서 가슴을 쥐어뜯는다. 그런 엄마를 말려 숟가락을 쥐여준다. 마지못해 한술 뜨다가 한숨을 내쉬고, 눈물을 훔치고, 그러다 다시 드러눕는다. 한숨 자나 싶은 순간 맨발로 베란다에 나가 서 있기도 하고 한밤중에 거실에 덩그러니 정물처럼 앉아있기도 한다. 산발한 머리는 기괴스럽기까지 하다.

　네 명의 여자가 각각 제 방에 들어앉은 채 수평선을 삐뚤빼뚤하게 올리며 아침이 오고 터무니없이 무사히 밤이 온다. 절뚝거리면서라도 하루는 제 시간 맞춰 오간다.

　언니는 이모가 우는 동안 세 끼의 밥을 꼬박꼬박 찾아 먹으며 토한다. 토하고는 조용히 침대에 누웠다가 또 먹고 또 토하고 또 눕는다. 입덧하는 꼴이 제 엄마라고, 사흘을 꼬박 울고는 탈탈 털고 일어난 이모가 퉁을 놓는다.

　이모는 퉁퉁 부은 얼굴로 우리들의 아침을 차린다. 해주는 밥 먹으면 괜찮아질 거라고 정성 들여 식사를 차린다. 제일 자신 있게 만드는 반찬들로만 구성되는 식단에 내 식욕은 왕성해진다. 등갈비 김치찜에 닭볶음탕에 햄 썰어 넣은 감자채 볶음에 해물을 가득 넣은 파전에 돼지고기 두루치기까지 별식이 매일 식탁에 오른다.

　언니는 이모가 차려주는 밥을 먹고도 토한다. 내가 끓여주는 특별 라면을 먹고도 토한다. 6주에 접어든 임신은 심한 입덧으로, 상상임신이 아님을 증명해낸다. 그런데 상상임신으로 끝난 이모가 같이 토한다. 언니와 함께 입덧하는 이모를 보면서 나도 입덧에 동참해야 하는가, 헷갈린다.

　"겨울방학이니 망정이지 학기 중이면 어쩔 뻔했어? 휴학했다가 애 낳고 복학해라."

"애 두고 학교를 어떻게 다녀?"

"아르바이트하면서 독하게 다녀. 애 크면 돈 들어갈 일 투성이야. 치과의사라도 돼 놔야 애를 키우든 말든 하지. 치대 다니다 중퇴해서 뭔 직업을 가져 애 키우겠어? 의사 면허증 없으면 치과에 취직하더라도 허드렛일 할 텐데, 이 나라가 어떤 나란데 의사도 아닌 여자한테 애 키울 돈을 월급으로 준대?"

이모의 현실적인 충고에 언니는 입을 다문다. 임신을 꿈꿀 때 없던 현실감각이 조카를 향해 살아나는 이모를 보면서 나는 아이러니하다고, 슬며시 웃고 만다. 순하게 입을 다문 언니의 태도에 이모가 바싹 붙어 앉는다.

"근데 진짜 누구니? 애 아빠는 이 사실 아니?"

"……어."

문득 나는 창을 바라본다. 창문을 긁어대는 바람이 기어이 창문을 찢고 거실로 난입한다. 가십은 바람에게 초능력을 발휘하게 한다. 오한에 몸이 부르르 떨린다. 나는 무릎담요를 허리에 두르고 조심조심 언니의 앞에 앉는다.

"그쪽 부모는? 그쪽 부모도 너 이런 거 안대?"

"아니. 내가 말하지 말랬어."

"왜…애…?"

언니의 대답은 엄마로 하여금 자리를 박차고 일어나게 한다.

언니가 처음 나이트클럽에 간 날, 그러니까 1학기 기말고사가 끝난 날, 대학교 2학년의 덩치 좋은 남자가 부킹을 시도해 온다. 웬만해선 언니보다 크기 힘든 남자들만 보다가 자신보다 한 주먹은 더 큰 남자를 본 순간 언니는 듬직한 기분이 든다. 게다가 한 눈에도 준수한 외모에 순하게 생긴 눈이 선하게 보인다. 언니의 호감을 사기에 필요충분조건을 갖춘 남자는 집에서 20분 거리에 살기도 하니 인연이라고 우기기 딱 좋다. 하여 건강한 청춘 남녀는 자연스레 다음, 그다음을 약속한다. 그리하여 언니의 첫사랑이 시작됐는데, 그 남자가 사실은 대학생이 아닌 것을 얼마 전에 알았다고 한다. 엄마는 그 대목에 이르러 절망한다.

"대학생이 아니면 뭔데?"

언니는 대답하지 않는다. 묵묵부답이 요지부동이다. 언니를 붙들고 늘어진 엄마와 이모는 마침내 아이 아빠와 인사할 수 있는 기회를 획득해낸다. 하나의 약속을 받아내자 엄마와 이모는 그 집 어른들도 함께 봤으면 좋겠다고, 번거로운 일은 한꺼번에 처리하자고 설득하고 어르고 달래며 회유한다.

이제 언니는 가장이 되려고 한다. 아이를 낳는 순간 두 명의 아이를 키워야 할지, 한 명만 키워야 할지, 오늘이 상견례 날이다. 상견례는 상견례인데 짝퉁이다. 남자는 아빠를 데리고 나오고 여자는 엄마를 데리고 나가는 식으로, 아주 단출하게 보자는 의사를 저쪽에서 전달해온다. 이모는 김새고, 나는 어떻게 하면 상견례 자리를 구경할 수 있을까 머리를 굴린다.

아침밥을 차리던 이모가 욕실로 뛰어들어간다.

"어머, 짜증나게 아침부터 생리 나온다. 입덧하길래 오진인가 했더니, 오진은 아니었나 봐. 올해 안엔 애가 생겨야 할 텐데…. 영후야, 국 좀 봐라."

나는 내 귀를 의심한다. 이모의 꿈은 아직 진행형이다. 하필이면 그 순간 엄마와 눈이 마주친다. 나는 보란 듯이 고개를 절레절레 흔든다. 엄마도 체머리를 짓는다. 마침내 임신에 성공할는지 실패할는지, 이모의 미래는 아직 결정되지 않았다. 그러므로 아직 벌어지지 않은 일에 기를 쓰고 덤빌 필요는 없다. 차라리 이럴 땐 엄마 마음을 위로하는 제스처를 하는 게 현명하다. 안 그래도 마음이 복잡한 날, 시작부터 복잡해질 필요는 없다.

이모의 생리에 맞춰 나는 다시금 엄마의 검사 결과가 궁금하다. 모두를 진료실에서 물린 뒤 혼자만 들은 검사 결과. 예단하고 상상하고 함부로 속단하지 않도록 선명하게 밝혀주면 좋으련만 엄마의 입은 좀처럼 열리지 않는다. 다만 병원에서 돌아오자마자 자리를 보전한 게 언니 때문이 아니라 엄마 때문이라면? 무서운 생각이 야금야금 갉아 들어온다.

엄마는 참다못한 이모가 넌지시 물어볼라치면 신경질적으로 일어나 자리를 피한다. 그게 더 호기심을 자극한다고, 이모의 목소리는 조금씩 커진다. 급기야 자신의 아기가 엄마에게 간 것이라고 확신한다. 이모가 꾼 태몽이 엄마 것이라고 우긴다. 그럼 언니 태몽은 누가 꾼 거지?

이모는 붉은 장미꽃들이 흐드러진 곳에서 길을 잃는다. 한참을 헤매면서도 꽃을 꺾어 다발을 만드는 것을 잊지 않는다. 길을 찾았다 싶었을 때 황금빛용이 하늘로 날아오른다. 용의 입에 이모에게서 낚아챈 붉은 장미꽃다발이 물려있다. 딸 꿈이다. 금남의 집이 유지되는 것이다. 서운한 채 설렌다.

나는 엄마가 정말 내 동생을 가진 것일까, 오감을 동원하여 탐색한다. 이모의 태몽이 언니 것이길 바라면서 엄마에게서 눈을 떼지 않는다. 엄마는 완벽하게 포커페이스를 유지한다. 그러나 이따금 한숨을 내쉬거나 고민을 포장한 멍 때리기를 나한테 들킨다. 그때마다 나는 심장에서 달그락거리는 소리를 듣는다.

남자 쪽에서 우리 동네 인근 호텔 커피숍에서 만나자는 전갈을 보내온다. 엄마는 언니에게 남자 쪽 가족을 카페의 내실로 데리고 올 것을 제안한다. 남자 쪽 가족과 마주 앉은 모습을 누구에게도 보이기 싫다고, 굳이 첨언을 한다. 들키고 싶지 않은 사생활이 생겼다는 것은 생에 주름이 졌다는 것을 의미한다. 언니는 유순해진 태도로 그러마 하고 나간다.

언니가 나가고 한 시간 뒤에 점심시간이 끝난다. 브레이크 타임 푯말을 건 엄마는 카페 모든 식구들을 6층 집 거실로 올려 보낸다. 아무도 구경하지 못하도록 카페를 텅텅 비운 엄마는 부랴부랴 화장을 고친다. 한솜 언니는 무슨 일인지 궁금한 얼굴이다. 나는 이따 얘기해주겠노라는 눈짓을 해 보인다.

이모는 일단 좋아한다. 나도 좋아한다. 절반의 구경은 할 수 있게 됐다. 엄마가 돌아올 때까지 궁금해서 아무것도 못하느니 내실 밖에서 대기를 타는 것은 퍽 마음에 든다. 카페의 테이블 하나를 차지하고 이모는 커피를, 나는 차를 마시며 초조하게 기다린다. 언니가 아이의 아빠와 그 아빠를 데리고 돌아왔다. (오 마이 갓!)

엄마가 허리를 꼿꼿이 세우고 앉아있다. 의례적이고 냉랭한 표정에선 속마음을 읽을 수 없다. 그 앞엔 심 원장님과 그 아들이 앉아있고, 엄마 옆에는 고개를 외로 튼 언니가 앉아있다. 그렇다. 언니 배 속의 아이 아빠는 심 원장님 아들이다.

"우리 구면이다. 그치?"

"기억해 주시다니 영광입니다."

대학입시에 실패한, 그리하여 고등학교 4학년이 되어버린, 언니보다 두 살 아래 연하남은 꾸벅, 90도로 허리를 꺾는다. 나이트클럽에서 만나 데이트를 하던 나날 중, 심 원장님의 아들을 가르치러 간 언니는 그 집에서 연인을 만난다. 그 바람에 거짓말은 들통나고, 언니의 과외는 하루 만에 끝나고, 그들은 잠시 헤어지기도 한다. (그들은 그때 헤어졌어야 했다.)

고3이 어디 나이트클럽을 다니고, 연애질을 하느냐고 언니는 몹시 야단을 치며 속은 것을 분해한다. 그런데 속은 기분은 심장까지 내려가지 못한다. 보고 싶은 마음이 툭툭, 꽃잎이 벙글 듯 피어난다. 헤어짐은 일주일도 못가 끝난다.

우수수, 근심이 쏟아져 내린다. 순식간에 카페는 버석거리는 나뭇잎들의 마찰음으로 들어찬다. 나는 황망히 이모 손을 맞잡는다. 심 원장님의 당황하던 표정과 황망해 하던 몸짓이 떠오를 때마다 나는 딸꾹질을 한다. 이모는 내 등을 두드리며 얼음물을 건넨다. 그렇다. 따뜻한 물이어선 곤란하다.

"이거 제대로 사달 난 것 같다. 부모끼리, 자식끼리…… 허이고야, 이건 아니지."

이모 목소리가 가늘게 떨린다. 나는 엄마 배 속에 눈을 넣고 싶다. 시간을 되돌려 엄마의 모든 외출을 막아내고 싶다. 산부인과 병원에 막 가려는 찰나, 생리가 터졌어야 했다. 언니가 <켈리키친>에 처음 온 심 원장님과 맞닥뜨려야 했다. 만약 그랬다면…. 수없이 많은 만약, 의 가정이 머릿속에 늘어선다.

막장 오브 막장이 생의 한가운데로 미끄러지듯 들어선다. 상상만으로 무서운 현실이 내실에서 마침표를 찍어놓고도 다음 문장을 써 내려가고 있다. 빈사 상태에 있는 것처럼 가물대는 내 영혼…. 나는 껍데기로 남고 싶다.

한 사람의 생이 한 사람의 생 앞으로 오는 일이란 우주의 물결이 뒤집히는 일이라는 것을 나는 벼락처럼 알아버린다. (아, 미치도록 불쌍한 엄마!) 어쩌면 영원히 마모되지 않을 생의 모서리에서 심장에 못이 박히는 통증을 느낀다. 현기증에 내실이 핑그르르 돈다. 바닥을 손으로 겨우 짚고 앉아있으려니 속이 니글거린다. 연거푸 얼음물을 찾아 마시며 자꾸만 끓어오르는 갈증을 내리누른다.

모든 것이 꽁꽁 얼어붙는, 빙하의 내실을 두고 나는 화장실로 달려간다. 얼음물을 마셔댄 덕분에 몇 번이고 변기에 앉아 함부로 오줌을 갈긴다. 주어진 공간을 벗어나지 못하는 오줌 줄기는 맥없이 고인다. 생의 어떤 규칙도 어긋나지 않는다. 어쩌면 자유는 이렇게 구가하는 것이다. 변기의 물을 내리고 수돗물을 틀어놓고 손을 씻으며 나는 물소리보다 작게 운다. 제발 현실이 아니길.

차갑고도 냉랭하게, 마치 서로를 좀비 취급하듯이 헤어지는 부모, 자식. 그 모습을 훔쳐보는 이모와 나. 카페 문이 닫힘과 동시에 엄마 앞으로, 언니 앞으로 달려가지만 일제히 등을 돌려

흩어지는 모녀. 이모와 나는 또다시 덩그러니 남겨진다.

　지금 내 앞의 생은 스릴러물 혹은 잔혹 미스터리 혹은 재난영화이다.

7. 혼자가 좋아

"임신했어."

"⋯⋯와우!"

심명석은 (형부라고도, 명석 씨라고도, 오빠라고도⋯ 어느 것
도 입에 붙지 않는다.) 놀란 듯 잠시 말을 잊었다가 감탄사를 토
해낸다. 반쯤 식은 커피에 얼음을 받아놓고는 화장실에 다녀온
다. 덜퍽스럽게 앉으면서 얼음 하나를 입에 물고 오도독 씹는다.
한겨울에 얼음을 먹는 심명석을 보면서 언니는 어지간히 속 타
는 마음을 본다.

"졸업 선물 대신한 서프라이즈야? 그러지 마."

언니는 믿기지 않을 법도 하다고, 심명석을 이해한다. 다음 주에 고등학교를 졸업하는, 대학입시에 실패하여 고등학교 4학년이 된, 이제 갓 스무 살이 된 남자애한테 아빠가 될 거라는 이야기는 소화불량일 법도 하다고, 심명석을 위로하고 싶어진다.

"애 낳을 거야."

"…그……럼! 치과의사 될 건데, 낳아서 충분히 키우지. 넌 학교 진짜잖아."

한 발짝이 아닌 열 발짝 이상 물러나는 건 자기보호의 일종이겠다. 한 발짝만 물러났으면 더 비열했을 거라고, 심명석에게 실망하지 않기로 한다. 겁에 질리면 사람은 얼마든지 바닥을 보인다. 언니는 물끄러미 본다. 무섭도록 물끄러미. 그게 네 대답이야? 표정으로 묻는다. 심명석은 시선을 피해 자꾸만 얼음을 입에 문다.

"너하고 상관없는 일처럼 말하네? 내가 딴 남자애를 가졌다고 생각하는 거야?"

"나를 만나면서 딴 남자한테 한눈팔 여자는 없지."

지랄. 임신하고부터 자주 둥근 테두리에 금이 간 것 같은 균열을 느낀다. 생의 테두리가 깨질 것 같은 불안과 공포가 마구 섞여 머릿속을 어지럽힌다. 생각은 자주 스프링처럼 튕겨 오른다. 원심력 없이 도는 생각은 인간에 대한 예의마저 포기하게 한다.

기진맥진한 날들이 심명석 앞에 오자 고꾸라진다. 저 반응을 바란 게 아니었건만.

"의논하러 온 거 아니야. 난 엄마가 되기로 미래를 결정했으니까 너도 이 아이와 어떤 관계를 형성할지 스스로 미래를 결정하라는 뜻이야."

"네가 알아서 잘하겠지. 난 대학부터 좀 가자. 내 미래는 일단 대학가는 거야."

이 지점에서 언니는 심명석과 헤어질 것을 결심한다. 심명석은 언니의 임신에 잠시 당혹스러워하더니 시종일관 강 건너 불구경하듯 한다. 처음에 반사적으로 열 걸음쯤 물러났다 해도 얼른 달려와 앞에 서야 옳다. 그게 남자다. 그게 사랑에 대한 옳은 태도이다.

사랑한다고 그렇게도 웅변하던 남자애는 임신을 기점으로 일정 거리를 유지한 채 남 일처럼 바라본다. 축하도 고민도 없다. 걱정도 기쁨도 없다.

185센티미터를 넘는 신장과 90킬로에 육박하는 몸무게, 팔짱을 끼면서 한 손가락을 코끝에 대고 생각에 잠긴 표정, 입바람을 불어 모아 코끝을 찡그리는 신중함, 수줍게 손을 잡아 오던 어두운 미소…. 언니는 심명석에게 끌린 처음을 떠올린다. 감정이 생기기 시작하면서 심명석은 경쾌해지더니 가벼워지고 고3의

신분을 들킨 뒤엔 끝내 경박해진다.

연하의 남친을 사귀는 친구와 선배들이 더러 있다. 물론 그녀들의 남자친구 가운데 고등학생은 없다. 대학생이거나 군인이거나 그랬다. 그녀들은 연하가 훨씬 더 어른스럽다며 제 남자친구들을 듬직해 했다. 책임감도 크다고 했다. 어린 남자인 것이 티 날까 봐 매 순간 긴장하면서 자존감을 보이는 게 기특하다고도 했다. 언니는 이쯤 떠올리며 속으로 욕을 한다.

시…팔, 재수도 없지.

임신 통보와 함께 언니는 이별을 통보하고 돌아선다. 등 뒤에 앉은 심명석은 기척도 하지 않는다. 따라와 잡지 않는 것에 완벽하게 실망한 언니는 눈물 한 방울 흘리지 않고 집에 돌아온다. 이별 통보를 한 건 아주 잘한 일이라고 스스로를 다독인다.

이별은 병에 걸리는 일이 아닌데도 온몸이 아프다. 끙끙 앓아누운 일주일 동안 언니는 임신보다 이별에 더 힘들어하고 있는 자신에게 실망한다. 사랑이 남아서가 아니라 자신의 사랑이 일방통행이었을지도 모른다는 것에 몸살이 난다. 아이가 생겼을 때 잠시나마 첫사랑이 어떤 결실을 맺게 된 것에 기뻐했던 자신에게 화가 난다. 고등학생임을 알게 되었을 때 멋진 대학생으로 만들어 놓겠노라, 결심했던 순수가 더럽혀진 것에 절망한다.

아이는 고민할 것도 없이 낳기로 한다. 세상에 나오겠노라고,

자신의 뱃속을 최초의 집으로 선택해준 아이를 기쁘게 받아들이기로 한다. 치열하게 고민하는 척, 심명석을 기다리다가 정확히 일주일이 되자 언니는 기다림을 내려놓고 홀로 출산을 통보한다.

언니는 입덧을 하면서 강해지자고 다짐한다. 이별한 것을 무르자고 걸어올 전화를 기다리다가, 이별을 통보받은 사람이 전화를 걸 리 만무지 않느냐고 되물으면서 기다림을 내려놓았다가 그래도 아직은 사랑이 남아 있지 않을까 미련을 들고 치열하게 버틴다. 연락 없는 심명석을 마음에서 매 순간 도려내고, 다음 순간 기다리면서 시소를 탄다. 시소를 타는 일이 익스트림 스포츠보다 더 극한의 고통을 참아내야 하는 일임을 알아간다.

심명석까지 책임져야 할 인생이 될지도 모른다는 생각이 빚어지자 언니는 소스라치게 놀란다. 혼자가 훨씬 편할 수 있겠다고 생각을 고쳐먹는다. 가야 할 먼 길이 보이자 이별이 신의 한 수였음을 깨닫는다. 그 생각 끝에 심명석에게 전화가 걸려온다. 받지 않는다. 문자가 온다. 들썩이는 손가락을 묶어놓다시피 답을 하지 않는다. 카톡이 들어온다. 굳이 확인하지 않는다. 다시 전화가 걸려온다. 마음을 가다듬어 최대한 무심한 목소리로 받는다.

심명석은 다짜고짜 왜 자신의 전화와 문자를 모두 씹느냐고 따져 묻는다. 언니는 이맛살을 찌푸리며 한숨을 내쉰다. 험한 말이

나갈 것을 방지하기 위한 숨 고르기이다. 용건만 말해. 냉랭한 말에 진짜 헤어지는 거냐고, 한풀 꺾인 목소리로 묻는다. 진짜 애낳을 거냐고, 믿을 수 없는 현실을 목도한 사람처럼 묻는다. 몸은 어떤지, 어떻게 지냈는지 언니의 안부는 아웃 오브 안중이다. 배신감과 실망감이 언니 속에서 아우성친다. 어떻게 이런 남자를 골랐을까. 큰딸은 엄마의 삶을 닮는다더니…. 언니는 아빠 없이 자란 자신의 삶을 아이에게 대물림해주는 것에 미안하지 않기로 한다.

막 전화를 끊으려는 찰나 심명석이 치고 나온다. 언니는 몇 번이고 되묻고 확인하면서 고등학교 4학년이 이렇게 어린 나이인가, 포기 단계에 이른다.

"보고 싶어. 우리 아버지한테 말해서 애는 수술하자. 스물두 살에 엄마가 돼서 젖탱이 내놓고 젖 먹이는 꼴 보고 싶지 않아. 나 대학도 가야 되고, 군대도 가야 되고. 그런데 내 새끼가 어딘가에서 크고 있다고 생각하면 졸라 신경 쓰일 것 같아."

"그게 다야?"

"……"

"정말 그게 다야?"

"그러니까 진짜 애 낳을 거냐고!"

"내 애야."

언니는 차갑고 냉정하게 전화를 끊고 내 머리를 쓰다듬는다. 표정 변화 없이, 한숨을 몰아쉬는 법도 없이 가만히 나를 본다. 나는 미동도 않고 언니를 바라본다. 어떤 말이든 해보라는 뜻이다. 들어줄 자세를 취하는 것, 언니가 원하는 것을 알아차린다.

"네가 낫다."

언니는 일련의 이야기를 전부 털어놓고 입을 다문다. 꽤 긴 시간 이야기하는 동안 나는 조바심이 난다. 심명석은 왜 다시 전화를 걸어오지 않는가. 기다리지 않으면서 기다리는 것이 전화라는 것을 남자들은 왜 모른단 말인가. 나는 그만 울어버린다. 언니가 불쌍한 건지 아이가 안 된 건지는 명확하지 않다.

"언니, 내가 공부 열심히 해서 멋있는 이모 될게. 내 조카는 이모를 자랑스러워하면서 크게 할 테니까 언니도 꼭 치과의사 돼."

이런! 감정에 휘둘리는 순간 나는 지킬 수 없는 약속을 뱉고 만다. 아이에게 공부를 잘하는 것이 자랑스러운 이모가 되는 것이라고, 등가관계를 성립시킨 것을 무르고 싶다. 어느새 이 사회의 일원으로, 나라가 조장하고 조작한 대로 세뇌되어 있는 나 자신이 부끄럽다.

공부는 노래나 춤, 그림, 조각, 달리기, 유도, 야구, 축구와 같이 일종의 재능이다. 앞에서도 얘기한 바와 같이 한 교실에 나란히 앉아 수업을 듣지만 누구는 1등하고 누구는 꼴등 한다. 똑같은 출발선에서 달리기를 하지만 누구는 1등하고 누구는 꼴등 한다. 각자 잘하는 게 있다. 잘하는 게 꼭 위대한 일이거나 공부일 필요는 없다. 이모가 날 위로할 때 하는 말처럼 사회는 다양한 계층이 한데 어우러져 섞일 때 조화롭다. 나는 조화를 이루는 데 한몫을 하고 싶을 뿐이다. 그런데 그만 공부를 입에 올리고 만다. 이런 낭패가 있나.

내 능력과 상관없는 공약을 하게 만든 심명석이 한없이 원망스럽다. 사랑은 책임을 동반한다는 것쯤 몰랐을까? 어떻게 그런 무시무시한 질문을 할 수 있을까? 그런 질문을 들은 언니의 마음은 어떨까? 지옥의 문 앞에 서 있는 기분일 것 같다. 분하고 화가 나서 당장이라도 심명석에게 달려가 따귀 한 대를 되게 날리고 싶다. 분이 풀리지 않는 밤. 나는 앞으로 영원히 심명석을 미워할 것이다.

언니한테 한 약속과 태어날 조카를 생각하니 잠이 오지 않는다. 뒤척이다 목이 말라 주방으로 간다. 거실의 불을 켜자 검은 실루엣 하나가 3D 화면처럼 툭 튀어나온다. 엄마야! 저절로 쏟아진 비명을 나는 조심조심 주워 담는다. 맞다, 엄마다. 엄마가 거실에 덩그러니 앉아있다. 불도 켜지 않고, 나를 보고도 못 본 척 정면을 응시하고 있다. 양말을 겹겹이 신고 이불을 두르고 있지 않았더라면 밀랍 같았을 거라고, 나는 잠시 엄마를 훔쳐본다.

엄마가 보는 벽을 본다. 양 한 마리, 양 두 마리, 양 세 마리……. 엄마는 몇 마리의 양을 불러 모았을까? 엄마의 눈엔 떼를 지어 다니는 무수한 숫자의 양들이 보이긴 하는 걸까? 잠이 안 오는 엄마를 이해한다.

나는 한 마디도 건네지 않고 주방 불을 끄고 방으로 돌아온다. 엄마 머릿속에, 가슴 속에, 뱃속에… 우주의 고민이 들어찬 것을 안다. 잠이 오는 것이 더 이상한, 슬픈 현실이 비감하게 흘러간다.

거실이 신경 쓰이는 동시에 나는 옆방의 언니를 떠올린다. 엄마를 밤새 거실에 앉혀놓고 언니의 잠은 근심 없이 깊은 걸까? 심명석에 대해 푸념을 해야 했던 언니의 실의를 아는 나로선 그 잠이 달고 곤하기를 빈다.

나는 거실에 고인 짙은 고민과 상관없이 조카가 생긴다는 꿈에 부푼다. 이모가 된다고 생각하면 뿌듯한 뭔가가 심장에 차오른다. 태어날 조카를 기다리고 상상하고 뒹군다. 깔깔깔. 사내아이 하나를 가운데 놓고 네 여자가 웃는다. 네 여자가 손을 벌려 서로 자신에게 오라고 소리친다. 뒤뚱뒤뚱 걷는 사내아이는 엄마인 언니를 지나 내 품에 안긴다. 아, 달짝지근한 분유 냄새…. 나는 조카를 품에 안아 일으키며 특유의 아기 냄새에 흐뭇해한다.

겨울 햇볕이 과열된다. 달궈진 유리창이 쨍, 갈라지는 소리가 난다. 불현듯 눈 떠보니 베개를 끌어안고 잠들어있던 내가 보인다. 베개였구나. 갑자기 아침이 시시해지면서 신경질적으로 베개를 밀쳐놓는다. 꿈이었는지 상상이었는지, 사내아이는 무척 예뻤다. 이모의 태몽은 딸이라고 했는데, 나는 사내아이를 기다린다. 금남의 집에 태어날 사내아이는 우리들의 사랑을 독차지하게 될 거라고 확신한다. 일단 이모와 이모할머니는 새 생명 편이다.

뿌듯해지면서 온 힘을 다해 기지개를 켠다. 나를 이모로 만들어 줄 언니와 언니 배 속의 아이에게 무한한 애정을 보낸다. 가족이 불어난다.

광화문에서 맞이한 2월은 일찌감치 봄을 앉혀놓았다. 마음이 그렇다는 것이다. 아직 겨울은 기승을 부리며 영하의 날씨를 바람의 꼬리마다 묻혀놓았다. 2월은 봄인 척, 의뭉스럽게 미세먼지를 온 도시에 깔았다. 미세먼지는 비염과 인후염을 달고 살게 했다. 따끔거리는 목 때문에 나는 자주 물을 마셨다. 엄마는 카페 출입문을 닫은 채 손님을 받았다. 이른 봄바람은 누렇고 뿌옇게, 위험천만하게 몸집을 불렸다. 몸은 점점 물에 불어나듯 자꾸 옆으로 퍼졌다. 이모는 살이 더 찌면 생리가 더 늦어질 텐데, 말로만 걱정할 뿐 온갖 맛있는 것들을 내놓는다. 언니를 위해서 차린 음식을 내가 먹는다.

겨울 끝자락에서 이모는 기다리던 전화를 받는다. 임 아저씨다. 거봐, 하지 않으니까 하잖아. 나는 언니 말이 맞았음을 온몸으로 환영하여 확인시킨다. 이모가 배시시 웃으며 외출 준비를 한다. 두 볼은 발그레하다. 오십이 무색하리만치 소녀, 소녀하다.

"유산됐다고 했더니 그제야 몸 관리 좀 잘하지 그랬냐고 내 손을 잡으면서 지랄 떨더라. 임신했다고 할 때는 겁먹은 표정으로 어떡할 거냐고 묻던 새끼가. 어머, 개새끼!"

이모는 데이트를 마치고 돌아와선 내내 투덜거린다. 낭랑하게 목소리를 높여 욕을 뱉는 이모를 물끄러미 본다. 생각에 생각을 입혀 신중해지려 해봐도 이모는 지금이야말로 헤어질 때다. 욕을 하고 뒷담화를 까면서 사랑하는 사이가 유지될 수 있다는 건 불가능한 일이다. 그런데 욕을 하는 이모의 표정엔 뭔가 모를 뿌듯함이 엿보인다. 아, 사랑의 아이러니여. (인생의 모순이 이야기를 만든다.)

상상임신이었다고 어떻게 말하느냐고, 고민하며 구두를 꿰어 신던 이모는 기어이 둘러댈 말을 찾아낸 모양이다. 나는 괜히 부끄러워진다. 엄마와 이모가 나한테 한 말 중에서 제일 많이 한 말은 거짓말하지 말라는 것이었다. 거짓말이 제일 나빠. 네 마음이 지옥에 빠지는 일이야. 거짓말을 하고도 지옥에 빠지지 않는 마음은 악마밖에 없어. 넌 예쁜 천사니까 거짓말하지 않을 거지?

울지 마. 우는 건 엄마가 두 번째로 싫어하는 일이야.

엄마와 이모의 사랑에 힘입어 나는 되도록 울지 않는 아이로 자란다. 모든 현상은 가능하면 있는 그대로 이야기하며 자란다. 그 바람에 친구들 사이에서 융통성 없는 애가 된다. 이런 내 성정은 때로 적을 만들기도 한다. 그런데 거짓말하지 말라는 당사자가 저토록 능청맞게 융통성으로 포장한 거짓말을 지어내다니!

이모, 이모 마음엔 지금 지옥이 들어선 거야? 물으려다 만다. 질문이 참 고약하다. 한 번 생각해보길 잘했다고, 나는 목울대를 간지럽히는 질문을 꾹꾹 눌러 내린다.

평화를 되찾은 이모와 임 아저씨는 다시 열렬한 관계가 된다. 손깍지를 끼고 나란히 걸어 임 아저씨는 이모를 한정식집에 데리고 가 앉힌다. 유산도 출산이나 다름없다고, 한상 잘 받아준 뒤 굴비를 발라 밥 위에 올려준다. 사실은 잘 키워보려 했다는 임 아저씨 말에 이모는 눈시울을 적신다.

돌아오며 이모는 뒤늦게 부아가 치밀었다고 토해낸다. 거기서 쏘아붙이지는 못할망정 눈시울을 적신 자신이 그렇게 미울 수 없다고 한다. (오, 이런…! 화낼 곳이 틀리지 않았는가.) 그리하여 나는 지금 욕받이가 되어 있다. 아무래도 이모가 임 아저씨를 좀 더 사랑하는 모양이다.

이모의 임신에 대한 열망이 숨 죽은 배추처럼 시들어 보인다.

내 희망 사항이 그렇게 보도록 조장한 까닭이겠지만 더는 드러내놓고 꿈꾸지 않는 이모의 침묵이 일견 고맙다. 이모는 큰조카의 입덧을 안타까워하는 한편 부러워하면서 돌보기에 매진한다. 어디까지 하나, 서로 내기라도 하는 듯 끊임없이 먹고 싶은 것을 주문하고 전투 치르듯 사다 나르고 만들어 대령하며 랠리가 이어지는 중이다. 언니 배 속의 아이는 정말 희한한 것들을 먹고 싶어 한다. 닭발, 족발, 곱창, 감자탕….(아, 머찐 녀석! 멋진, 이라고 쓰면 맛이 달아나는 느낌적인 느낌이다. 그러니 머찐, 이라고 쓴 것을 이해하시라.)

"데리고 들어와 살면서 네가 공부시켜 대학 보내든가 해야 되지 않겠니? 공부가 영후랑 맞짱 뜬다며? 엄마는 치과의산데 아빠가 고졸이면 그거 진짜 웃겨진다. 끝까지 못 살아."

이모는 초조한 속내를 감추지 못하고 입술을 자꾸 핥는다. 언니는 그런 이모를 물끄러미 바라본다. 나는 언니 동공이 저리 깊었나, 낯선 감정에 괜스레 울적해진다. 엄마를 준비하는 얼굴이 저런 걸까? 언니 얼굴에서 엄마 얼굴을 찾아내자 마음이 신산 해지더니 언니로부터 자꾸 뒷걸음질 친다. 언니와 거리가 생긴다. 그 거리는 나날이 벌어진다. 왠지 서글픈 반면 마음이 충만해진다. 이모가 된다.

심명석은 뭐 하고 지낼까? 후회하고 있을까? 자신이 얼마나 무서운 말을 했는지 정도는 알고 있을까? 심히 명석하지 못한 머리와 태도를 가진, 성이 안 씨였으면 놀려먹기 딱 좋았을 안명석, 아니 심명석은 언니의 침묵 뒤에서 감감무소식이다.

스물두 살의 여자가 입덧과 출산을 혼자 해내겠다고 통보했을 때 대학입학에 실패하고 재수를 해야 할 스무 살의 남자는 어떤 마음일까? 나는 무서울 것 같다고, 아주 조금 어린 아빠를 측은해 한다. 임신과 출산을 통보받았을 때 보인 불친절한 태도는 덜 여문 탓일 거라고, 너그러워지기로 한다. 언니에게 벌어진 일이 결국 자신의 일임을 받아들이는 중일 거라고 믿고 싶어진다. 모든 일엔 과정이 필요한 법이다.

심 원장님과 썸을 타던 엄마의 충격을 언니는 알까? 집안 돌아가는 일에 관심이 없으니 자신의 연애가 엄마와 어떻게 엮였는지 짐작도 못할 것이다. 낱낱의 사실에 도착했을 때 언니의 태교를 망치게 될까, 괜스레 아슬아슬하다. 이럴 땐 모르는 게 약인데…

여전히 미스터리인 엄마의 배 속을 떠올린다. 지축이 흔들릴 정도로 돌아버릴 일이 생기고 있는지도 모른다. 머리가 지끈거리고 심장이 쿵쾅거린다. 손이 떨리기도 하고 무릎이 꺾이기도 한다. 나는 반전을 꿈꾼다. 막장이되 착한 막장이 되는.

아무튼 엄마는 내실 문 앞까지 최단 거리로 심 원장님을 배웅한 이후 입을 닫는다. 마주 앉은 밥상에서조차 최소한의 대화도 나누지 않는다. 입덧하는 언니를 고집스레 외면하며 지독한 침묵으로 버틴다. 나는 침묵의 색깔을 알아내지 못한 채 침묵에 동참한다. 말 한마디 잘못 꺼냈다가 불똥이 튀면 나만 손해다.

집 분위기는 카멜레온같이 변화를 거듭한다. 순전히 이모 한 사람이 만들어내는 원맨쇼의 결과물이다. 새로운 목숨에 대해 기대를 품었다가, 남자 쪽 집안의 침묵을 성토했다가, 태몽이 언니의 것이면 금녀의 집이 공고해진다며 흥분했다가…, 수다는 멈추지 않는다. 그 날들 동안 엄마의 입은 열릴 줄 모른다. 이모는 엄마가 심명석과 그 아기까지 책임져야 할 상황이 생길 수도 있겠구나, 깨달음을 탄식처럼 뱉은 뒤엔 언니에게 유산을 종용하기도 하고, 산부인과 병원에 쳐들어가 볼까 눈치를 살피며 묻기도 한다. 여전히 엄마의 입은 열릴 줄 모르고 이모의 입은 닫힐 줄 모른다. 스무 살의 성인들이 저지른 일이니 저들이 내린 결론을 따라야 한다고 스스로를 설득하다가 도리질을 치기도 한다. (오, 분주한 이모 같으니!)

언니는 조심조심 태교에 애쓰는 한편 과외 아르바이트를 시작한다. 출산에 들어갈 돈은 자신이 벌겠다고 선언한 뒤 바로 행동에 옮긴다. 늦은 밤, 입시생을 가르치고 돌아와 저녁 먹은 것을 토해내고 있으면 이모는 냉큼 따라 들어가 등을 두드린다. 그때마다 이모는 노발대발한다. 왜 한 번 들여다보지 않느냐는 게 요지이다.

언니가 심명석을 찼다고, 그들은 이미 남이라고… 힌트라도 줘야 하는 거 아닌가, 고민이 깊어진다. 언니가 얼마나 치열하게 한 사람을 차 놓고 그 사람의 전화를 기다리고 있는지, 얼마나 치열하게 눈물을 집어넣기 위해 애쓰고 있는지, 얼마나 힘을 모아 버티고 있는지… 이모는 모른다. 알면서도 모르고, 몰라서도 모른다.

다리가 부었다며, 늦잠에서 빠져나온 언니가 절뚝이며 거실로 나온다. 자고 일어난 사람의 얼굴이 부석부석하기 짝이 없다. 게다가 눈 그늘이 짙다.

"심 원장인지 의사 놈인지 그거 아주 웃기는 놈이시네. 아니, 지 아들이 사기 쳐서 남의 귀한 딸이 애를 가졌는데, 그거 알고 간 놈이 왜 여태 감감무소식이라니? 너 그대로 두고 볼 거야? 젬마 고아니? 엄마 없어? 나 진짜 쳐들어가?"

이모가 마침내 폭발한다. 엄마는 대답하지 않는다. 움찔도 하지 않는다.

"야, 황젬마! 너 머리 좋잖아? 지금 이 시점에서 뭘 해야 하는지 알지? 그 집에서 아무 소식 없으면 더 늦기 전에 애 떼! 미혼모는 신세 망치는 지름길이야."

"낙태는 살인이라며? 이모 지금 살인 교사하는 거야?"

언니는 한 마디를 남기고 욕실로 들어간다. 이모는 자신이 했던 말이 부메랑 되는 것에 옴짝달싹하지 못한다. 언니가 외출을 준비하는 동안 나는 학원 갈 준비를 한다. 길었던 겨울방학이 드디어 끝나는가 싶더니 4일 만에 종업식을 한 학교는 3주의 긴 봄방학에 들어간다. 4일간의 학교생활은 시간 때우기로 채워진다. 철 지난 영화를 상영하거나 (핸드폰으로도 충분히 볼 수 있는 오락영화를 굳이 학교에서 시간 내서 보는 이유를 도무지 모르겠다.) 자율학습이라는 이름하에 무질서한 4교시가 끝나면 우리들은 하교한다. 서로에게 낭패스러운 질문을 나누며 우리는 교문을 나선다. 우리, 학교 왜 왔니?

어느 때보다 공들여 화장을 하고 몇 번의 옷을 갈아입어 보더니 엄마가 외출한다. 카페의 계산대에 이모를 세운 걸 보면 꽤 시간이 걸리는 모양이다. 나는 엄마의 행선지를 짐작한다. 심 원장님은 열흘의 침묵을 깨고 전화를 걸어온다. 의논을 빙자한 마지막 데이트에 나서는 엄마의 마음을 헤아려본다.

"애 떼라고, 직접 자기 손으로 수술하라고 그래. 젬마 너처럼 살게 할 순 없잖아. 난 가슴 아파 그 꼴 못 본다. 게다가 앞길 창창한 애야. 살다가 헤어질 게 뻔한데, 나중에 왜 안 말렸느냐고 원망 듣느니 지금 원망 듣는 게 나아."

이모는 임신 4개월을 넘기기 전에 빨리 언니를 수술대에 눕히라고 채근한다. 나는 이모의 말이 무서우면서도 언니가 그렇게 하길 내심 바란다. 아이한테 언니를 뺏긴 것 같은 기분이 불쑥불쑥 들어설 때마다 그 바람은 조금 더 거세진다. 우울증에 깊이 빠질 것 같은 날이면 배 속의 아이를 향해 적확하게 모국어로 표현이 되지 않는 원망을 퍼붓기도 한다. 이럴 때면 이모가 되고 싶은 마음 따위 감쪽같이 사라진다.

아빠의 어머니, 그러니까 할머니가 내게 놀러 오라고 전화를 걸어오지만 중3이 되는 것을 핑계로 완곡하게 거절한다. 언니가 달라지고, 집안 분위기가 이렇게나 무거운데 어디를 간단 말인가. 할머니는 서운해하지 않는다. 그 기분이 전달되면서 마음이 조금 가벼워진다.

엄마는 몰고 나간 승용차를 산부인과 병원 주차장에 세우고 심 원장님이 운전하는 승용차에 탄다. 심 원장님은 두물머리로 행선지를 정한다. 겨울 강가에 나가 선 중년의 두 양갓집 부와 모는 오래도록 할 말을 꼬깃꼬깃 접어둔 채 먼눈을 준다. 둘 사이에 언 강이 흐르고 침묵이 고이는 동안 마음은 석고처럼 굳어간다. 엄마가 먼저 말을 꺼낸다.

"나는 내 딸이 자랑스러워요."

"석이가 요리를 배우겠답니다. 주방에 취직이 될까요?"

"······?"

"주방에서 먹고 자면서 젬마의 학비를 자기가 대겠다고··· 아기 기저귀 값, 분유 값도 자신이 책임지겠다고 하더군요. 어차피 공부도 재능인데, 자기한텐 없다고. 고 삼이 나이트클럽 다닌 거 보면 뻔하지 않겠습니까?"

엄마는 심 원장님이 낯설다. 낯선 감정에 휘둘리는 자신의 현재도 낯설다. 마른 목소리는 모범답안을 내놓는 사람일 뿐, 온도가 전달되지 않는다. 사람에겐 저마다의 온도가 있다고 믿는 엄마는 한기에 이가 덜그럭거린다. 앙다물고 옆으로 반걸음 떨어지면서 심 원장님과 거리를 둔다.

"데릴사위가 가능하겠냐고 묻는 거라면, 제 대답은 노우예요. 물론 민며느리도 싫습니다."

엄마는 놀란 표정을 하고 선 심 원장님의 시선을 비켜 생각에 잠긴다.

몇 해 전 가을, '다시는'이라는 말이 김 대표에게 가서 흔들렸을 때 엄마는 알았을지도 모른다. (김 대표는 와인 수입업을 하던 회사의 대표님이시다.) 김 대표 장례식에 참석하게 될 날이 올 것을. 김 대표를 생의 근처에 세워둔 채 두려움과 망설임의 그네를 타면서 엄마의 마음은 한쪽으로 기울었었다. 엄마의 변화를 알아챈 김 대표는 한 눈금씩 마음속에 들어오더니 어느새 다른 삶을 보게 했다. 남자의 그늘에서 오래도록 살아보고 싶다, 엄마는 버려두었던 꿈을 다시 품었다.

공교롭게도 정성스런 구애에 못 이겨 밥 한번 먹어준 다음 날, 김 대표는 고속도로에서 3중 추돌의 희생자가 되었다. 엄마는 모골이 송연해지면서 다시는 아무도 만나지 않으리라, 결심했다. 김 대표와 식사만 안 했어도 죽지 않았을 거라는 게 엄마의 아픈 생각이다.

사랑이랄 것도 없는 남자였지만 장례식은 슬픔 없이 보기 힘들다. 자신 때문일지도 모른다는 생각에 마음이 꺾이더니 무릎이 꺾이고 중심을 잃고 쓰러질 뻔했던 엄마는 겨우 버티고 서선 눈물을 살짝 찍어냈다. 화장장까지 따라온 문상객들이 일제히 눈물을 찍어 냈으므로 눈치를 볼 필요는 없었다. 그래도 김 대표의 아이들이 볼세라 얼른 눈물을 찍어내곤 혀를 쯧쯧 차며 제 3자인 척했다. 3자였으므로 3자인 척했다.

세 번째이다. 남편이었거나 남편일 뻔했던 세 남자를 모두 잃었다. 잃은 것인지 버려진 것인지는 분명치 않다. 다만 혼자 남았다는 사실만이 명징하다. 그 날들 끝에 만난 심 원장님을 두고 엄마는 썸의 입구에서 장고했다. 삶이 또다시 격랑에 휩싸이게 될까 두려워 저어했던 날 동안 힘들게 시소를 타는 마음의 균형이 깨지지 않도록 안간힘을 썼다. 시소에서 내리고 싶을 때마다 사랑=결혼=죽음=과부의 길이 환영처럼 보여서 내딛으려던 걸음을 재빨리 거두었다. 다행이다. 아쉬움이 길게 따라붙지만 적어도 막장은 피했다는 안도의 한숨이 나온다.

심 원장님을 본다. 팔짱을 끼고 수심 깊은 눈을 어디에 둘지 몰라 헤매는 모습을 보자니 달래주고 싶은 마음이 일렁인다. 심 원장님은 장수할지 모른다는 안도가 똬리를 튼다. 설핏 웃음이 스며들기도 한다. 저도 모르게 생긋 웃어버린 엄마를 심 원장님은 아프게 바라보다 시선을 떨군다.

심 원장님은 생각에 잠긴다. 일련의 일들이 순차적으로 되살아나면서 그날들 속으로 생각과 시선이 들어간다. 몇 년은 살아낸 것 같은데 불과 두 달 사이에 벌어진 일이다. 아니다. 근본적으로 들어가면 반년 사이에 벌어진 일이다.

아들은 막 중학생이 되었을 때 엄마를 잃었다. 사춘기는 손쓸 새 없이 왔다. 성적은 미끄럼을 타고 바닥에 가라앉았다. 더는 공부에 취미를 붙이지 않을 것을 알았다. 방황하는 아이를 어쩌지 못한 채 돈으로 물량공세 하면서 엄마의 빈자리를 대신해주고 있다고 믿었다. 아빠와의 시간을 이제 더는 바라지 않지만 아이는 중학교 3년 내내 자신을 기다리며 현관에서, 자신의 침대에서, 소파에서 잠들어 있기 일쑤였다.

기다림을 포기한 아들은 밖으로 돌기 시작했다. 아들이 여자

만나고 다니는 것을 알았으나 연상의 대학생인 줄은 몰랐다. 춤 추러 나이트클럽에 다니며 자신보다 늦은 귀가를 할 때 술, 담배 냄새가 흐릿하게 날 때 더 멀리 나가지 말 것을 주문했을 뿐, 기다리는 아들이 없다는 것에 안도하기도 했다. 아이돌 가수를 꿈꾼 것도 아니요 학교 폭력배 노릇을 한 것도 아니므로 군대 다녀와 정신 차리면 공부도 하고 인생을 제대로 살아줄 줄 알았다. 그래서 눈감아줄 수 있었다.

쭈뼛쭈뼛 주위를 맴돌던 아들이 연상의 대학생이 아이를 가졌다고 실토한다. 돌아버리기 직전까지 간다. 여자를 설득해서 데리고 올 테니 아버지 손으로 낙태를 해달라고 당당히 부탁해올 때는 손찌검을 올리고 만다. 언성을 높이는 중에 자신도 대학생이라고 사기 쳤다는 말엔 아들을 잘못 키웠나, 깊이 반성한다. 그날로부터 삶이 떠 넣는 쓴 입맛에 잠자는 것도 잊고 실의에 빠진다.

아이를 가진 여대생의 엄마가 자신을 만나고 싶어 한다는 전갈을 듣는다. 그 엄마를 어떻게든 설득해서 낙태를 시켜야겠다고 결심한다. 결전을 치를 각오로 집을 나서서 중간 만남의 자리에 도착한다. 선한 인상에 당당한 태도의 여대생은 낯이 익다. 여대생 역시 낯설지 않게 인사한다.

만남의 장소까지 가는 길. 아들을 대하는 여대생의 태도는 이성적이다 못해 차가워 보인다. 무시당하는 아들인가, 버려지는 건가 은근히 걱정이 된다. 탐색하듯 몇 가지 묻는다. 임신에 대한 생각, 입덧에 대한 여부 등의 질문엔 대답하지 않는다. 학교며 전공이며 가족관계에 대해선 덤덤하게 대답한다. 내가 아는 어떤 집하고 비슷하군. 생각하고 만다.

골라서 대답하는 목소리, 말투, 태도 등등 모든 것이 아들에게 과분해 보인다. 왠지 아들의 여자 보는 눈을 칭찬해주고 싶어진다. 아들이 사기 쳐서 만났다는 말에 그럴 법도 하다고, 단숨에 이해해버린다. 그래도 낙태는 시켜야 해. 누그러진 마음 한편, 여대생의 엄마를 설득할 각오를 다진다. <켈리키친> 카페 앞에 섰을 때는 왜 하필 여기인가, 일이 참 공교롭다고 생각한다. 여대생의 엄마가 켈리라는 사실 앞에 닿고서야 여대생이 누구를 닮았는지 알아버린다.

심 원장님은 엄마가 내실로 안내하여 마주 앉을 때조차도 자신이 만나야 할 상대방이 엄마인지 몰랐던 것을 떠올린다. 켈리의 당혹스러워하던 표정을 기억해 낸다. 잠깐의 침묵 뒤 냉랭한 태도를 보인 켈리를 낯설어했던 자신의 바보스러움에 생각이 닿는다.

엄마는 말없이 앞서 걷는다. 심 원장님은 아이처럼 엄마의 그림자를 밟지 않으려 애쓰면서 따라간다. 인근의 커피숍에 자리를 잡고 앉은 엄마는 말없이 한 모금, 한 모금 커피를 넘긴다. 곤혹스러울 만치 사랑에 빠진 청년의 표정을 하고 앉은 심 원장님을 보면서 엄마는 무언가 아주 소중한 것을 놓친 기분에 사로잡힌다.

엄마는 솔의 음성으로 심 원장님에게 손을 내민다.

"동거시킵시다. 애 가졌다고 결혼하라고 하는 건 촌스러운 짓 같고, 그렇다고 애 낳고 결혼시키자, 그건 그때 가봐야 아는 거고, 일단 같이 살게 합시다. 혼자 애 낳을 순 없으니까요. 고맙게도 고등학교 사학년이 됐네요. 고삼이었으면 어쩔 뻔했어요."

엄마는 어린 나이에 언니를 낳은 것에 대해 추호의 후회도 한 적이 없다. 주위의 만류로 언니를 낳지 않았으면 일생 후회했을 거라고, 오히려 안도의 한숨을 내쉰다. 그러므로 언니도 아이를 낳고 키우는 동안 후회하지 않을 것을 믿는다.

"잘했다."

이모는 엄마의 등을 툭툭 두드린 뒤 빈 와인 잔을 채운다. 언니는 양미간을 모아 동의할 수 없다는 표정을 짓는다. 엄마는 언니의 눈치를 살피며 와인을 비운다.

"옥상 창고, 방으로 수리해서 명석이 주기로 했어. 결혼식은 명석이 군대 제대해서 제대로 된 직업 가진 다음에 하는 거로 하고, 안 되면 마는 거고. 우선 동거하면서 네가 가르쳐서 명석이 대학 보내. 부부는 수평의 관계야. 그 관계를 이제부턴 네가 형성해야 돼."

"왜 내 인생을 엄마하고 그 아저씨가 결정해? 걔 돈 많은 백수가 장래희망이라서 나한테 투자한 애야. 지 아버지 병원, 의사들 고용해서 부려먹으면서 나오는 돈으로 살겠다, 그게 미래더라고. 나 걔 싫어."

이런, 새로운 국면이 열린다. 엄마의 눈이 끔뻑끔뻑한다. 이모의 입은 점점 벌어진다.

우리가 지금 엄마의 능력으로 먹고사는 것처럼 심명석은 아버지의 능력으로 먹고산다. 그 아버지의 능력을 아주 오래 사용해서 먹고 사는 게 심명석의 계획이라고 한다. 그게 언니의 자존심을 얼마나 건드리는지 심명석에게 말해줘야 하나, 나는 언니가 심명석에게 실망한 본질을 꿰뚫는다.

"내가 아저씨하고 명석이 데리고 온 것은 엄마한테 뭘 해달라고 해서가 아니라 적어도 애아버지가 막 노는 애는 아니라는 거 증명하고 싶어서였어. 이 애는 내 애고, 나는 나 혼자서 애 낳아 키우면서 살 거야. 자기 인생도 설계할 능력이 없는 애를 나보고 키우라는 건 두 명의 애를 키우라는 뜻이야. 나는 나도 키워야 돼. 난 혼자가 좋아."

"심 원장님하고 엄마가 돕겠다고."

"내가 필요로 할 때 필요한 것을 해주는 게 돕는 거고, 내가 원하지 않는 것까지 손 뻗어 돕겠다는 건 간섭이야. 오버하지 마."

자존심을 내려놓으면 쉬울 수 있는 삶이다. 함께 어깨를 기대고 머리를 맞대고 다투고 화해하고 같이 헤쳐 나가고…… 그러면 생의 맷집은 조금 더 강해질 텐데. 나는 이런 생각을 입 밖으로 내지 못한다.

다시 각자의 방으로 들어간 밤. 어느 시인의 말처럼 (정진명 시인의 〈줄넘기와 비행접시〉) '칼로 그은 수평선과 굳게 다문 지평선이… 제게 돌아오는 줄을 돌리며 일 년 뒤 되돌아올 먼 길을 간다. 그 줄넘기에 힘입어 사계절이 오가고 달이 함께 돌고 해가 따라 돌'며 우선 아침이 온다.

어떻게 학교 측을 설득했는지 아니면 그냥 통보를 했는지 언니는 개학 준비를 한다. 배부른 몸으로 학교에 다닐 생각을 한 것은 왠지 특별해 보인다. 언니는 몇 군데 전화를 넣어 친구들에게 자신의 상황을 설명하는 것으로 오전을 보낸다. 오후엔 추가로 과외 할 곳을 알아보느라 내내 통화 중이다. 출산준비물을 비롯한 출산비용 일체를 자신이 마련하겠노라는 의지가 대단하다.

"너 그러다 죽어. 임신중독이라도 걸리면 어쩌려고 그래? 적당히 해."

"펄 벅의 대지를 보면 오란이는 밭매다 집에 들어와 혼자 애 낳고 젖 먹이곤 다시 밭으로 나가서 일해. 그냥 앉아서 가르치는 건데 뭘⋯. 엄살 부리기 싫어."

언니의 말이 끝남과 동시에 현관 초인종이 울린다. 액정 화면 속의 남자를 보자 나는 방으로 들어온다. 이모가 문을 열어주도록 언니는 과외 할 곳과 통화 중이다. 의도적일 만큼 아주 길게.

심명석은 두 손을 앞으로 가지런히 모아 서선 언니의 통화가 끝나길 기다린다. 나는 문에 귀를 대고 거실의 추이를 살핀다.

"과외하지 마. 내가 마련할게."

"네가 마련하는 거야, 네 아버지가 마련하는 거야?"

까다롭긴! 나도 모르게 감탄사처럼 뱉은 말에 저절로 두어 걸음이 물러서 진다. 입을 두 손으로 틀어막고 숨을 죽이는 동안 심장이 쿵쾅거린다. 밖의 걸음이 내 문 쪽으로 올까 봐 침을 삼킨다. 잠잠하다. 다시 문에 귀를 바싹 붙인다. 아무 소리 들리지 않는다. 호기심이 커져버린 손은 문을 아주 조금 연다.

"왜 말을 그렇게 해?"

심명석은 거의 울 지경이다. 언니는 팔짱을 끼고 소파에 기대 어 앉아서선 심명석을 뚫어져라 쳐다본다. 주방 식탁 의자에 앉아있 던 이모의 엉덩이가 조금씩 들썩거리더니 그들 사이에 끼어든다.

"일단 앉아. 앉아서 얘기해. 벌서러 온 것처럼 왜 그렇게 섰 어?"

"뭘 앉아? 돌아가!"

언니는 거실을 등지고 방으로 들어가 소리 나게 문을 닫는다. 이모와 심명석이 언니의 문 앞에서 몇 번이고 서성이며 문이 열리길 기다리다가 끝내 돌아선다. 이모의 배웅을 받으며 심명석은 폴더 인사를 하고도 아주 오래 현관문 잡은 손을 망설이다가 또다시 폴더 인사를 하고야 겨우 나간다. 심명석이 돌아가는 소리가 나자 언니가 나와선 신경질을 부린다.

"이박삼일도 버티지 못할 거 왜 왔대?"

돌아가라고 해놓고 갔다고 신경질을 낸다. 가라는 말은 더 매달려달라는 말에 불과함을, 그래서 말을 아주 잘 들은 심명석은 돌이킬 수 없는 실수를 한 것임을 도무지 모를 것이다. 사실은 나도 모른다. 서슬 퍼런 명령을 어길 재간이 나에게도 없다.

봄비다. 엊그제 입춘이더니 오늘 비가 내린다. 다음 주에 예고된 영하의 날씨를 생각하자면 겨울비가 어울릴 터다. 하지만 약한 불에서 끓는 물처럼 얌전히 수증기를 피워 올리는 모양새는 영락없이 봄비다.

점심 장사를 마치고 집으로 올라온 엄마는 방방마다 돌아다니며 창문을 열어젖힌다. 겨우내 환기를 시키지 못한 방들은 두껍고 꾸둑꾸둑한 공기를 껴안고 있다. 비를 털고 들어온 바람은 두리번거리더니 이내 문제 될 것 없다는 듯 거실을 여유롭게 돌아다닌다. 바람에게 제 설 자리를 잃어버린 공기의 각질들이 바깥으로 밀려난다. 후터분함이 가시더니 어느새 커피 향에 섞인 맛있는 공기가 느껴진다.

쓴맛을 배반하는 향기에 끌려 나는 조심조심 소파 한구석에 앉아 텔레비전을 켠다. 엄마는 따뜻한 커피를 마시면서 자꾸 이마의 땀을 닦아낸다. 나는 엄마의 삶에 오한이 드는 것으로 본다. (이쯤에서 나는 엄마의 생이 내 것이 아닌 것에 감사한다.) 아무것도 해결되는 것 없이 나날이 산적해가는 고민거리들을 어쩌면 좋단 말인가. 결국 치울 사람은 엄마밖에 없다.

커피를 반쯤 비우도록 엄마는 말이 없다. 반으로 줄어든 향기에 아쉬움을 느끼며 더 크게 심호흡을 해서 커피의 향기를 들이마신다. 그때 시장바구니 두 개를 힘겹게 들고 이모가 들어온다. 나는 냉큼 달려가 바구니 하나를 받아든다. 일종의 생존 본능이다.

"심 원장하고 통화했니? 젬마 뜻, 거기도 알아?"

"명석이가 다녀갔으니 알겠지."

"근데 전화가 없다고? 그쪽 진짜 이상한 사람들이다. 너 그렇게 이상한 사람하고 썸 탄 거니?"

"언니!"

"귀 안 먹었어, 얘. 뱃속은 어떻게 된 거야? 부자지간하고 모녀지간에 나란히 씨 뿌리고 받은 건 아니었던 거지?"

"애 앞에서 못하는 말이 없어. 사람이 왜 그래? 그런 일 없었어. 손도 안 잡았어!"

이모는 엄마가 도대체, 왜 산부인과 진료를 받았는지 모르겠다는 표정으로 엄마의 무릎에 거의 닿을 듯이 앉는다.

"근데 왜애…? 왜 산부인과 진료를 받았어? 너…! 혹시 자궁암이니?"

엄마가 말을 잃고 이모를 바라본다. 순간 무서워진다. 나는 그만 울어버린다.

엄마의 산부인과 진료 결과는 아무도 모른다. 아직도 엄마는 함구 중이다. 비밀은 때로 은밀하게 스릴을 즐길 수 있는 꺼리가 되기도 하지만 공포로 오금이 저리기도 한다. 엄마의 일은 전자도, 후자도 아닌 두려움과 슬픔이 된다.

"아니… 그렇잖아. 젬마는 확고하게 애 낳는다 하고, 저쪽도 어느 정도 책임질 생각은 있는 것 같고, 내 일은 물 건너갔고, 젬마 때문이면 젬마를 족쳐야 되는데 젬마는 거들떠도 안 보고…. 너 무슨 일 있는 거잖아. 매일 밤 거실에 나와 시체처럼 앉아있지 않으면 식은땀 뻑뻑 흘리면서 고민 때리고 있고…. 뭐니?"

"아, 정말… 언니는 나날이 지랄이 새로워진다."

엄마는 한심하다는 표정을 거실에 뿌려놓고는 저녁 장사한다고 휭 하니 나가버린다. 이모가 나를 붙들고 묻는다. 뭐 아는 거

있느냐고. 우리는 머리를 맞대고 추리를 시작한다. 추리소설 작가를 해볼까, 나는 나의 재능을 발견하곤 이모를 리드하여 상상의 나래를 편다.

언니의 임신 소식에 엄마가 낙태 수술을 받은 게 아닐까, 이것이 첫 번째 상상이다. 잃어버린 아이에 낙담하여 매일 저러고 있는 것이라는 말에 이모는 그럴듯하다고 고개를 끄덕인다. 사돈지간에 남사스러운 일이 생겼다고 혀를 차며 "어떡하니? 어떡하면 좋나?" 전시성 짙은 한탄을 남발한다.

심 원장님과 재혼까지 생각했던, 엄마의 미래가 잘려나간 것에 절망하는 것이 두 번째 상상이다. 심 원장님과 엄마의 연애는 은밀했지만 신뢰성 깊게 이루어졌을 것이라는 짐작 끝에 이모는 심 원장님이 언니를 따라 카페에 들어서던 날의 표정을 상기한다. "맞아, 맞아. 절망적인 표정이었어. 세상 전부를 잃어버린 표정이었다고." 이모의 혼잣말은 내가 거실에 앉아있을 때 흘러나왔다. 나는 심 원장님의 표정보다 심 원장님이 들어설 때의 엄마 표정이 더 상세하게 떠오른다. 포커페이스를 해야 했던 엄마의 절박함을 이모는 모르는 모양이다. "젬마가 애를 낳지 말고 둘 다 헤어지는 게 맞는 거지?" 질문에 이르렀을 때 언니가 듣고 서 있었음을 알게 된다.

"그 아저씨랑 엄마랑 어떤 관계였다고?"

나와 이모는 비밀을 들킨 사람처럼 도망치듯 거실을 비운다. 언니는 아무도 채근하지 않고 고요히 현관으로 간다. 엄마에게 가는 것이다. 사건의 당사자에게 직행하는 것이 영락없이 엄마 스타일이다.

한 시간이 일 년처럼 흐른 뒤 언니가 돌아온다. 이모와 나는 언니의 입만 바라본다. 무릎에 양손을 가지런히 놓고 처분만 기다리는 모양으로 소파에 앉은 우리에게 희미한 웃음을 흘려보낸다.

"엄마 잘해드려라. 엉뚱한 소설 쓰지 말고. 이모도 철 좀 들어. 아직 생리도 안 하는 저 핏덩어리하고 할 말이 따로 있지."

"그래서 그게 뭔데? 뭐래?"

"사이즈 나오는데 모르겠어? 와… 대단하다."

과외를 마치고 돌아온 언니가 멈춘 것 같은 입덧을 다시 한다. 앉아서 가르치기만 하는데 왜 다리가 붓는 거냐며 투덜거리는데 눈 그늘은 더 짙다.

나와 이모는 언니 주변을 서성인다. 피로하다는 언니를 걱정하는 게 겉으로 드러난 이유이지만 엄마와의 한 시간을 말해달라는 게 정직한 이유인 셈이다. 우리는 언니가 말한 사이즈가 뭔지 모른 채 밤까지 생각에 매달린다. 답은 자궁암이다. 우리는 현실을 부정하면서 엄마의 생을 시한부로 만들어버린다. 그러나 언니가 웃지 않았는가.

"생리하는 여자와 생리하지 않는 여자로 나뉜 우리 집이네."

언니는 피식, 한 마디를 흘린다. 나와 이모는 동시에 눈이 마주친다. 이건 뭐지?

8. 전야

    어른들의 합의는 물 건너간 채 미세먼지로 가득한, 계절의 여왕은 개뿔인 5월이 온다. 아무도 계절을 향해 찬사의 말을 건네지 않는다. 뉴스를 보면서 이모는 자신에게 없는 재능을 발견했다며 매 순간 욕을 해댄다. 이모의 입에서 욕이 퍼레이드 되는 것을 본 적은 없지만 그렇다고 해서 이모가 욕을 안 한 건 아니다. 그러므로 없는 재능을 발견했다고 하는 것은 어불성설이다. 이모의 욕으로 도배된 5월 첫날, 나 역시 욕으로 5월을 연다.

    중간고사 점수의 꼬리표를 받아들자 학원을 왜 다니는지 모르겠다는 평소 이모의 말이 내 입에서 나오면서 추임새로 욕이 붙는다. 이제 젠장! 정도는 욕 축에도 못 낀다.

이르게 찾아온 더위에 언니는 입덧을 들고 학교+세 군데 과외에 다니더니 그로기 상태에 이른다. 다리가 붓는 건 예사이다. 이모가 걱정을 늘어놓으면 아직은 버틸 만하다고, 말은 그렇게 하면서 침대에 기절하듯 쓰러져 잔다.

아침이면 옷 입는 전쟁을 치른다. 조금씩 배가 나오면서 기존의 옷을 입을 수 없게 되자 입었다 벗길 여러 번, 낭패한 표정을 짓는다. 배 안 나오고 출산하는 법은 없느냐고, 어리석은 질문을 여기저기 뿌리고 다닌다. 이대로 몸매가 영원히 망가지게 될까 봐 몹시 두려운 모양이다. 자신의 두려움이 아이에게 전달될까 봐 그 역시 두려워한다. 무엇 하나 자유롭지 않은 현실에 비로소 임신의 무게에 눈뜬다. 현실로 다가온 출산을 떠올리며 공포에 휩싸이기도 한다. 이모는 한 번도 해보지 않은 일을 조카가 하는 것에 대단히 부러운 눈치다.

엄마는 자신이 할머니가 되는 것이 구체화되는 것에 심히 불만이다. 언니의 불러오는 배를 보면서 나가 살지 않겠느냐고, 몇 번이고 진심으로 묻는다. 매일, 매 순간 할머니 소리를 들으며 살기보다 이따금 듣는 게 훨씬 정신건강에 이로울 것 같다며 절망적으로 한숨을 내쉰다. 그때마다 언니는 신경질적으로 쏘아붙인다. 할머니 소리 안 듣는다고 할머니 안 될 것 같아? 엄마 맞아?

노망났어? 왜 자꾸 한 말 또 하고 또 하고 해?

엄마의 마음을 이해하지 못한 채 언니는 날선 말을 던진다. 엄마 없이 어린 엄마가 되어야 하는 그 절박함을 이해 못하는 것은 아니나 그래도 곱게 매달리면 좀 좋겠는가, 나는 머리만 좋은 언니를 안타까워한다.

엄마가 가족을 불러 모은다. 표정으로 보아하니 무언가 중대 결심을 한 모양이다. 이모는 흥미진진한 표정으로 소파에 앉은 엄마와 마주 볼 수 있게 거실 바닥에 앉는다. 표정 하나 놓치지 않고 이야기를 듣겠다는 뜻이다.

"다 나가라. 영후는 내 손이 아직 필요한 애니까 나가라고 할수 없고, 언니랑 같이 사는 거 이제 더 안 할래. 젬마 너도 네 새끼하고 살 집, 알아봐. 각자 살자."

"새끼 다 키워줬더니 이제 나가라고? 나는 너 돌보는 게 내 직업이었어."

엄마는 콧방귀를 낀다.

"아, 직업이었어? 그럼 퇴직하면 되겠네. 이건 퇴직금."

이모는 자신의 말에 아차 하지만 이미 돌이킬 수 없다. 흙빛으로 변하는 이모의 얼굴에 공포가 어린다. 엄마는 아랑곳하지 않고 언니 앞으로도 통장을 내민다. 언니가 통장을 엄마 앞으로 밀어내는 동안 이모는 통장의 안을 살핀다. 그러더니 엄마 앞으로 던져버린다.

"치킨집하면서 살 돈 되잖아."

"너는 이 건물 다 갖고?"

엄마가 또다시 콧방귀를 낀다. 이모의 학력과 외모로 할 수 있는 일이란 제한적이라는 사실은 나도 안다. 그래서 엄마가 나한테 공부하라는 말을 되풀이하는 것도 안다. 대한민국이라는 나라는 워낙 훌륭해서 자격증 하나 없이 지방 구석진 어느 곳에 붙어있는 여상을 졸업한 여자에게 번듯한 직장을 준 적이 없다. 이모는 언제나 엄마의 것을 나누며 살아왔다. 물론 엄마가 따로 적금을 붓는 동안 이모 역시 자신의 몫으로 딴 주머니를 차온 사실을 엄마도 안다.

"내가 말 시작하면 이 통장까지 압수하고 내쫓는 수가 있어. 돈 받고 곱게 나갈래, 쫓겨나갈래?"

모멸감을 느낀 이모가 뛰쳐나간다. 나는 엄마의 손을 가만히 잡는다.

"내가 심했다. 그래도 이건 아니야. 난 이모의 엄마도 아니고 언니도 아니야. 그런데 평생 부모처럼 언니를 수발드는 거, 이제 싫어. 너희들, 이모가 아니었어도 충분히 키웠어. 어쩌면 더 잘 키울 수도 있었어. 갈 곳 없이, 직업도 없이 나한테 붙어 있으려니 너희들한테 애정을 쏟은 거야. 말 듣고 보니 애정을 쏟은 게 아니라 너희들한테 근무한 거였네. 그러니까 키워준 은혜 어쩌고저쩌고 소리는 하지도 마. 젬마 너도 그래. 네 배가 불러올수록 내 심리적 압박감은 더 커져. 할머니 되는 게 싫다고 한 건 가장 쉽게 둘러댄 핑계였어. 근본적인 이유는 저 아이까지 내가 육아 비용을 도맡아야 되는 건가? 그 질문 하나야. 네 대학등록금도 여전히 대야 하고, 생활비도 대야 하고, 이모의 데이트 비용까지 대야 해. 목이 졸리는 느낌을 끌어안고 버티는 짓, 그만할래. 난 네 나이에 가족들 책임졌어. 넌 나보다 똑똑하니까 더 잘해 낼 거야. 혼자 하다 안 되면 저쪽 집에 기대도 되고. 엄마 좀 쉬게 해줘. 나가 살자. 한 달 줄게. 종강하는 대로 나가."

이따금 퇴근길에 <켈리키친>에 들른 심 원장님은 내실에서 고요히 식사를 하며 언니의 상태를 묻고 간다. 사돈이 아닌 채 사돈이 되어버린 엄마와 심 원장님의 태도는 눈에 띄게 형식적이다. 엄마가 만든 관계이다. 현재 엄마를 중심으로 만들어진 모든 관계는 형식적이다. 이모와도, 언니와도 그렇다. 엄마에게 있어 나를 제외한 모든 사람은 현재 좀비가 되어버린 것 같다.

나는 생리가 조금 더 늦게 터지길 바란다. 생리를 시작하면 어른이 됐다는 신호니까 나가 살라고 할까 봐 조바심이 난다.

엄마의 최후통첩을 듣고 뛰쳐나갔던 이모는 묵언 수행 중인 스님 같다. 도무지 말을 하지 않는다. 외출조차도 하지 않는다.

며칠 사이에 히키코모리를 자처한다.

어른들의 생각은 도무지 읽히지 않는다. 침묵 사이를 뚫고 나오는 한숨이나 중얼거림이 없으니 더욱 그렇다. 이모는 나갈까? 엄마가 통보한 한 달의 날이 쑥쑥 넘어간다.

이모가 나가고 언니가 나가면 엄마의 짐은 가벼워질까? 마음도 가벼워질까?

엄마와 단둘이 남겨질 집을 상상해 본다. 알람을 듣지 못하고 여전히 잠들어 있는 나를 깨우는 엄마의 전화는 집요할 것이다. 아침잠이 많은 나를 깨우기 위해선 별수 없다. 겨우 눈 떠 일어나 나오면 식탁 위엔 아침 식사가 덩그러니 놓였을 것이다. 교복을 입고 털레털레 내려오면 그제야 시장에서 돌아오는 엄마와 마주치거나 어긋나거나, 나는 거의 혼자 등하교를 하게 될 것이다. 옳지 않아. 나는 나도 모르게 중얼거린다. 고개를 세차게 흔들며 지금까지의 상상을 지운다.

실마리를 주우러 나는 몇 번이고 카페로 내려간다. 마치 한 발을 축으로 하여 회전하는 푸에테 피벗처럼.

엄마로부터 뛰쳐나간 이모는 임 아저씨에게 신세 한탄을 한다. 임 아저씨는 가만히 듣고 있다. 위로나 분노에 뛰어들지 않는다. 이모는 서운한 마음을 감추지 못하고 대든다. 왜 내 편을 안 들어주느냐고. 임 아저씨는 건물이 이모의 것이 아니었느냐고 되묻는다. 이모는 절반은 자신의 것이나 다름없다고, 그 권리를 반드시 받아내고야 말겠다고 큰소리친다. 엄마가 내밀었던 통장의 액수와 자신이 모은 액수를 말하며 집에서 나와 함께 살자고 한다. 임 아저씨는 생각해 보겠노라며 이모를 돌려보낸다.

다음 날, 이모가 큰소리 뻥뻥 치며 외출을 한다. 결기 넘치는 표정으로 돌아온 이모는 나가 주겠노라고, 잘 살아보라고 독침 같은 말들을 쏟아낸다. 후회하지 말라는 공갈도 서슴지 않는다. 모종의 미소를 내내 흘리고 다니면서 나머지 하루를 산다.

그 며칠 후, 이모가 임 아저씨에게 전화를 거니 핸드폰은 없는 번호로 나온다. 이모는 산부인과 병원 근처의 약국으로 달려간다. 약국은 문을 닫은 채다. 약국에 쓰인 번호로 전화를 걸지만 없는 번호로 나온다.

이모는 발신제한번호로 한 통의 문자를 받는다. 그 문자를 받은 이후 오늘까지 이모는 이른 새벽에 집을 나서선 밤이 늦어야 겨우 집에 돌아온다. 황망하게 돌아다니는 이모는 세상의 종말을 맞은 사람 같다. 엄마는 집을 보러 다니는 모양이라고, 대응도 대꾸도 관심도 보이지 않는다. 날짜만 센다. 가볍게 살 거라고, 살짝 설렘도 내비친다.

나는 학교에서 되도록 오래 시간을 보낸 뒤 학원으로 곧장

간다. 무거운 공기, 낯선 침묵, 육중한 미움이 뒤섞인 집으로의 귀가는 가능하면 늦추고 싶다. 집에 돌아와서도 곧장 방으로 들어와 나만의 공간에 숨어든다. 내가 만약 이모라면, 언니라면 당장 무릎을 꿇든 뛰쳐나가든 했을 것 같다. 견디는 것이 너무 힘들다.

"너 아직 생리 안 하니? 중3인데? 약은 먹는 거지?"

이모가 어쩐 일로 집에 있는 것 같더니 내게 관심을 보인다. 나는 딱히 대답할 말이 없다. 괜히 과장된 한숨을 내뱉는다. 충분한 답이 됐을 것이다.

"난 참 바보 같이 살았다. 여자로 완성되지 못한 채, 사랑도 받아보지 못하고 끝나는 게 너무 억울해. 넌 스물 넘기자마자 언니처럼 바로 연애해서 애부터 가져라. 한 번 제대로 써보지도 못하고 늙은 내 몸한테 너무 미안하다…."

처량한 말투는 과장되거나 연극적이지 않다. 이모는 진심을 말하고 있는 것이다.

"헤어졌어?"

이모는 대답 대신 핸드폰의 문자 하나를 내민다. 나는 이모가 바라는 바를 알아차린다. 카페에 내려가 엄마를 이끌고 마침 비어있는 내실을 찾아든다. 대나무밭에라도 온 듯 벽을 쓰다듬으며 중얼거린다. 이모가 버려졌어. 직업이 없다고. 가진 게 없다고.

그런데 죽을죄를 지었대. 미안하대. 그러면 버리지 말든가…. 엄마마저 이모를 버리게 해선 안 돼.

엄마는 얘기를 듣더니 바로 집으로 뛰어 올라간다. 그리곤 방문을 신경질적으로 열어젖힌 채 소리친다.

"내가 그딴 새끼 만나지 말라고 그랬지? 그 새끼한테 치킨집 타령은 절대 하지 말라고 그랬지? 한 새끼한테 두 번씩이나 차이고, 잘한다! 꼴 보기 싫으니까 당장 나가!"

침대에서 겨우 몸을 일으킨 이모는 고개를 숙인 채 말이 없다. 보니 무릎 위로 눈물이 뚝뚝 떨어지고 있다. 나는 엄마를 말리고 싶다. 그런데 너무 무서워서 입이 떨어지지 않는다. 이모한테 미안하다.

밤중에 일은 조금 더 커진다. 이모가 아주 어렵게 입을 연다. 대형사고이다. 엄마는 그 밤에 엄마가 아는 모든 곳에 전화를 걸어 도움을 요청한다.

이모는 연애를 하면서 엄마 것으로 임 아저씨의 마음을 산다. 임 아저씨는 이모를 배웅해주고 돌아가는 길에 오래도록 건물을 살핀다. 월세 나올 금액이 얼마나 되는지 계산기를 두드린다. 아들들 결혼할 때 방 세 칸짜리 아파트는 얻어줄 수 있겠구나, 이모를 구슬려서 건물을 정리할 계획도 세운다.

그러니까 한 마디로 임 아저씨는 이모를 사기 칠 대상으로 만나온 셈이다. 치킨집을 차려 같이 살자는 이모의 제안에 임 아저씨가 역제안을 한다. 건물 문서를 들고 나오라고. 절반의 권리를 행세하라고. 이모가 그 제안을 충실히 따른 날, 건물 문서를 받아든 임 아저씨는 공동소유자인 근정 아줌마의 아저씨가 동의를 해줘야만 매매가 가능한 건물인 것을 확인한다. 그 서류를 알아본 임 아저씨는 김샌 표정을 감추지 않는다.

한밤중에 카페에 불이 들어오고 경찰서장, 검사, 기자 등등의 신분을 가진 고객들이 도착한다. 한밤중의 회의는 여기저기 전화를 걸어 임 아저씨의 소재를 파악하는 것으로 시작한다. 일은 쉽게 풀린다. 건물을 담보로 융자를 신청해 놓은 것이 아직 은행에서 지급되기 전이다. 그 밤에 힘 있는 고객들은 수배령을 내리고, 은행에도 지급정지를 내려버린다. 빽으로 하나 되는 위대한 대한민국.

"철 좀 들어!"

엄마의 일갈에 이모는 자신도 경찰서에 신고를 해놨다고 고개를 숙인다. 그래서 은행에서 아직 지급을 하지 않은 걸 거라고. 나는 내 머리로도 알 수 있는 짓을 임 아저씨가 했다는 것에 우선 놀란다. 초등학생도 사기를 치려면 임 아저씨처럼 치지 않는다. 이모를 구슬려 돈을 완전히 뺀 다음에 숨어도 숨을 것이지 어떻게 그렇게 하찮게 숨었을까? 나는 몇 번이고 같은 질문을 내게 하면서 어떤 생각에 이른다. 이모를 떼어내기 위한 숨은그림찾기 같은 게 아닐까, 하고.

엄마는 천 개의 말, 만 개의 말을 들고 서서 이모를 노려본다. 이모는 온몸으로 엄마의 눈초리를 받아낸다. 엄마의 표정엔 분함과 억울함이 공존해 있다. 나는 그 마음을 알 것 같다. 이모는 그런 엄마의 마음에 되받아치고 싶은 심정일 테지만 입을 꾹 다문다. 사실 입이 열 개라도 할 말이 있어선 안 된다.

돌아온 언니는 이모를 이해한다. 내쫓기는 것 같은 동류의 감정을 느끼나 보다. 부른 배를 들키기 싫은 언니는 사 들고 온 옷으로 갈아입고는 심상하게 식탁에 앉는다. 이모는 냉큼 늦은 저녁을 차려 대령한다. 언니는 한 숟갈 뜨다 말고 이모에게 제안한다. 같이 나가자고. 자신이 아르바이트하면서 학교 다닐 동안 이모는 조카손녀를 키워달라고. 이모의 눈이 반짝거린다.

언니는 이모에게 부은 다리를 내보인다. 아침이면 퉁퉁 붓는 손을 찬물에 오래도록 담그고 있기도 한다. 거뭇해지는 눈 밑을 보며 한숨을 내쉴 뿐, 마사지할 힘도 없다고 누워버린다. 한 번 누우면 끙끙 앓다가 겨우 잠들지만 그 잠은 세 시간을 넘지 못한다. 뒤척이다가 깨선 거실로 나왔다가 엄마와 몇 번이고 마주친다. 모녀는 새벽에 마주쳐도 말 한마디 나누지 않는다. 대신 엄마는 벌떡 일어나 임산부가 먹어야 할 영양제를 건네거나 시원한

블루베리 주스를 건넨다. 말없이. 역시 말없이 언니는 받아먹고 돌아선다.

언니의 입덧은 두 달을 기점으로 꺾이는가 싶더니 입덧 대신 임신 중독 증세가 약하게 온다. 학교 수업에 과외 아르바이트로 언니의 몸은 사실 혹사당하고 있는 중이다. 일단 잠을 길게 못 자는 게 제일 큰 문제이다. 그 언니에게 이모는 가장 좋은 보호자가 될 것이다. 언니와 이모는 한시름 놓은 표정으로 손을 맞잡는다.

이모와 언니의 합의를 엄마에게 전달하자 엄마는 "됐네." 한 마디뿐이다. 나도 따라 나가고 싶다고, 차마 그 말은 하지 못한다. 이런 바보.

다음날부터 언니와 이모가 집을 보러 간다고 나란히 외출한다. 이모는 눈에 띄게 언니에게 잘한다. 두 사람 사이에 생긴 연대의식에 나는 끼어들 틈이 없다. 소외감에 울적해진다. 나는 두 사람의 외출을 부러워하며 학원으로 간다. 공부가 될 리 없다. 이모와 언니는 새 생명(내 조카)을 중심으로 마주 앉아 행복한 날들을 보낼 것이다. 내가 빠진 행복은 반쪽짜리에 불과한 거라고, 나는 나도 데리고 나가 달라고 털어놓고 싶다. 간절히.

이모와 언니는 학교 근처에 집을 얻는다. 버스를 타면 한 번에 갈 수 있는 곳에 과외 하는 집이 있어서 교통편이 좋다고, 언니는 새로운 집을 마음에 들어 한다. 살림살이를 나눠 갖고도 모자란 것들은 새로 구매하여 새집으로 배달을 받는다. 가전제품들이 배달되는 날, 이모는 물건을 받아 부려놓고는 쓸고 닦고를 반복하다 집에 돌아온다.

나는 이모에게 집이 어떠냐고 묻기도 하고, 정말 나갈 거냐고 묻기도 한다. 그 집에 가려면 어떻게 가야 되는지 교통편을 묻기도 하고 산부인과 병원은 이제 안 가는 거냐고 묻기도 한다. 이모는 건조한 표정으로 단답형의 대답을 하며 나와 거리를 둔다. 나는 엄마 편인가? 우리 가족은 이제 2대 2로 나뉘는 건가? 답답한 사람은 나뿐이다.

엄마는 카페에서 세 끼 식사를 해결한다. 나는 아침은 이모와 먹고 점심은 학교에서 먹고 저녁은 엄마와 카페 내실에서 먹는다. 이산가족이다. 서로 같은 공간에 있으면서도 말 한마디 건네지 않는다. 왜 그토록 첨예한 대립을 하는지 나는 모른다.

손 없는 날이 뭔지, 이모는 목요일로 이사 날짜를 잡는다. 내일이다. 학교에서 돌아오면 텅 비었을 집에 어떻게 들어오는지, 나는 벌써부터 눈물이 난다. 신문지로 돌돌 만 그릇들과 한 곳에 쌓아놓은 옷들, 언니와 이모의 방을 들여다보다가 나는 그만 언니 방 앞에서 주저앉는다.

"영후야, 학원 갈 시간이야."

엄마는 내게 집중하기로 했나 보다. 이모가 하던 말을 엄마에게 듣는 기분은 묘하다. 공허한 마음은 어디로 가버렸는지 찾을 수가 없다. 가슴께가 뻐근해지면서 기쁨 비슷한 감정으로 충만해진다. 나는 엄마 말에 발딱 일어난다. 오늘만 집에 있으면서 이모와 언니와 시간을 보내게 해달라고 말하려던 계획은 쏙 들어간다. 처음으로 내가 학원에 가도록 챙긴 엄마의 보살핌을 수포로 돌아가게 하고 싶지 않다. 나는 이모를 두고 집을 나선다.

돌아오는 버스 안에서 언니를 본다. 버스에 올랐을 때 언니는 출입문 입구에서 머리를 박으며 잠들어 있다. 나는 언니 앞에 서서 머리를 잡아준다. 그 바람에 눈뜬 언니는 무안해한다.

"내 몸이 내 몸이 아니다. 힘들어."

"많이 힘들어?"

언니가 지친 목소리로 힘들다고 하는 말에 심장이 쿵! 하고 떨어진다. 당당하고 얄미울 만큼 자신만만한 언니가 버스 차창에 머리를 박아가면서 자고 있질 않나, 힘들다고 하질 않나…, 뭔가 잘못된 것 같다. 심장에 거품이 부글부글 끓어오른다.

버스에서 내리자 나는 언니 가방을 받아든다. 언니는 말없이 맡기고 내 어깨에 팔을 두른다. 어깨에 기대오는 언니의 무게가 묵직하다.

카페 앞에 다다랐을 때 심 원장님이 불쾌한 얼굴로 대리운전

기사에게 자동차 열쇠를 넘겨주고 있다. 나는 고개를 까딱하고 언니는 정중하게 인사를 올린다. 심 원장님을 배웅 나온 엄마가 문가에 서서 우리들을 보고 있다. 심 원장님은 언니에게 고개를 숙인다. 미안하다고.

거기서 언니의 울음이 터질 줄은 아무도 몰랐다. "나 무서워요."

언니의 눈물은 밤새 내 방을 거쳐 안방으로 흘러 들어간다. 나는 축축해져 오는 벽을 매만지며 언니의 울음소리를 듣는다. 나도 소리죽여 운다. 이제 내일이면 언니와 나는 따로 떨어져 산다. 슬픔이 아슬아슬하게 눈물에 매달린다.

좀처럼 잠이 오지 않는다. 온몸이 쑤시고 아프다. 마음이 아픈 게 온몸으로 번졌는지 허리가 끊어질 것 같고 다리는 둘 곳을 모른 채 자꾸 올렸다 내리기를 반복한다. 사타구니가 뻐근해 온다. 머리도 띵하다. 너무 울었나 보다. 생각 끝에 나는 벌떡 일어난다.

무위로 끝난, 몸살 기운을 생리 전초전으로 알아본 이모와 언니의 말이 떠오른다. "생리하려나 보다. 그러다 하더라." 이모와 언니의 말이 끊임없이 리플레이 된다. 나는 욕실로 뛰어들어가 팬티를 내려 본다. 아무런 변화가 없다.

원래 전야는 심장을 최대치로 끌어올려 두근거리게 하는

법이다. 언니와의 이별에 온 힘을 다해 우는 밤, 나는 이별을 기다리는 대신 다른 무엇을 기다린다. 아픈데 계속 아프고 싶다. 이 밤, 내 인생은 초조함의 극치를 달린다.

침대 위에 포인세티아 꽃 한 송이가 싹을 틔운다. 꽃잎은 점점 커지더니 침대를 전부 차지한다. 나는 포인세티아 꽃잎 위에 누워 전구의 스위치를 켠다. 빨갛고 노랗고 하얗고… 전구들이 포인세티아 주변을 깜빡이며 밝힌다. 루시드 드림이다. 나는 꿈을 꾸면서 꿈인 줄 알아버린다. 내 희망사항이 꿈속으로 끌려 들어온 것임을.

머리가 띵한 채로 눈을 뜨지만 팬티 속은 말끔하다. 나는 마침내 큰소리로 울어버린다. 언니가 뛰어들어오고 이어 엄마가 내 방을 들여다본다. 이삿짐센터 인부들을 기다리며 짐을 정리하던 이모가 아주 느릿하게 건너와 엄마와 최대한 거리를 두고 나를 들여다본다.

나는 엉뚱한 곳에 내 슬픔을 전가하며 거침없이 말들을 쏟아낸다.

"언니랑 이모랑 이사 못 나가게 해. 나 언니랑 이모랑 나가는 거 무서워. 싫어! 집에 오면 아무도 없는 거도 싫고, 집에 혼자 있는 것도 싫고, 다 싫어!"

이렇게 해서 이모와 언니의 출가는 없었던 일이 된다. 지난밤,

"나 무서워요." 언니의 한 마디에 엄마는 온몸이 사슬로 묶인 기분이었다고, 체념처럼 털어놓는다. 대신 이모는 이제 보험설계사 일을 하든 부동산 자격증을 따든…, 스스로 용돈 정도는 벌어야 한다.

살림엔 자신 있다고 가사도우미로 나갔다가 치사하다며 돌아오고, 대형 마트의 계산원으로 취직했다가 이틀 만에 허리를 부여잡고 돌아오고, 옷가게 점원으로 취직했다간 아는 사람을 봤다며 도망쳐 나오고, 새벽 식당에 설거지하러 갔다가 돌아오고……. 결국 공부는 싫다던 이모는 공인중개사 자격증 시험을 보겠노라고 책을 사 들고 들어온다. 엄마가 얼마나 치열하게 돈을 벌었는가, 오십에 이르러 깨닫는다.

그날 늦은 아침, 심명석이 심 원장님을 내세워 옥탑방으로 밀고 들어온다. "나 무서워요." 한 마디를 듣고 돌아간 심 원장님 역시 밤새 고민이 깊었다고 고백한다.

두물머리에 다녀온 밤, 심 원장님은 심명석을 앉혀 옥탑방으로 들어갈 것을 충고한다. 심명석은 거절한다. 차였다고. 자기 혼자 낳아서 키울 거라고 했다고. 언니의 임신과 전혀 상관없는 삶을 살겠노라는 심명석을 앉혀 진지한 충고와 무거운 경고를 되풀이하며 생명에 대한 책임감을 새겨줬지만 소용없던 심명석이었다. 그 책임감 없는 심명석을 붙들고 심 원장님은 마지막이라고 생각하고 언니의 말을 전한다. 그 말 한마디에 벌떡 일어선다. 심명석을 사람 구실하게 만든 한 마디의 말, "나 무서워요."

　새집에서 쓸 뻔했던 전자제품과 그릇들은 옥탑방으로 올라가거나 카페에 자리를 잡는다. 출산에 대한 책임을 혼자 짊어지게 할 수 없다는 심 원장님의 결정과 행동에 엄마는 엄마에게 주어진 삶의 무게를 당분간 더 감당하기로 한다. 언니는 남자의 그늘에서 함께 출산하게 된 것에 안도하는 눈치이다. 남자가 사회적으로 단단해지도록 현실적인 전공을 추천하며 종합학원 수업에 이어 1대1 과외에 돌입한다. (우리나라는 잘하는 것, 관심 있는 것을 공부하는 게 아니라 안정된 직장을 구할 수 있는 공부를 하게 한다. 이게 꼭 나쁘다고 할 순 없지만 내 입장에선 좋지 않다.)

　심명석은 책을 베고 자고, 책을 들고 깬다. 부지런히 학원을 오가고 돌아와선 언니 앞에 앉아 영어와 수학을 추가로 배운다. 아버지가 되는 무게를 비로소 느끼는 모양이라고 엄마와 이모는 대견해 하며 한시름 놓는다.

　이모의 엄마를 향한 긴장감은 한 달로 바닥이 난다. 다시 예전으로 돌아간 집이 나는 마음에 들지만 엄마는 다시 지긋지긋하다는 표정을 숨기지 않는다. 엄마의 선택이므로 당분간 이 선택은 유지될 것이다. 나는 이 사실이 매우 마음에 든다. 이삿짐을 옮기다 말고 다시 합친 집에서 웃음소리가 새 나오기 시작했다는 것은 고무적인 일이다.

심명석이 식탁에 앉기 시작하면서 반찬 종류가 풍부해진다. 나는 더불어 행복하다. (설마 스무 살이 되도록 생리를 하지 않을까? 걱정은 책상 서랍 속 깊은 곳에 넣어두기로 한다.) 이모가 된다는 생각을 할 때마다 나는 고속 성장을 이룬 사람처럼 의젓해진다. 한꺼번에 어른이 된 느낌은 내 행동에 스스로 책임감을 부여하기도 한다. 시간 맞춰 학원에 간다든지, 숙제를 미리미리 해놓는다든지 하는.

엄마는 심명석이 집으로 들어오면서 부쩍 더 거실에 나와 앉아있다. 한밤중에 확인하듯 일부러 물을 먹으러 나와 엄마가 만든 정물화를 확인한다. 할머니 되는 게 저리 싫을까, 이모는 혀를 끌끌 찬다.

"모르면 좀 가만히 있어!"

엄마는 날카롭게 쏘아붙이고 베란다로 나간다. 창을 열고 선 뒷모습은 어쩐지 괴기스럽다. 산발한 머리라도 어떻게 했으면 좋으련만, 입술이 자꾸 말라오면서 초조하다. 나는 얼른 생각을 떨쳐내고 이불 속에 머리를 묻는다. 움직이는 엄마의 기척이 들려올 때까지 나는 손톱을 물어뜯으며 귀를 쫑긋 세운다. 엄마의 잠은 나날이 줄어든다. 신경질은 나날이 늘고, 입었다 벗었다 하면서 자신의 성질을 어쩌지 못해 안절부절못한다.

이모는 거실에 조각상 하나가 들어섰다고 전혀 우습지 않은 농담을 한다. 아, 이모의 입이 언제고 사달을 내고 말 것이다. 초조한 삶 같으니라고.

9. 여자가 된다는 것

장마라고는 하는데 앞에 '마른' 두 글자가 붙는다. 뉴스마다 밭이 타들어가고 강바닥을 드러냈다고 걱정한다. 장마 기간에 가뭄이 뉴스로 나온다. 차라리 장마가 사라진 기후라고 이야기 해주면 좋으련만 기상청 예보는 말끝마다 장마전선 어쩌고저쩌고한다. 비가 없는 여름 날씨가 왜 장마 기간인지 나는 도무지 이해하지 못한다. 주말엔 비가 올 거라는 예보는 오늘도 터무니없이 빗나가고, 나는 학원에 갈 때마다 들고 다니던 우산을 팽개쳐 버린다. 그래도 혹시 모르잖아. 이모의 충고를 무시하길 잘했다. 수업이 끝나도록 무더위를 씻어주는 비는 오지 않는다.

더위는 복사열에 더해 숨이 막힌다. 며칠째 열대야로 잠을 설치던 언니가 기어이 쓰러진다. 눈이 안 보인다고 하더니 갑자기 쓰러진 것이다. 심명석은 언니를 솜털처럼 안아 들고 엄마가 운전하는 뒷자리에 올라탄다. 나는 언니의 소지품과 엄마의 지갑을 챙겨 들고 보조석에 냉큼 탄다. 언니를 애지중지하는 모습이 한눈에도 보이는데, 나는 그 모습에 감동을 받는다. 뒷자리를 돌아보다 앞으로 시선을 놓는 순간 뭔가 든든해지는 느낌에 뿌듯한 미소가 절로 지어진다. 연락을 받은 심 원장님이 기다리고 있다가 언니를 받는다.

임신중독에 더위까지 먹어 입원이 결정 난 언니는 당분간 집에 돌아오지 못한다. 언니 일을 이모가 아닌 다른 사람과 의논해 보기는 처음이라고, 엄마는 심 원장님에게 감사 인사를 올린다. 엄마는 이모를 간병인으로 묶어두고 심명석을 굳이 집으로 데리고 온다. 이럴 때일수록 더 공부하라고.

옥탑방으로 올라간 심명석이 공부를 하지 않을 거라는 건 이 집에서 내가 유일하게 아는 듯하다. 공부가 손에 잡히면 그거야말로 죽일 놈이다. 내 생각이 그렇다.

혼자 와인을 기울이며 밤 12시를 맞이한 엄마가 걱정돼서 나는 의리를 지켜 엄마 옆을 지킨다. 무릎을 끌어안고 그 무릎에 턱을 괴고 앉은 나는 돌아다니는 말들을 주워 모으며 애써 침묵을 지킨다.

"혼자 임신한 딸 데리고 병원으로 달려갔으면 굉장히 처량했을 건데, 석이가 있는 게 그렇게 든든한 줄 몰랐네. 너희들 어릴 때 이모랑 둘이 병원 응급실 달려가면 남편하고 아이를 데리고 온 여자들이 그렇게 부러웠는데 말이지… 젬마, 결혼시켜 살게 해야겠다."

엄마에게도 남편이 필요하구나, 나는 엄마의 말뜻을 손쉽게 알아차린다. 그러나 대꾸하지 않는다.

"못났든 잘났든, 나이가 어리든 많든, 애가 생기면 남편이 있어야 할 일들이 태산이거든. 있는 게 훨씬 나을 거야. 고맙게도 네 언니가 헛똑똑은 아니라서 남자도 함부로 고르지 않았고, 석이 정도면 과분한 집 아이에 성격도 그만하면 됐고."

엄마가 남편이 있으면 좋을 거라는 장점을 피력하는 중에 현관 벨이 울린다. 이 밤에 누굴까, 벌떡 일어난 엄마가 액정화면 속을 보더니 현관으로 달려나간다. 근정 아줌마다. 거실로 들어서던 엄마는 내게 방으로 들어갈 것을 명령한다. 나는 두말없이 방으로 들어간다. 아줌마의 모습은 볼 수 있는 만큼 다 봤다. 맨발에, 산발한 머리에, 터진 입술에, 찢어진 옷차림은 절로 비명이 나올 정도이다. 나는 여름이면 그렇듯이 방문을 열어놓고 침대에 눕는다. 이따금 거실을 기웃거리며 아줌마 상태를 살핀다.

주사가 심했다고 한다. 자신에게 주사가 있음을 알고는 되도록 술을 마시지 않는 아줌마 남편은 사업상 어쩔 수 없이 술을 마셔야 할 때면 아줌마에게 전화를 건다. 피해있으라고. 남편이 전화 거는 것을 잊거나 견뎌 보리라, 주사를 이겨보리라, 결심하고 전화 걸기를 생략했을 때마다 아줌마는 맞았다고 한다. 다음 날이면 자괴감에 무릎을 꿇던 남편은 이제 왜 피하지 않았느냐고, 미안해하지도 않는다고 한다. 더 이상 남편을 용서할 명분이 없다는 아줌마는 기어이 울음을 터뜨린다. 이렇게 살아야 하는 거냐고.

아줌마가 엄마를 부러워하던 실체를 깨달은 나는 천장을 바라본다. 옥탑방에 있는 심명석도 술을 먹으면 언니를 때리려나? 문득 괘씸한 질문이 대롱거린다. 엄마와 이모를 앉혀놓고 심명석에게 술을 먹여봐야겠다고 계획한다.

엄마는 아줌마를 욕실에 들여보낸 뒤 엄마 옷을 꺼내놓고 안방을 비운다. 샤워를 마치고 엄마 옷으로 갈아입고 거실로 나온 아줌마 얼굴은 눈이 약간 찢어진 데다 멍투성이이다. 그만 살라고, 나는 뛰쳐나가서 외치고 싶은 걸 참는다.

엄마는 약하게 비명을 지르는 것으로 아줌마와 눈이 마주친 소감을 대신한다. 체념한 아줌마 눈에 또다시 눈물이 흥건히 고인다. 뚝뚝. 눈물이 새벽 2시로 시침을 밀어낸다.

언니에게 필요한 물품들을 가지러 식전부터 온 이모는 자신의 방에 잠들어 있는 근정 아줌마를 본다. 대자로 뻗어 잠든 아줌마 얼굴을 보고는 아무 이유도 묻지 않고 방을 비워준다. 호기심 많은 이모가 아무것도 묻지 않는다. 내가 모르는 전력이 있는 것을 감지한다. 그러니까 근정 아줌마가 매 맞고 엄마한테 달려온 건 어젯밤이 처음이 아닌 것이다. 나는 두 배, 열 배의 울분을 느낀다.

학교에서 돌아오니 아줌마도, 이모도, 심명석도 보이지 않는다. 모두가 제 있을 곳에 있다는 뜻이 되므로 일단 한숨을 돌리기로 한다. 근정 아줌마 아저씨는 엄마를 볼 낯이 있을까? 고약한 질문을 던져놓고는 혼자 통쾌해한다. 아무 힘없고 능력 없는 통쾌함이다.

학원에 가기 위해 나는 혼자 저녁을 준비한다. 라면에 밥과 햄과 김치를 넣고 끓인다. 라면 하나는 양이 부족하고 두 개는 많을 때 찬밥 한 덩어리를 넣고 같이 끓이면 딱 적당한 양이 된다. 또 쉰 김치가 있을 땐 왜 그리 라면이 당기는지, 나는 입맛까지 다시며 라면을 끓인다.

"엄마 손에서 하나씩 하나씩 졸업하네, 우리 영후?"

엄마가 언제 올라왔는지 주방을 들여다보고 섰다. 카페에서 에어컨을 틀고 있다곤 해도 엄마는 계절과 어울리지 않게 긴 팔의

카디건을 걸치고 있다. 마른 사람은 더위도 안 탄다더니, 나는 부러운 마음으로 엄마의 복장을 본다. 가을을 부르는 복장이다.

"어, 라면이 먹고 싶었어."

"콩나물도 좀 넣지 그랬어? 키도 좀 크게."

말과 함께 나는 가스레인지 불을 끈다. 그때 한솜 언니가 엄마 핸드폰을 들고 달려 들어온다. 엄마가 전화를 받더니 통화를 하면서 부리나케 나가버리고 나는 혼자 라면을 먹는다.

학원 가는 길에 카페를 들여다본다. 엄마는 없다. 한솜 언니를 붙들고 물어보지만 언니도 모른다. 경찰서에서 전화가 걸려왔다는 것뿐. 카페에서 생긴 일이 아닌 것에 나는 일단 안도한다. 언니 일이면 이모한테서 장황한 수다의 전화가 걸려왔을 텐데 그것도 아닌 것을 보면 우리 가족의 일은 아니겠거니, 나는 조금 더 안도한다. 궁금증은 학원까지 따라와 책과 노트 위에서 팽이처럼 돈다. 경찰서? 경찰서…?

학원이 끝나기 바쁘게 나는 후닥닥 뛰어나와 집으로 돌아온다. 한솜 언니부터 찾는다. 언니는 고개를 절레절레 젓는다. 궁금증을 해결하기엔 너무 바빴다고.

주말을 맞아 심명석이 언니 병간호 겸 공부한 것들을 확인받으러 병원으로 가고 이모가 돌아온다. 이모는 돌아오자마자 한솜 언니에게 무슨 얘기를 들었는지 카페를 닫고 올라온 엄마를 붙들고 와인을 마신다. 거실은 아주 천천히 보랏빛의, 선홍빛의 향기로 물들어간다.

"근정이 헤어지라고 그래. 그 정도면 오래 살았어. 위자료 챙겨 나오라고 해."

"남편 주사에 맞고 살던 아내가 잠든 남편을 칼로 찌른 사건은 뉴스거리도 안 되나 봐. 한 사람이 그토록 오래 고통을 당하다가 찌른 건데 경찰은 찌른 것만 보더라."

그렇다. 근정 아줌마 얘기이다. 이모는 호들갑을 피우다 말고 잠잠해진다. 근정 아줌마는 지금 구치소에 수감되어있고 남편은 병원 중환자실에 누워있다고 했다. 살아날 가능성이 희박하다는 말에 이모는 한숨을 길게 내쉰다. 어떡하니? 죄지은 놈 따로 벌받는 년 따로…. 미치겠다. 이모 말에 엄마가 와인을 비운다.

폐경 증후군으로 잠을 이루지 못하던 근정 아줌마는 수면제를 처방받아 복용해온다. 어젯밤도 수면제를 먹고 잠들었는데 정신 차려 보니 자신 옆에 남편이 피투성이로 쓰러져 있다. 아줌마는 자신의 손은 물론 온몸에 튄 핏자국으로 사태를 짐작한다. 서둘러 119에 전화를 걸어 남편을 병원에 옮긴다. 병원 응급실 앞에 있는데 경찰들이 와서 아줌마를 연행해간다. 그리고 아줌마 집에 다녀온 경찰들은 식칼과 수면제를 증거물로 가져온다.

"잠 안 오면 책을 읽든가, 자전거를 돌리든가, 명상이라도 하든가, 멍 때리기라도 하든가, 수면제를 먹긴 왜 먹어? 그 수면 제라는 게 오래 복용하면 안 되는 건데 그걸 반년 이상 먹었대. 남편이고 자식이고 있으면 뭐하냐고…."

시니컬한 엄마의 중얼거림은 좀처럼 끝이 나지 않는다. 구치 소에 수감된 근정 아줌마의 모습이 좀처럼 잊히지 않는다고, 엄 마는 몇 번이고 한숨을 길게 내쉰다.

"아니…, 폐경이면 폐경이지 왜 잠을 못 자? 걔도 너무 예민 하다."

"언니, 잠만 못 자면 괜찮은 거야."

엄마는 대화를 중단하고 방으로 들어가 버린다.

"벌써 자게?"

이모의 질문은 엄마의 방문 앞에 버려진다. 엄마는 벌써 몇 달째 이틀에 한 번 꼴로 잔다. 나는 어렴풋이 짐작한다. 엄마가 잠 못 자는 이유를.

언니가 퇴원해서 집에 돌아온다. 열흘 사이에 배는 누가 보아 도 임산부임이 드러나게 불렀다. 동네 사람들이 엄마에게 와서 묻는다. 엄마는 심명석을 지목한다. 우선 동거 중이라는 말도 개 의치 않고 한다. 신세대 엄마네. 한 마디로 동네 사람들은 넘어간 다. 엄마가 아무렇지 않으니 동네도 아무렇지 않다. 게다가 말을 나눠보면 깨는 심명석이지만 입을 열기 전까지 심명석은 누가 보아도 듬직하고 멋있는 청년이다.

엄마는 근정 아줌마를 면회하고 돌아온다. 엄마는 이모와 밥을 먹으면서 우리 두 사람 팔자가 상팔자라고 위로한다. 모든 건 일장일단이 있다고. 이대로 살자고. 엄마는 누군가에게 기대고 싶은 것이다. 누군가와 부딪치고 충돌하는 것은 원치 않는다. 누군가의 삶까지 떠안는 건 더더욱 원치 않는다. 결혼이 품고 있는 부조리한 면이 부각되자 엄마는 안전한 현재에 머물기로 한 것 같다.

언니는 몸의 컨디션이 완전히 회복되기도 전에 심명석에게 개인 과외를 재개한다. 수학과 영어를 가르치면서 자주 절망적인 표정을 한다. 언니가 아는 것을 모든 사람이 안다고 착각하는 것은 일종의 폭력이다. 심명석 때문에 나도 언니 앞에 앉아 공부를 하게 되는데 어떻게 한 시간 안에 영어단어 100개를 외울 수 있는가. 딱 한 시간 주고 시작! 할 때마다 우리는 눈짓을 주고받으며 불만을 공유한다. 일종의 전우애가 싹튼다.

영어단어를 다 외웠다 싶으면 다음 차례는 숙어이다. 우리는 약속이나 한 듯이 언니를 순식간에 째려본다. 숙어를 시험 봐서 패스했다 싶으면 그다음엔 독해로 넘어간다. (물론 세 번 안에 패스한 적은 없다.) 독해가 인풋이면 영작은 아웃풋이다. 영어를 우리말로 해석은 어찌어찌해서 되는데 도무지 영작은 되지 않는다. 단어와 숙어를 연결하면 된다는데 그게 말처럼 쉬운가. 나는 도망가고 싶다. 간절히.

학원수업이 끝나고도 나는 한참을 학원에 남아 있다. 학원에 새로 생긴 자습실은 매일 이용할 수 있다. 상당히 유혹적인 단어이다. 매일. 자습실 자리를 확보하려면 돈을 내야 하는데 엄마는 혼자 남아 공부하는 나를 믿어주지 않는다. 자습실에도 담당 선생님이 남아있다는데, 그리고 학원에서 얼마큼 공부했는지 매일 체크를 받겠다는데 들은 체도 안 한다. 나라도 나보단 언니를 믿겠지만 조금 서운하긴 하다.

학원 선생님에게 자습실 돈까지 얹어, 엄마한테 학원비가 올랐다고 말해달라고 나는 일주일째 조르고 있다. 궁여지책이긴 하지만 달리 방도가 없다. 오늘도 선생님의 수업이 끝나길 기다리다 교실 문 앞에서 붙들고 매달린다. 선생님은 엄마에게 전화를 걸어주겠노라고 약속한다. 마지못해.

그 약속은 지켜지지만 모든 사실이 있는 그대로 전달된다. 엄마는 언니와 공부하는 게 그렇게 힘드냐고 묻지 않는다. 오히려 학원도 다니기 싫으면 그만두라고, 청천벽력 같은 소리를 한다.

심명석이 옥탑방 밖으로 나가 옥상 벽에 머리를 박는다. 대학 입시에 스트레스를 받은 심명석은 언니와의 공부에 진이 빠지더니 기어이 자해를 하기에 이른다. 피투성이가 된 심명석은 그래도 마음이 시원해지지 않자 커터 칼을 찾아든다. 빨래를 널러 옥상에 올라간 이모가 아니었으면 심명석은 중환자실에서 목숨을 놓을 뻔했다. 젊디젊은 언니가 과부가 될 뻔했다는 뜻이다. 배 속의 아이는 제 엄마처럼 유복자로 태어날 뻔했다는 말이기도 하다.

내가 학원에 간 사이, 학원을 마치고 돌아오는 심명석을 붙들어 언니는 숨 돌릴 틈도 없이 책상에 앉힌다. 옥탑방에 미적분 문제 30개를 던져두고 내려온 언니는 약을 먹고 잠시 눕는다. 그 사이 일이 터진다. 현재 머리를 꿰맨 채 병원에 입원해 있는 심명석은 상담치료를 마치고야 집에 돌아올 거라고 한다. 그제야 엄마가 내 공부에 대한 기대치를 완전히 내려놓은 것을 이해한다.

"자기들이 공부 잘했다고 나도 공부 잘해야 돼? 왜? 그럼 아버지도 백팔십오 센티 넘어! 왜 키가 그거밖에 안 돼? 남들은 애 낳기 전날까지 회사 다니더라. 젬마 너도 학교 다니고 과외 다니고 다 해! 넌 왜 누워있냐?"

아, 심명석은 나와 지능 수준이 똑같다. 심히 명석한 항변이다.

각자 다른 것을 인정해 달라고 요구하는 것은 우리들의 생존 방식이다. 공부에 아무런 재능이 없는 나는 심명석에게 부록처럼 딸려 자유를 선사 받는다. 대신 공부가 아닌 무엇을 할는지, 나는 이제부터 그것을 찾아야 한다.

어른들은 입원실 앞에 모여앉아 회의에 들어간다. 언니 생각이 가장 중요하다. 어른들은 묻고 또 물으면서 심명석의 학습 수준을 확인한다. 언니는 제과제빵 기술을 배울 수 있는 전문대학을 꺼낸다. 항공정비기술을 꺼낸다. 몸으로 재화를 생산해내는 일을 하는 것이 옳지 않겠나, 결론에 이르자 부모들은 뼈아파한다. 하나밖에 없는 아들이 자신의 병원을 물려받을 수 없다는 것에, 치과의사가 될 명문대의 딸이 전문대학교 혹은 고등학교 졸업의 학력이 전부인 남편을 가져야 하는 것에 서로 미안해하고 속상해한다.

"너도 고등학교 빌빌거리며 다니다가 젬마 아빠 만났어. 젬마 아빠는 프랑스 유학파였고. 남자가 여자보다 월등해야 된다는 생각은 버려. 네 기준으로 하면 젬마 남편은 해외에 있어야 돼. 하버드나 옥스퍼드나. 그거 아니면 자기 좋아하는 남자 만나서 사랑받으면서 사는 게 장땡이야. 석이가 또 인물은 되잖아."

"인물 뜯어 먹고 살아?"

"그럼 안 돼? 그러다 애 낳고 늙으면 의리로 사는 거지. 정으로 사는 거고, 그러다 보면 진짜 가족이 돼서 핏줄로 사는 거고."

이모 덕분에 심명석은 발걸음도 가볍게 <켈리키친>의 주방으로 퇴원한다. 무언가 들뜬 표정으로 주방에 들어간 심명석은 부지런히 주방과 홀을 오간다. 심명석이 제일 먼저 한 일은 냉장고를 열어 사진을 찍은 일이다. 그 바람에 한솜 언니한테 한 대 맞고 잔소리도 듣게 되지만 심명석은 블로그를 만드느라 부산을 떤다. 해보고 싶었던 일이라고.

음식 재료 준비과정부터 테이블에 세팅되기까지 단계별로 따라다니며 사진을 찍느라 심명석은 주방에서 귀찮은 존재가 되어 간다. 굴하지 않고 브레이크 타임을 전부 투자해 기어이 블로그를 만들더니 오전의 일들을 사진과 함께 기록한다.

주방이 오픈된 카페는 신뢰를 준다. 화덕에서 구워내는 피자와 요리 별 소스에 대한 설명을 곁들인 사진들은 데이트하는 연인들의 시선을 사로잡는다. 블로그엔 하루가 다르게 이웃들이 늘어나고, 그들은 친히 카페 손님이 되어 찾아온다. 심명석은 닉네임을 기억하여 보다 친절하게, 사적인 친밀도를 앞세워 음식들을 대접한다. 이웃들은 심명석 앞에서 방문 후기를 남긴다. 그 덕분에 먼 곳에서 오는 손님들이 점차 늘어난다.

심명석은 카페의 내실을 차지하려 드는 모델들을 이해하지 못한다. 모델들은 제값을 내고 밥을 먹어야 하고 너무 오래 있겠다 싶으면 다음 손님을 위해 내실을 비울 것을 종용받는다. 엄마가 하지 못하고 한솜 언니가 하지 못한 일을 심명석은 거침없이 해낸다. (특단의 조치가 필요하다고, 조급하게 바라던 꿈은 심명석에 이르러 완성된다.) 모델들이 있어 손님이 조금 더 오는 거라는 엄마의 말에 심명석은 아닐 거라고, 단호하게 반박한다. 실제로 모델들이 진을 친 카페보다 심명석이 관리하는 카페는 알차졌고 심플해졌다.

모델들이 들이닥칠 때마다 엄마는 꽃을 사러, 디퓨저를 사러, 향초를 사러, 키친타월을 사러 갔다고 핑계를 대다 못해 배가 아프다고 집으로 올라와선 고요히 누웠다 내려가는 형식으로 자리를 비운다. 매번 비우는 것은 너무 티를 내는 일이므로 두 번에 한 번, 세 번에 한 번, 공교롭게 재료가 떨어진 것으로 한다. 떠난 후배들에게 왜 갔느냐고, 뒤늦게 위로의 전화를 걸긴 하지만 그뿐, 이제 서비스 와인을 내놓지 않는다. 일단 심명석이 가로막아 서기 때문이기도 하다. 그들은 그 장면을 목격한 뒤 엄마를 원망하지 않는다. 심명석을 눈엣가시로 여기지만 사위라는데 아무 말도 보태지 못한다. 더는 내실을 차지하지 못한 채 다른 손님들과 똑같이 홀의 어디든 앉아 식사를 한 뒤 가볍게 테이블을 비운다. 회전율이 좋아졌다고 이모가 심명석을 기특하게 여긴다.

모델 군을 중심으로 한 연예인들이 호객에 도움이 된다고 생각하는 것은 구시대적 발상이다. 키다리 삼촌의 뛰어난 요리 솜씨가 손님을 끄는 주요 역할을 담당한다고 심명석은 공언한다. 키다리 삼촌은 내심 뿌듯해하며 주방의 질서를 세운다. (난 심명석 판단에 한 표!)

사람들마다 다른 재능이 있다는 것은 반가운 일이다. 문제는 심명석의 능력은 거기까지라는 것이다. 주방에선 양파 하나 다듬는 일도 아직 제대로 해내지 못한다. 파 한 단 다듬는데 한 시간이 족히 걸리고 마늘을 까라고 하면 자신의 손톱부터 분질러놓고 만다. 그토록 서툰 손을 나는 아직 본 적이 없다. 미련퉁이 같으니.

"그게 그렇게 안 돼?"

"난 영업 체질인가 봐."

손님이 늘었으니 뭐라 말은 못하겠고, 주방을 알지 못하는 카페의 주인은 주방에 끌려다니다 망하기 쉽고, 엄마와 언니는 답답한 채로 이 상황을 해결해보고자 자주 머리를 맞댄다. 오래, 길게 가자. 천천히, 한 걸음부터.

"십 년 걸리더라도 음식을 만들 줄 아는 흉내는 내야 해. 그래야 주방을 다룰 수 있게 되고 카페 운영하기가 쉬워. 천천히 배워. 천천히."

언니는 용기와 격려를 아낌없이 풀어놓는다. 심명석이 등을 보일 때면 가슴을 치지만.

한 사람을 들이는 게 이토록 큰 인내심을 발휘해야 한다는 것에 나는 사랑의 또 다른 얼굴을 본다. 좋은 날들이 와르르 쏟아지는 게 사랑이 아님. 때로 다투고 얼굴 붉히며 끝을 선언하지만 반찬고 하나 붙이고 가야 하는 게 사랑이기도 하다는 것을.

심 원장님은 언니를 들여다보기 위해 자주 왕래한다. 썸을 타던 중년의 두 남녀는 이제 사돈이자 친구가 되어 간다. 엄마는 형식적이고 의례적이던 태도를 버리고 거침없이 악수를 나누고 포옹을 하며 초등학교 동창을 만나듯이 한다. 심 원장님의 태도도 많이 자유로워져서 이제 그들은 자주 와인을 기울이며 아이들 얘기로 웃음꽃을 피우기도 한다. 해피엔딩을 쓸 것 같은 안도감이 자주 가슴에 들어찬다.

"영후야, 공부가 무서워?"

언니가 진심을 다해 묻는다. 언니는 심명석을 주방으로 들여보내고도 여전히 미련이 남는 모양이다. 저 표정. 저 표정은 무섭지 않다고 대답해 달라는 것이어서 나는 입을 다문다.

"공부가 그렇게 안 돼?"

다시 묻는다. 목소리는 한층 부드러워진다. 배가 불러오면서 언니의 얼굴엔 고동빛의 기미가 점점이 박힌다. 나이보다 들어보이는 얼굴은 부른 배 때문이라고 치부하기엔 너무나도 고돼 보인다. 엄마를 닮은 저 표정, 삶을 양어깨에 짊어진 가장의 표정이다. 나는 무겁게 책임감을 느끼며 조심스레 입을 뗀다.

"이모가 주방에서 하는 요리들 흉내 내지만 평생을 해도 안되는 거 알지? 매일 요리하는 사람인데도 주방 요리는 절대 흉내 못 내는 거, 그거 왜 그럴까?"

"그건 기술이고."

"공부도 기술이라며? 검찰청에 가면 공부만 잘한 기술자들 많다고 말한 사람, 언니거든."

언니는 입을 다문다. 자신이 정말 그런 말을 했는가, 떠올리는 눈치가 역력하다. 기억이 나지 않아도 긍정이 되는 투다. 내 머릿속에서 나올 수 있는 말이 아니므로.

자, 나는 무엇을 하고 싶은가? 내게 묻는다. 학원은 면피 수단으로 계속 다니기로 하지만 성적에 대해서 더는 압박을 받지 않기로 한다. 성적을 대체할 무엇을 나는 찾아야 한다. 내게 있는 재능은 먹는 건데……. 누구보다 맛있게 먹을 자신 있는데…….

당장, 지금 현재의 내 문제로 머리가 터질 지경인데 나는 아직 살지도 않은 미래를 걱정하며 커야 한다. 생리도 하지 못하면서 늦어질 폐경으로 위로받는 거나, 고등학생이 되지도 않았는데 대학 갈 걱정을 해야 하는 거나, 대학생이 될지 말지도 모르는 상황에서 어떤 직업을 가져야 할지를 고민해야 하는 것은 뭔가 대단히 부당해 보인다. 그러나 주어진 고민이므로 조금 충실히 임해보고자 한다. 공부를 안 해도 된다니까.

한겨울에 맨발로 베란다에 나가던 엄마는 이제 한여름에 두 켤레의 양말을 신는다. 발끝이 시린 것은 산후조리가 미숙한 탓이라며 언니에게 출산 후의 이야기를 되풀이한다. 젊다고 큰소리쳤다가 임신중독에 걸린 것처럼 젊다고 큰소리치고 산후조리를 함부로 했다간 평생 고생한다는 것이 요지이다. 그때마다 이모는 샐쭉하니 고개를 외로 튼다.

나는 줄어드는 생리대를 바라본다. 엄마의 욕실에 따로 수납되어 있나 살펴보지만 없다. 다시 거실에 달린 욕실로 돌아온다. 하부장에 사다가 쟁여놓은 생리대는 정말이지 야금야금 줄어든다. 언니도, 나도 생리를 하지 않지만 엄마도 생리를 하지 않는 게 분명해진다. 그제야 나는 짐작하고 있던 사실을 이모에게 넌지시 건넨다.

"넌 그걸 세고 있었니? 생리대가 줄어들든 말든 그게 무슨 상관이라고?"

말은 그렇게 하지만 생각이 복잡해지는 표정이다.

엄마는 대번에 아니라고 부인한다. 쉰 살의 언니가 하고 있는 생리를 자신만 멈추었을 리 없지 않느냐고 반문한다. 이모는 그래, 너 해. 아직 해. 의리 지켜 아직 하고 있을 게 분명해. 하고 만다. 그 말에 엄마가 벌컥벌컥 냉수를 들이켠다. 그러다 말고 운다.

"젬마가 임신하는 바람에 내 생리가 끝난 거야. 할머니가 아직도 생리하고 있으면 우스워지는 거니까, 내 몸이 할머니 되려고 자연적으로 생리가 끝난 거란 말이야."

엄마는 폐경을 받아들이지 못하고, 갱년기 증상이 인생의 무게 때문이라고 우긴다. 생리촉진제 주사를 맞기도 하고 약을 먹기도 하면서 절대 생리가 멈춘 게 아니라고 우긴다. 수많은 폐경과 갱년기 증상이 버라이어티한 인생 때문이라고 우긴다.

"켈리야, 폐경이 암이니? 왜 그렇게 울어? 너만큼 어려 보이고 예쁜 마흔다섯 살이 어디 있다고!"

이모는 엄마가 좋아하는 이름에 애정을 담뿍 담아 부른다. 어깨를 토닥이며 위로를 건넨다. 나이도 만으로 한 살 줄여서 말한다. 이모로선 최선을 다한 셈이다.

나는 엄마의 울음을 보면서 앞에 겨우, 두 글자를 붙인다. 겨우 폐경 갖고…. 시시하다고 치부해버린다. 엄마의 박탈감 비슷한 감정을 모르는 바는 아니지만 지금 엄마는 오버하는 것으로밖에 보이지 않는다.

수없이 많은 사람이 위중한 병에 걸려 생사를 오간다. 근정 아줌마는 구치소에 수감되어 있다. 근정 아줌마의 아저씨는 겨우 목숨은 건진 채 아직 중환자실에서 치료를 받고 있다. 의정이는 내몰리듯 캐나다로 떠났다. 이모는 평생 애 한 번 낳아보지 못했고 남편도 가져보지 못했다. 사람들은 자신 앞에 닥친 문제가 가장 크다고 느끼지만 한 걸음 뒤로 물러서 보면 보인다. 슬퍼해야 할 것과 분노해야 할 것들이. 아파해야 할 것과 이겨내야 할 것들이.

물론 엄마의 삶이 안전하다거나 평온하다곤 말할 수 없다. 평범하거나 평탄하다고도 말할 수 없다. 엄마는 그 자체로 특별한 날들을 살아냈다. 그렇다곤 해도 지금 이 반응은 지나치다. 이게 지금의 내 생각이다.

"그럼 뭐해? 여자로 끝났는데! 아무리 약을 먹어도 생리가 다시 안 나오잖아. 난 이제 더 이상 여자가 아니야. 무생물이 된 것 같아."

헉! 엄마가 여자가 아니면 어쩌란 말인가. 몇십 년을 생리하다가 안 하는 것으로 저리 울면 나는 울다 죽어야 한다. 내가 있는데, 나는 나를 보고 견디라는 말은 차마 하지 못한다. 엄마는 여자가 가질 수 있는 가장 위대한 이름 중의 하나이다. 위대한 이름에 걸맞게 엄마는 언제나 최선을 다했다. 그런데 엄마가 아니면? 놀란 가슴을 조용히 쓸어내리며 나는 위로 받고 싶은, 여자로 확인받고 싶은 속내를 읽는다.

"생리가 끝나면 여자 아니라고 누가 그래? 여자로 세 번째 출발을 하는 거지. 생리하면서 한 번, 애 낳고 한 번, 생리 끝나면서 또 한 번. 넌 인생의 단계를 하나씩 거치면서 가는데 난 아직 두 번째 단계도 이르지 못했어. 쯧. 내 몸은 왜 이렇게 눈치 없이 아직도 생리를 한다니? 끝나려면 내가 끝나야 되는데, 눈치 없이 임신하겠다고 짖어 대서 미안하긴 하다. 미안해."

"지금 놀려?"

"이게 놀리는 거로 보여?"

"어! 그렇게 보여! 난 아직 오십도 안 됐단 말이야. 왜? 왜? 왜 오십도 안 됐는데, 얼굴은 서른 후반인데 왜 몸은 오십을 훌쩍 뛰어넘느냐고! 억울해. 분해. 화나…. 으음음흑."

울음소리 참 다양하게 운다.

나는 이 일을 계기로 엄마가 나의 절망을 이해해줬으면 좋겠다고 간절히 바란다. 좀 더 용하다는 산부인과 병원을 찾아내어 중학교 3학년이면 모두 다 하는 생리에 나도 동참할 수 있도록 만들어줄 것을 희망한다.

사람은 아파봐야 타인의 아픔을 이해한다. 나는 지금 엄마의 절망과 쓰린 마음을 충분히 이해한다. 그러나 이해할 뿐 위로엔 동참하지 않는다. 엄마가 느꼈을 절망이 왜 내게 건너오지 않았는가, 나는 엄마가 자신만 돌아본 게 아닌가, 살짝 실망한다. 서운한 마음이 감춰지지 않는다. (나는 또 이렇게나 내 위주로 생각한다.)

폐경. 두 음절의 단어가 엄마의 삶을 먹어치운다. 엄마는 주변에서 벌어지는 일들을 폐경과 연관 지어 불행은 한꺼번에 몰아닥친다고, 기쁨이나 즐거움이나 웃음들을 외면한다. 왜 살아도,

살아도 자꾸 힘든 일만 몰아닥치는지 모르겠다고 절망하며 밤을 지새운다.

나는 의정이의 일을 꺼낸다. 열다섯 살의 아이가 겪은 일에 비해 더 힘든 거냐고. 말문을 닫아버린 엄마를 보며 나는 의정이에게 간절히 용서를 구한다. 사실 엄마의 절망과 비애, 눈물 따위는 삶에 여유가 주어졌기에 생기는 마음의 병이다. (물론 삶이 여유가 없는 채로 폐경 우울증까지 이중고, 삼중고를 겪는 사람도 있다. 그들에겐 용서를 구한다.) 어떤 사람들은 자신이 갱년기인 줄도 모른 채 지나간다. 어떤 사람들은 어느 날 정신 차려 보니 오래전부터 생리를 하고 있지 않은 자신을 발견하기도 한다.

내가 공부에 정신이 팔려있거나 아이돌에게 정성을 쏟아붓고 있었다면 나는 내 몸의 상태를 자각하지 못했을 것이다. 게임에 미쳐있거나 핸드폰을 손에서 떼지 못하는 아이였다면 역시 생리를 하든 말든, 시간에 맡겼을 것이다. 내 앞으로 오는 시간은 내 키를 위로 밀어 올리며 무럭무럭 자랄 것이므로 나는 그 시간의 힘을 믿고 내 더딘 성장 시계에 그리 주목하지 않았을 것이다.

고맙지 않은가. 더 큰 문제가 삶을 지배하지 않는 것이. 먹고 사는 문제가 아니고, 죽을병에 걸린 것이 아닌 것이. 대학이 일생일대의 목표가 되어 떨어진 성적에 죽음을 고민하지 않아도 되고 학교에서 왕따를 당해 온 심장이 쥐어뜯기는 고통을 모른 채 생리에 인생의 고민을 올인한 것이. 나는 이제 조급해하지 않기로 한다. 시간이 해결해줄 거라는 아주 간단한 법칙을 믿고자 한다.

"너 때문이야. 물어내!"

이모가 걱정한 대로 2라운드가 시작된다. 언니의 귀가에 맞춰 깨어난 엄마는 다짜고짜 언니에게 큰소리부터 친다. 이모가 언니에게 눈짓을 한다.

"난 생리 안 하니까 너무 좋은데 엄만 왜 그게 계속하고 싶어? 한 달에 한 번, 며칠씩 피 볼 때마다 머리가 돌지 않는 게 고맙다, 버티자, 난 그랬거든! 애 낳고 다시 생리하면서 피 볼 생각하면 벌써부터 머리가 돌아!"

"나도 네 나이 땐 그랬어. 생리만 안 하면 완벽한 자유를 누리는 거라고, 나를 억압하는 가장 큰 걸림돌이라고. 근데 이 나이 되니까 생리야말로 나를 증명해주는 도구 같아. 너 때문에 내 중년은 중간에 커트당하고, 장년이 돼 버렸어. 어떡할 거야?"

언니는 다시 얘기하자며 자리를 피한다. 상대해봐야 논리가 파괴된 대화는 싸움만 날 뿐인 것을 언니는 알아차린다. 나는 용케 자리를 피한 언니를 따라 들어가 엄마의 상태에 대해 말한다. 엄마가 심하다는 말도 빼놓지 않는다. 일종의 뒷담화이다.

언니는 모두 이해하는 표정이 된다. 엄마의 상태도 진작부터 알고 있었음을 내비친다. 엄마한테 잘해드리라고 했잖아. 지나가던

한 마디가 리플레이 된다. 내 핸드폰을 받아들어 갱년기 증상과 폐경 우울증에 대해 검색한 것을 내보인다. 그것을 읽는 동안 언니는 심명석에게 올라간다. 심명석이 부리나케 어딘가로 나간다. 계단을 뛰어 내려가는 소리가 거실까지 들린다.

나는 좀 더 일찍 알아차리지 못한 나를 안타까워한다. 하다가 마는 것이 얼마나 위험한 일인가를 정보를 통해 배운다. 있다가 없는 것이 몇 배의 상처가 되는 것처럼 엄마가 나보다 몇 배로 힘들다는 것에 눈을 뜬다. 내 의지와 상관없이 잃어버린 것, 그것이다. 사춘기보다 갱년기가 무섭다는 말이 피부 깊숙이 스며든다. 새삼 지난날들이 떠오른다.

수없이 많은 밤들을 잠 못 자고 거실에 정물처럼 나와 앉아있던 엄마는 얼마나 외로웠을까. 한겨울에 식은땀을 닦아대던 엄마는 얼마나 괴로웠을까. 한여름에 두 켤레의 양말을 신고 있는 엄마는 얼마나 힘들었을까. 왈칵 눈물이 솟는다.

와중에 나는 근정 아줌마처럼 수면제 복용만큼은 피해가며 버틴 엄마의 인내심에 존경심이 일어난다. 수면제의 부작용에 대해 설명을 들은 엄마는 가장 기본적인 약 만을 복용하며 버틴다. 아마도 가장으로서의 책임감 때문일 게다. 그 사실에 이르러 슬픔이 범람한다.

눈가에 눈물이 고인 채로 얕은 잠에 빠진 엄마를 깨우지 않기 위해 이모는 발뒤축을 들어 살금살금 내 방으로 들어온다. 그제야 허리를 펴고 한숨을 길게 내쉰다.

"이모는 좀 신나 보인다?"

"설마. 내 몸이 아직도 생리를 하는 것에 자부심이 생기긴 하지만 신날 건 없지. 네 엄마 깨어나면 이 라운드 시작할 텐데, 큰일 났다. 어떻게 그 수많은 폐경 증상들을 진열하고 있는데도 까맣게 몰랐지? (잠시 생각) 갱년기가 와봤어야 알지."

이모는 내 침대에 누워선 핸드폰을 들여다본다.

"봐, 나는 아직 돋보기안경도 안 써. 그리고 보니 네 엄마 노안도 왔다. 안경 맞춘 게 돋보기였네! 어머나… 얘가 애를 둘 낳긴 낳았나 보다."

나는 학원으로 내뺀다. 도무지 이모의 너스레를 듣고 있을 수가 없다. 그런데 하필 버스정류장에서 심명석을 만난다. 심명석의 손엔 꽃다발이 들려있다. 심명석은 엄마를 위로하기 위한 작은 파티를 열지 않겠느냐고, 학원에 빠지라고 한다. 하루 결석한다고 서울대학교 갈 애가 지방대학 가는 거 아니지 않느냐고, 누구보다 맛에 민감한 나는 요리를 해야 한다고 부추긴다. 요리 배우러 이탈리아든 프랑스든 미국이든 가겠다면 자신이 벌어서 대주겠노라고. 나는 캐나다를 떠올리며 심명석의 뒤를 따라 집으로 돌아온다. (사실 난 네일아트를 배우고 싶다. 처음엔 꽃가게를 하고 싶었다.)

심명석은 엄마의 상태를 키다리 삼촌에게 전한다. 한숨 언니는 걱정하지 말라며 오히려 우리에게 엄마를 부탁한다. 나는 심명석 손에 이끌려 주방 한구석으로 간다. 엄마를 위한 와인 안주를 만든다.

다른 날보다 일찍 병원 진료를 끝낸 심 원장님이 케이크를 사 들고 집으로 온다. 엄마는 심 원장님의 목소리에 거실로 나오다 말고 욕실로 들어간다. 찬물에 세수하는 엄마는 부은 얼굴을 가라앉히느라 분주하다. 부은 얼굴을 보여주지 않으려는 저 마음, 저 마음이야말로 여성성의 발현이다. 생리를 하지 않아도 엄만 여전히 여자이고, 아름답다. 한 달에 한 번 마법에 걸리지 않는 대신 영원한 자유를 구가할 수 있는, 오롯한 여자이다.

"엄마, 엄만 내가 아는 세상 여자 가운데 젬마 빼고 제일 아름다우세요."

엄마? 심명석은 엄마한테 엄마! 라고 호명한다. 어머니도, 장모님도 아닌 엄마. 엄마는 눈물 반 한숨 반의 얼굴을 흐린 미소의 가면 뒤에 감춘다. 얼굴은 애써 웃고 있지만 이따금 밀려오는 박탈감에 넋을 놓는 것은 숨기지 못한다. 들키지 않게 한숨을 내쉬던 엄마가 아주 천천히 고개를 외로 튼다. 심명석과 눈이 마주친다.

"난 엄마, 불러보는 게 소원이었거든요. 엄마일 뻔했기도 했고, 엄마 좋죠?"

심 원장님은 엄마가 반 뼘의 마음도 주지 않았다고 투덜거린다. 썸도 타보지 못했다고. 그저 팬과 스타의 만남일 뿐, 좁혀지지 않는 거리에 화가 났다고. 이제 와보니 다행이라고 가슴을 쓸어내린다. 그 말이 사실이길…… 왠지 나는 간절히 바란다.

아직 생리하지 않는 여자, 이젠 생리하지 않는 여자, 다시 생리할 여자, 아직도 생리하는 여자. 지금 나에게 있어 세상의 여자는 4부류로 나뉜다. 2대 2로 나뉜 균형이 깨질 때 엄마의 박탈감이 더 커질까, 나는 벌써부터 두렵다. 두려움은 곧 안정을 찾는다. 내가 할 때쯤 이모도 자연스레 폐경을 맞이할 테니.

생각 끝에 몸이 팅팅 붓는 느낌이 든다. 가래톳이 서면서 온몸이 갈라지는 통증이 몸살처럼 온다. 내 몸은 양치기 소년이 되어가는 모양이다. 엄마를 보며 종일 마음을 졸인 탓일 거라고, 더는 내 몸이 나를 속이게 두지 않을 거라고, 어떤 기대도 하지 않을 거라고… 다짐할수록 하늘이 노랗게 변한다. 긴장이 풀리는 탓일 거라고, 나는 몸의 신호를 무시한다. 또 속기 싫다. 다만 그뿐.

8월의 바람은 몹시 두껍다. 매미가 우는 아침을 건너는 동안

과실이 자란다. 땅은 쩍쩍 갈라지고, 물푸레나무는 골짜기로 들어간다. 갈라진 틈을 벌리며 수박이 열리고 흙은 저들의 공간을 내어주며 넉넉해져 간다. 금방이라도 폭발할 것 같은 태양이 오후와 만나면 온도는 빠르게 올라가고 숨 가쁜 부채질을 하며 언니는 에어컨을 켠 거실에 잠깐씩 얼굴을 비춘다. 이윽고 언니의 방문이 닫히면 무더위는 언니의 방으로 몰려간다.

출산을 두 달 앞둔 언니는 에어컨을 쬐면 눈가에 두드러기가 올라오는 탓에 자주 심명석에게 불평불만을 늘어놓는다. 그때마다 심명석은 언니의 발밑에 찬물을 반쯤 받아 얼음을 몇 개 띄운 세숫대야를 대령한다. 아직 세상 밖으로 나오지도 않은 배 속의 아이를 품에 안고 견딘다. (짜증 한 번 낼 법도 한데 매번 다 받아주는 심명석을 보며 나는 속으로 형부라고 불러줄까? 의사를 타진하기 시작한다.)

"나 닮은 딸 나와 봐라. 너 기절할걸! 이게 내가 낳은 딸인가, 예뻐 죽을 것이다. 그러니까 참자."

너스레를 떠는 심명석을 보며 언니는 웃고 만다. 웃는 얼굴은 웃는 얼굴을 받아들게 마련이다.

"그래, 머리는 나 닮고 외모는 너 닮자. 반반 닮는데 머리 너 닮고 외모 나 닮으면 외모는 억울할 것 없는데 머리는 억울하겠어."

"내가 잔머리는 잘 돌아가. 공부 머리가 아니라서 그렇지.

처제도 얼마나 똑똑한지 알아?"

처제? 아, 감동이다. 내가 처제가 되는구나. 가족이라는 관계가 형성되면서 나는 언니, 이모 외에 동생, 딸 외에 이모가 되고, 처제가 된다. 심명석의 입에서 나온 처제라는 두 음절에 함몰되어 나는 감동에 젖어 화답한다.

"그쵸, 형부 오빠? 우린 공부 머리가 나쁜 거지 전체적으로 머리가 나쁜 건 아니죠?"

이런, 형부면 형부고 오빠면 오빠 거지 형부 오빠가 뭔가. 연습이 되어 있지 않은 나는 일생일대의 실수를 한다. 그런데 그 실수가 전화위복이 된다.

"영후한테 석이는 오빠 같은 형부인가 보다. 두 사람 노릇을 다 해줄 거라고 믿나 봐."

이모의 꿈보다 해몽 덕이다. 심명석은 뻐기는 듯한 표정으로 심장 께를 툭툭 친다. 믿으라는, 사나이들의 맹세 같은 행동이다. 나는 수줍은 표정으로 고개를 숙인다.

"나…, 시원한 맛이 필요해. 시원한 거 말고. 맛 말이야, 맛."

온몸의 마디마다 붙어있는 더위를 떼어내려면 위장에서 끝날 시원한 물이나 과일이 아니라 시원한 맛이 필요하다고 언니는 몇 번이고 강조한다. 심명석은 브레이크 타임이 끝나기를 기다리지 못하고 카페로 내려간다. 한 시간 뒤 수박, 참외 소르베가 올라온다. 소르베 칵테일도 한 잔. 와우.

소르베를 먹던 나는 팬티에 오줌을 지린 것 같은 느낌을 받는다. 사실 아까부터 오줌이 마렵기는 했다. 티를 내지 않고 화장실로 조용히 스며든 내 입에서 탄성이 쏟아져 나온다.

소리 소문 없이 어떤 기척도 없이 내 몸은 초조의 문을 연다. 이렇게 수월할 수 있느냐는 이모의 부산스러움은 내가 자신을 닮은 것에 기인한다. 나는 자랑스러움과 뿌듯함을 거실에 뿌려 놓고 방으로 들어와 내처 잔다. 나는 핏빛 바다에 잠긴다. 아, 아, 꿈이 꿈인 줄 안다. 자고 일어나면 옷이며 침대에 핏자국이 장식처럼 물들어 있다.

이모가 침대보를 벗기는 동안 나는 샤워를 한다. 욕실 문을 살짝 열어 언니는 생리 팬티를 들여놓아 준다. 속옷까지 몽땅 갈아입은 나는 미리 시용해본 대로 오버나이트의 생리대를 집어 든다. 당당하게.

아무 증세 없이 온 생리는 밤에 도착해서야 통증과 괴로움을 쏟아낸다. 또 이불에 묻게 될까 봐 걱정이 머리를 점령한 게 괴로움이라면 누우면 허리가 끊어질 듯이 아파져 오는 게 통증이다. 나는 비로소 세상의 모든 여자들이 겪었을 고통의 무게를 이해한다. 이 불편하고도 불쾌한 통증을 한 달에 한 번씩 겪어야 할 생각을 하니 눈앞이 캄캄하다. 이 고통 속으로 들어오지 못해 안달한 날들이 좋았다고, 나는 후회를 껴입는다. 당장.

낮잠을 잔 탓이기도 하지만 도무지 잠이 오지 않는다. 긴장한 탓이기도 하다. 뒤척이다가 잠들기를 포기한다. 우유라도 마실까, 거실로 나오면 엄마가 3D의 정물화로 앉아있다. 나는 엄마 옆에 앉는다. 엄마가 가만히 끌어안아 머리를 쓰다듬는다.

"이날들을 견디는 동안 엄마로서의 인내심이 자라는 거야. 엄마는 공짜로 되지 않는다는 말, 이해하겠어?"

나는 고개를 끄덕인다. 하염없이, 내내, 끄덕끄덕, 그래야 하는 것처럼 끄덕끄덕…, 마치 태엽을 감은 오르골 속의 인형인 듯 말없이, 모두 이해한다는 시늉을 한다. 알 것도 같은, 손에 선명하게 잡히지 않는 엄마의 말…이라서 애써 이해한다.

이젠 생리하지 않는 여자와 이제 막 생리를 시작한 여자가 가만히 앉아 거실 벽에 양들을 불러 모은다. 양들의 머리 위로 한 무리의 나비 떼가 날아오른다. 가만 보니 양들이 밟고 선 땅마다 꽃밭이다. 꽃잎이 나비들의 날갯짓에 하늘거린다. 양들은 타박타박, 머릿속으로 걸어 들어온다. 새벽이 머리 위에 걸릴 때쯤 두 여자가 까무룩 잠이 든다.